外国文学名著丛书

〔法〕蒙田 / 著

蒙田随笔集

梁宗岱　黄建华 / 译

"外国文学名著丛书"编委会

人民文学出版社
PEOPLE'S LITERATURE PUBLISHING HOUSE

Michel Eyquem de Montaigne
ESSAIS
据 Editions Gallimard，Paris，1970 年版本译出

图书在版编目（CIP）数据

蒙田随笔集/（法）蒙田著；梁宗岱，黄建华译.—北京：人民文学出
版社，2022　（2023.3 重印）
（外国文学名著丛书）
ISBN 978-7-02-016614-5

Ⅰ.①蒙…　Ⅱ.①蒙…②梁…③黄…　Ⅲ.①随笔—作品集—法
国—中世纪　Ⅳ.①I565.63

中国版本图书馆 CIP 数据核字（2020）第 171353 号

策划编辑　　王瑞琴
责任编辑　　黄凌霞
装帧设计　　刘　静
责任印制　　王重艺

出版发行　　人民文学出版社
社　　址　　北京市朝内大街 166 号
邮政编码　　100705

印　　刷　　北京新华印刷有限公司
经　　销　　全国新华书店等

字　　数　　232 千字
开　　本　　850 毫米×1168 毫米　1/32
印　　张　　11.25　插页3
印　　数　　7001—10000
版　　次　　2005 年 1 月北京第 1 版
印　　次　　2023 年 3 月第 3 次印刷

书　　号　　978-7-02-016614-5
定　　价　　55.00 元

如有印装质量问题，请与本社图书销售中心调换。电话：010-65233595

好生活的需要,人民文学出版社决定再度与中国社会科学院外国文学研究所合作,以"网罗经典,格高意远,本色传承"为出发点,优中选优,推陈出新,出版新版"外国文学名著丛书"。

　　值此新版"外国文学名著丛书"面世之际,人民文学出版社与中国社会科学院外国文学研究所谨向为本丛书做出卓越贡献的翻译家们和热爱外国文学名著的广大读者致以崇高敬意!

"外国文学名著丛书"编委会

二〇一九年三月

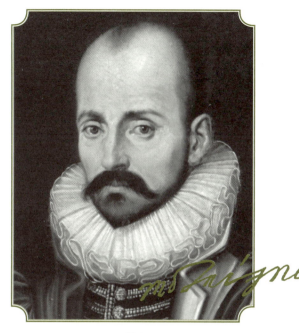

蒙田

出版说明

　　人民文学出版社自一九五一年成立起,就承担起向中国读者介绍优秀外国文学作品的重任。一九五八年,中宣部指示中国科学院文学研究所筹组编委会,组织朱光潜、冯至、戈宝权、叶水夫等三十余位外国文学权威专家,编选三套丛书——"马克思主义文艺理论丛书""外国古典文艺理论丛书""外国古典文学名著丛书"。

　　人民文学出版社与中国科学院文学研究所,根据"一流的原著、一流的译本、一流的译者"的原则进行翻译和出版工作。一九六四年,中国社会科学院外国文学研究所成立,是中国外国文学的最高研究机构。一九七八年,"外国古典文学名著丛书"更名为"外国文学名著丛书",至二〇〇〇年完成。这是新中国第一套系统介绍外国文学作品的大型丛书,是外国文学名著翻译的奠基性工程,其作品之多、质量之精、跨度之大,至今仍是中国外国文学出版史上之最,体现了中国外国文学研究界、翻译界和出版界的最高水平。

　　历经半个多世纪,"外国文学名著丛书"在中国读者中依然以系统性、权威性与普及性著称,但由于时代久远,许多图书在市场上已难见踪影,甚至成为收藏对象,稀缺品种更是一书难求。在中国读者阅读力持续增强的二十一世纪,在世界文明交流互鉴空前频繁的新时代,为满足人民日益增长的美

编委会名单

目　次

第 二 部 分

第 一 卷

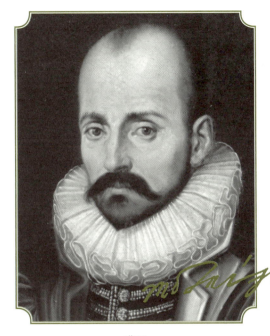

蒙田

出 版 说 明

　　人民文学出版社自一九五一年成立起，就承担起向中国读者介绍优秀外国文学作品的重任。一九五八年，中宣部指示中国科学院文学研究所筹组编委会，组织朱光潜、冯至、戈宝权、叶水夫等三十余位外国文学权威专家，编选三套丛书——"马克思主义文艺理论丛书""外国古典文艺理论丛书""外国古典文学名著丛书"。

　　人民文学出版社与中国科学院文学研究所，根据"一流的原著、一流的译本、一流的译者"的原则进行翻译和出版工作。一九六四年，中国社会科学院外国文学研究所成立，是中国外国文学的最高研究机构。一九七八年，"外国古典文学名著丛书"更名为"外国文学名著丛书"，至二〇〇〇年完成。这是新中国第一套系统介绍外国文学作品的大型丛书，是外国文学名著翻译的奠基性工程，其作品之多、质量之精、跨度之大，至今仍是中国外国文学出版史上之最，体现了中国外国文学研究界、翻译界和出版界的最高水平。

　　历经半个多世纪，"外国文学名著丛书"在中国读者中依然以系统性、权威性与普及性著称，但由于时代久远，许多图书在市场上已难见踪影，甚至成为收藏对象，稀缺品种更是一书难求。在中国读者阅读力持续增强的二十一世纪，在世界文明交流互鉴空前频繁的新时代，为满足人民日益增长的美好生活的需要,人民文学出版社决定再度与中国社会科学院外国文学研究所合作,以"网罗经典,格高意远,本色传承"为出发点,优中选优,推陈出新,出版新版"外国文学名著丛书"。

值此新版"外国文学名著丛书"面世之际,人民文学出版社与中国社会科学院外国文学研究所谨向为本丛书做出卓越贡献的翻译家们和热爱外国文学名著的广大读者致以崇高敬意!

"外国文学名著丛书"编委会
二〇一九年三月

译 本 序

　　我曾经说过:"蒙田作为十六世纪后半叶的法国散文大家,他的名字在我国不算陌生,如果我仅用寥寥几笔去叙述他的生卒年月及生平大事,写了等于不写,因为《简明社会科学词典》《辞海》等书已有所说明,而《中国大百科全书》外国文学卷的介绍总会比我写的要详尽得多,读者径直去参考上述的工具书便可以了,我何必为此再花笔墨?"然而,本书的责任编辑认为,还是写一下为好,一则和本集所属丛书的其他各卷保持体例统一,二则更适应一般读者的要求,因为他们未必都对蒙田的生平有很多了解。我想想,她的意见也还是对的。那么,我这篇前言就从交代蒙田其人开始吧。

　　有些作家积极参与所处时代的社会生活,亲身经历各种重大事变,命途浮沉起伏,遭遇离奇曲折,其生平就足以构成一部富于戏剧性的令人不断产生悬念的书卷;有些作家著述丰富,出版的作品卷帙浩繁,运用的体裁多姿多彩,其全集往书架一放,就能以其所占的位置傲视其余。蒙田不属于这类作家,他虽处于战乱多发的时代,但其生活却清淡如水;他也算勤于伏案操笔,但终其一生给我们留下的,却只有三卷《散文集》(或译《蒙田随笔》),其中一部分手稿还是由后人整理出版的。

蒙田，又译蒙台涅，1533 年 2 月 28 日生于法国加斯科涅郡的一个新贵族家庭，父亲学识不高，但却不惜重金为蒙田聘请家庭教师，让他自幼接受良好的古典文化教育。中学在波尔多就读，毕业后到图卢兹学习法律，后曾任法院推事之职。他侧身于法律界的时间虽然不算太短(约十五年左右)，但因法官职业与其性情不近，故并无值得称道的建树。1571 年，蒙田正当盛年之时，就回故乡定居，开始《随笔》的写作。此后，在漫长的二十余年光阴，他只有四年担任公职：两度被选为波尔多市长。其余时间，他除了去巴黎、瑞士、意大利作短暂的游历之外，几乎全副身心投到写作散文或随笔中去。要说蒙田是个"一本书"的作家，我看也不为过。

然而这些散文或说随笔分量很重，它们不但奠定了蒙田作为文学家、散文家的声誉，而且还为他赢得了思想家、哲学家、伦理学家的美名。那么作者究竟写了些什么而致令他的作品成为不朽之作呢？

许多想了解经典作家的人都愿意看看"名著提要"之类的读物，这样可以不读全书，而大概就知其全貌。但读蒙田的散文却无此方便，迄今为止，我还未见到有哪位文学史家给蒙田的散文理出过详尽的脉络，作过全面的提要介绍。蒙田散文的内容驳杂纷繁，枝蔓丛生，往往从一个主题跳到另一个主题，章题也常常与本章的内容不大相干，仿佛是作者漫不经心信笔写就似的。你无妨设想一下，如果你和家里人长时间闲聊录下了许多话语，我要你条分缕析地加以归纳整理，会不会容易做到呢？何况蒙田的行文变化多姿，飘忽无定！

然而，如果你硬要对作品的内容作个粗略归纳的话，倒是可以勉强概括为如下三个方面的：

一、作者所感觉的自我；

二、他所体会的众人的生活方式和思想感情；

三、他所理解的当时的现实世界。

至于内中的许多微妙细节，还是请读者尽快跳过这译者"前言"，自己开卷体会吧。

人民文学出版社约稿，要出一本《蒙田散文》，纳入"外国散文插图珍藏版"之中，并想到了我和梁宗岱先生曾经出过一个译本。谢谢编辑的垂顾！宗岱先生斯人已逝，经过那阵"史无前例"的风暴刮得七零八落的残稿片片只能照原样重出了。这弥足珍贵的历史记录是应当保留下来让广大读者了解的。拙译的部分倒趁此机会作了大幅度的增删、修订，并按原文第一、二、三卷的次序重新作了安排，便于那些想核对原文的读者"按图索骥"。

曾经读过原译本的读者不难发现，梁译与拙译两部分从文笔到处理方法都不完全统一。比方，梁译中的专名多半自拟，但附有原文，可供读者查照①；拙译的专名尽量依从目前的定译，并尽可能附加注释，方便读者了解其人其事。梁译部分选自第一卷，以译全章的居多，但其中也有一些删节，标题悉照原章的标题；拙译部分按照编选集的要求，第一、二、三卷都在选取之列。可以说，梁译部分是要译全书而未竟全功的留稿，拙译部分则是一个真正的选集。两个部分放在一处，虽然会显得不够和谐，但这样也许更有利于读者较全面了解原

---

① 为了方便读者，在编辑过程中，梁译中的译名已按目前定译改过。

作的风貌。

宗岱师已长眠地下，不可能趁重版此书的机会向读者交代点什么了。我只好限于谈谈"选集"那部分的考虑。

我们是怎样去选的呢？办法很简单：根据原书各卷各章的顺序，依次选出，于各段之首冠以小标题，提示每段的内容。一部分小标题参考了法国选家的立题，另一部分则从所选段落的文字摘取，前两方面都找不到合适的余下部分，那就只好由译者自撰了。

我们又按什么标准来定出选段或选文的呢？大体是这样考虑的：

1. 选较著名的段落；法国选家已选的，许多就成为这次选本的重要依据。

2. 选较贴近中国读者的内容；蒙田散文中不少涉及古人古事，我国读者无此文化背景，一般不好理解，而且也不会感兴趣，我们选时对此只好割爱。

3. 选定几章全章照译；如果全书都是选段，读者就会看不到蒙田作品中全章的面貌如何。因此我们每卷都有全章照选的，如第一卷的第八章《谈闲散》，第二十二章《此得益，则彼受损》，第五十三章《关于恺撒的一句话》；第二卷的第二十六章《谈大拇指》；第三卷的第三章《谈三种交往》。尽管我们选全章时尽量选简短的，但由于照顾各卷都有入选者，因此各章的长短有时差别极大，蒙田原文如此，只能从之。

此次结集的时候，我对梁译部分标明引文出处的专名作了改动，以求全书统一，个别误植的名字，我也核对两个版本以上的原文，把它订正过来了。宗岱师如果还在世的话，我想是会认可学生这一工作的，因为这样做可以免得读者张冠李戴或误认一人为两人。至于文内所用的专名，限于时间和精力，这回就无暇顾及了。

拙译部分，小女迅余也参加了一些工作，在这里也应作个交代。

蒙田从不把自己的作品看做是传世之作，他在《告读者》的开篇中就已指出：他写此书的目的是奉献给自己的亲友，以便他们日后能够重温他的为人和个性的一些特征，由此而获得对他更全面、更真切的了解。蒙田后来所引述的贺拉斯的诗句我认为正反映了他本人的写作心境：

> 他像告诉知心朋友那样，
> 把秘密都倾注在写作上。
> 作品是他苦和乐的知己。
> 一生的境况都描绘出来，
> 犹如记在许愿的神牌上。

> ——贺拉斯（见《谈看待自己》）

他在第三卷的第九章中更作了明确的交代："我写此书只为少数人，而且不图留传久远。如果此书的题材足以耐久，那就应当使用一种较为稳定的语言。"（见《我的书》；"较为稳定的语言"指的是拉丁语。当时作为法兰西民族语的法语尚在形成时期，不少重要著作仍用拉丁语写作）。今天有人认为蒙田关于写此书不是为了"赢得荣誉"的表白，"有点矫情"，这种看法是否正确姑且不论，但蒙田不故作高深、不进行说教、不自我拔高的平和谦逊态度，在他的作品中随处可见。

蒙田也不把自己的作品看做是定型之作，他总认为自己

是在不断探索,不断尝试,也不断改变自己:

> 即便就我自己所写的东西来说吧,我也有许多时候体会不出原先的想法。我不知道自己想说的是什么。我费神去修改一下,要放进一点新意思,因为已失掉原来更有价值的含义。
>
> 我不断前进,复又折回,反反复复。我的思想总不能笔直前行,它飘忽无定,东游西串。
>
> 宛如大海上一叶扁舟,
> 在狂怒的风暴中漂流。
>
> ——卡图卢斯(见《飘忽无定》)

由此可见,蒙田呈现给读者的并不是周密的、前后一贯的思想。蒙田并不讳言:"我在这里利用各种机会尝试运用自己的判断力。倘若是我完全不熟悉的问题,我就试着去应用,像是远远探测徒步涉水渡河……"(见《尝试判断》)。

临末,还要多说一句不算多余的话:书中的不善之处,敬请读者和识者批评指正。

黄建华

1999 年 4 月 25 日于广外大校园

第 一 部 分

梁宗岱　译

不同的方法可以收到同样的效果

当我们所冒犯的人手操我们的生死大权，可以任意报复时，最普通的感化他们的办法自然是投降以引动他们的怜恤和悲悯。可是与之相反的勇敢与刚毅，有时也可以收到同样的效果。

威尔斯亲王爱德华①曾经长期统治我们的吉耶纳②，他的禀赋和遭遇都具有许多显赫的伟大德行。有一次受了利摩日人很大的冒犯，他以武力取其城，肆意屠杀。那些刀斧手下的老百姓及妇孺们的号啕、跪拜与哀求都不能令他罢手。直至他走到城中心，遥见三个法国将领毫不畏怯地抵抗那胜利之师的进攻，对于这意外勇敢的钦羡及尊敬立刻挫折了他那盛怒的锋芒，于是，为了这三个人，他赦免了全城的居民。

伊庇鲁斯③的太子斯坎德培④尾随着他手下一个兵士，要把他杀掉。这兵士用恳恳哀求与乞怜去平息他的怒气，终于毅然在尽头处握住利剑等他。他的主人见他能够下这么一

---

① 爱德华（1330—1376），百年战争时期英国的优秀将领之一。据说，在那场攻打利摩日的战事中，他并未赦免城中的居民，而只饶了三名法国将领。

② 吉耶纳，法国旧地区名。

③ 伊庇鲁斯，古希腊地区名，在现今希腊北部和阿尔巴尼亚南部。

④ 斯坎德培（1403—1468），阿尔巴尼亚国王。

个可敬的决心，马上息怒，宽赦了他的罪。那些不识太子超凡的英勇与膂力的人或可以对这榜样有旁的解释。

康拉德三世①围攻巴伐利亚的盖尔夫公爵，无论人们给予他怎样卑鄙怯懦的满足都不肯和解，只许那些同公爵一起被围的士大夫的夫人们出城，以保存她们的贞节，并且任她们把所能随身带走的东西都带出去。她们一个个从容不迫地把她们的丈夫、儿子甚至公爵驮在背上。康拉德皇帝被她们这种女性的勇气感动得竟欢喜地哭了起来，解除了他对于公爵的怨恨及仇雠，从那时起，便以人道对待公爵及其子民了。

这两种方法都很容易感动我，因为我的心对于慈悲及怜悯是不可思议的软，软到这般程度。据我的意见，恻隐心感动我比尊敬心来得更自然，虽然那些苦行派的哲人把怜悯看做一种恶德；他们主张我们救济苦难中的人，却不许我们与其有同感。

我觉得上面所举的许多例子真是再好不过，因为我们看见这些灵魂被这两种方式轮流袭击与磨炼，对于一种兀不为动，却屈服于其他一种。我们大概可以这样说：因恻隐而动心的是温柔、驯良和软弱的标志，所以那些天性比较柔弱的如妇人孺子及俗人比较容易受感动；至于那些轻蔑眼泪与哀求，单让步给那由于对勇敢的神圣影像而起尊敬心的，则是一颗倔强不挠的灵魂的标志，他们是崇尚那大丈夫的刚毅气概的。

不过对于比较狭隘的灵魂，钦羡与惊讶亦可以发生同样的效力。试看底比斯②的人民：他们指责他们俘虏的两个将

①　康拉德三世（1093—1152），日耳曼皇帝（1138—1152在位）。
②　底比斯，古希腊城邦，曾称霸希腊，后为马其顿所灭。

军拒不交代他们的职务;不肯赦免派洛皮德①,因为他被他们的控告所屈服,只是祈求和哀诉,以图救护自己。反之,伊巴密浓达②理直气壮地缕述他任内所建立的功绩,傲岸而且骄矜地责备他的百姓,他们不仅自发地为之喝彩叫好,并且在对这位将军英勇的高声颂扬中自行散去。

老狄奥尼西奥斯③,经过了长期与极端的困难才攻破瑞史城,并且俘虏了那坚垒抗拒的守城将菲通(一个极高尚的豪杰),决意给他一个残酷的报复以为戒。他首先对菲通描述他前一天怎样把他儿子和亲戚溺死,菲通只回答说他们比他早快活了一天;然后他又剥去菲通的衣裳,把他交给刽子手,凶残而卑鄙地拖他游街,并且加以种种暴虐的侮辱。菲通并不丧胆,反而毫不动容地高声追述他那可宝贵的光荣的死因——为了不肯把他的乡土交给一个暴君之手。他们又把神灵快降的惩罚恐吓他。狄奥尼西奥斯从他的兵士眼里看出这败将的放言以及对于他们的领袖与胜利的藐视不仅没有使他们愤慨,而且使他们由对于这稀有的英勇的惊讶而心软,而谋叛,差不多要将菲通从他的卫队手里抢出来,于是下令停止这场酷刑,暗中遣人把他溺死在海里。

人确实是一个不可思议的虚幻、飘忽多端的动物,想在他身上树立一个永恒与划一的意见实在不容易。试看庞培④非

<hr />

① 派洛皮德(？—前364),古希腊底比斯统帅和政治家。
② 伊巴密浓达(约前410—前362),古希腊底比斯统帅和政治家。
③ 老狄奥尼西奥斯(约前430—前367),锡拉库萨君主(前405—前367在位),曾征服西西里和意大利南部,使锡拉库萨成为希腊以西最强大的城邦。
④ 庞培(前106—前48),古罗马将军与政治家。

常怀恨马墨提奥城,可是为了城内一个叫芝诺的公民情愿独自承担全城的罪过,以及替众人受刑的勇敢与豪气而赦免了全城。至于苏拉①的食客为佩鲁贾城显出同样的忠勇却于己于人都一无所获。

更有与我先前所举的例子正好相反的:亚历山大②,原是最勇敢同时又非常宽待他的仇敌的人,经过了无数的困难才攻破加沙城,碰着守城将贝蒂斯。这守城将的勇敢,亚历山大曾在围城之际亲见他立了许多奇勋,现在虽然脱离了他的军队,武器寸断而且满身鲜血淋漓,仍旧在他的敌人马其顿人的重围中独自苦战。激于这场胜利的代价过高(因为除了种种的损失外,他自己还身受两伤),亚历山大对他的敌人说:"你将不能如愿而死,贝蒂斯,你要尝尽种种为俘虏而设的痛苦。"贝蒂斯对这威吓只答以傲岸的镇定。亚历山大对他的骄傲与刚愎的缄默,气愤愤地说:"他怎么不屈膝?他怎么不哀求?无论如何我都要战胜你的缄默,即使我不能从你那里挖出一句话,至少也得要挖出一些呻吟。"于是由愤恨变成狂怒,他下令刺穿贝蒂斯的脚跟,把他系在牛车后面,任他四肢磔裂地生生拖死。

是否因为他太习惯于勇敢,觉得没有什么可惊羡,因而没有什么可宝贵的呢?还是他以为这是他个人特殊的长处,看见别人达到同样的高度不能不生妒与嫉恶呢?还是他的暴怒天然猛烈不容抗拒呢?真的,如果他能制裁他的暴怒,我们相信他夺取底比斯城之役已经这样做了,当他目睹许多勇士

---

① 苏拉(前138—前78),古罗马独裁者。
② 亚历山大(前356—前323),马其顿国王,曾建亚历山大帝国。

完全丧失了公共防御之后，一个个引颈就刎，不下六千人当中，没有一个肯逃避或乞怜，反而在街上到处找那胜利的敌人碰头，希求得到光荣的死。没有一个为了他的创伤而丧胆，不趁着最后一口气去进行报复，用绝望的武器去找寻敌人的死以偿自身之死。可是这英勇的惨剧并不能软化亚历山大的心，整天的悠长也不足以消解他那报复的狂渴。这场屠戮直至流尽了最后一滴可流的血才停止，只留下三万老弱妇孺及无武器的人做奴隶。

论 悲 哀

我是最能免除悲哀的人。我既不爱它,也不重视它,虽然大家差不多都无异议地另眼看待它。他们把它加在智慧、道德和良心的身上:多古怪笨拙的装饰品!意大利人名之曰"恶意"①,实在准确得多,因为那永远是一种有害的愚笨的品质。斯多噶哲学②把它当做卑下与怯懦,禁止它的哲人怀有这种情感。

可是传记载埃及国王普萨梅尼图斯被波斯王康比泽大败和俘虏之后,看见他那被俘虏的女儿穿着婢女的服装汲水,他的朋友无不痛苦悲号,他却默不作声,双眼注视着地下;继而又看见他儿子被拉上断头台,他依然保持着同样的态度;可是一瞥见他的奴仆在俘虏群中被驱逐,就马上乱敲自己的头,显出万分的哀痛来。

这故事可以和最近我们一个王子的遭遇并提:他从特朗特得到他长兄的死耗,继而又得到他二哥的死耗(长兄是全家的依靠和光荣,二哥又是阖家的第二希望),他都保持着十分的镇静。几天后一个仆人死去,他反而抑制不住,纵情痛哭

① 意大利文 Tvistezza 包含"悲哀"和"恶意"两个意思。

② 斯多噶哲学,古希腊和罗马时期兴盛起来的一派哲学思想。

呼号,以至见者无不以为只有这最后的摇撼才触着他的命根。事实是:已经充满了悲哀了,最轻微的增添亦可冲破他容忍的樊篱。这同样的解释也可以应用于我们的第一个故事,如果我们不知道它的后半段:据道,康比泽问普萨梅尼图为什么他对于亲生儿女的命运兀不为动,却这般经不起他朋友的灾难。他答道:只有这最后的忧伤能用眼泪发泄出来,起初两个是超出表现的力量的。

关于这个话题,我偶然想起一个古代画家的作品:他画伊菲革涅亚①的牺牲,要按当时在座的人对于这无罪的美女的关系深浅来表现各人的哀感。当他画到死者的父亲时,已经用尽他的艺术的最后法宝了,只画他掩着双脸,仿佛没有什么形态能够表示这哀感的程度似的。为了同样的缘故,诗人们描写那相继丧失七男七女的母亲尼俄柏②,想象她化为顽石,

被悲痛所凝结。③

——奥维德④

来形容那使我们失掉一切感觉的黯淡和喑哑的昏迷,当我们经不起过量的打击的时候。

真的,痛楚的效力,到了极点,必定使我们的灵魂仓皇失措,行动不得自由。当我们骤然得到一个噩耗的警告时,我们感到周

----

① 伊菲革涅亚,希腊神话中人物,其父阿伽门农因冒犯女神遭到报复,去特洛伊远征船队不能起航,大预言家要阿伽门农将女儿作为牺牲献给女神。在祭坛上,女神赦免了伊菲革涅亚。
② 尼俄柏,希腊神话中人物,底比斯王安菲翁的王后,因笑话阿波罗的母亲,遭阿波罗报复,将其子女全部射死。她因此每天哭泣,最后宙斯把她变成石像。
③ 本书所引诗文原文均为拉丁文。
④ 奥维德(前43—17),古罗马诗人。

身麻木、瘫软以及举动都被束缚似的,直至我们的灵魂融作眼泪与恸哭之后,才仿佛把自己排解及释放,觉得轻松与自在:

> 直至声音从悲哀中冲出一条路。
>
> ——维吉尔①

斐迪南②国王在布特与匈牙利国王的遗孀作战,德国的拉衣思厄将军看见从战场上抬回来一个骑士,这骑士大家都亲眼看见他在阵上显出异常的勇武,将军跟着大众为他叹息,同大众一起要认出他是谁;等到脱掉他的盔甲时,却发现是他自己的儿子,在震天动地的哭声中,他独自不声不响兀立着,定睛凝视着那尸首,直到极度的悲哀冰冻他生命的血液,使他僵死在地上。

> 说得出热度的火,
> 必定是极柔弱的火。
>
> ——彼特拉克③

在恋爱中的人们这样来摹写一种不可忍受的热情:

> 梨司比④呵,爱情
> 已勾夺了我的心魂:
> 我才瞥见你,
> 便惊慌,不能成声。
> 我舌儿麻木,

---

① 维吉尔(前70—前19),古罗马诗人。
② 斐迪南(1503—1564),先为波希米亚和匈牙利国王,后为德国皇帝。
③ 彼特拉克(1304—1374),意大利诗人。
④ 梨司比是古罗马抒情诗人卡图卢斯(约前87—约前54)对其情人所用的化名。

微火流通我全身；

我双耳失聪，

双眼亦灭掉光明。

——卡图卢斯

而且，在过度的猛烈与焚烧着的热情里，亦不适于抒发我们的哀怨与悦服：那时候的灵魂给深沉的思想所禁压，身体也给爱情弄得颓唐和憔悴。所以有时使产生那突然袭击情人们的无端的晕眩，与那由极端的热烈、在享乐最深的当儿，沁入他们的肌骨的冰冷。一切容人寻味及消化的情感都不过是平庸的情感，

小哀喋喋，大哀默默。

——塞内加①

意外欢欣的惊讶亦可以产生同样令人若失的效力：

从渐渐走进的特洛伊人丛中，

她瞥见我温热脱离她的身；

她惊惶、木立、昏倒在地上，

良久才吐出她原来的声音。

——维吉尔

除了那罗马妇人因为看见她儿子从坎尼路上归来喜出望外而死，除了索福克勒斯②及暴君小狄奥尼西奥斯③两个都

① 塞内加(约前4—公元65)，古罗马雄辩家、悲剧作家、哲学家、政治家。
② 索福克勒斯(约前496—约前406)，古希腊三大悲剧诗人之一。
③ 小狄奥尼西奥斯(前367—前357，前346—前344 任锡拉库萨国王)，老狄奥尼西奥斯之子。

因乐极而死,除了塔尔瓦在科西嘉岛读着罗马参议院赐给他的荣爵的喜报死去之外,我们这世纪有教皇莱昂十世,得到他所日夜悬望的攻下米兰城的消息,由狂喜而发烧而丧命。如果要用一个比较尊贵的榜样来证明人类的愚蠢,那么,有古人记载下来的哲学家狄奥多罗斯①,因为不能当众解答他对手的难题,马上在他的学院里由羞耻以至发狂而死去。

我是很少受制于这种强烈的情感的。我的感觉生来就迟钝;理性更使它一天一天凝固起来了。

① 狄奥多罗斯(? —约前307),古希腊哲学家。

当灵魂缺乏真正对象时
如何把情感寄托在假定对象上

我们邻近有一位患风湿症的先生。每逢医生劝他戒吃咸肉，他必定诙谐地说，他痛楚到极点的时候，要有可以诿过的东西；因此，每次他叫嚷咒骂香肠、火腿或酱牛舌之后，便觉得舒服多了。

真的，每逢我们举手击物，击不中而又落空的时候，往往觉得疼痛；而想我们视觉得舒畅，我们必要在相当的距离有对象支持着它，以免它散失在空虚的大风中，

> 正如狂风没有森林阻挡
> 必定在空中消失它的威力。
>
> ——卢卡努斯①

同样，摇动的灵魂如果失掉把握，必定渐渐在它自身消失；我们要常常供给它可以瞄准和用力的对象。普卢塔克②谈及那些酷爱猴子或小狗的人，说是因为我们天性中爱恋的一部分缺少目标。为了没有正当的对象，宁可自己伪造一个低贱的，也不愿无所寄托。我们常见在热情里的灵魂与其无

① 卢卡努斯(39—65)，古罗马诗人。
② 普卢塔克(约46—119)，古希腊作家、哲学家。

所事事,宁可想象一个虚幻的对象以自欺,虽然它自己也明知不可靠。同样,兽类在狂怒的当儿攻击那曾经打伤它们的石头或利器,用它们的利牙替它们所受的痛苦在自己身上泄愤。

> 正如帕诺尼的熊,受伤后更凶猛,
>
> 当里比尔人的飞镖射在它身上,
>
> 不断地转向它的伤口,气愤愤地
>
> 追逐那跟着它旋转的伤口上的利矢。
>
> ——卢卡努斯

我们在苦难中什么理由没有想到?什么东西没有埋怨到?无论对与不对。致使到处都成了我们的用武之地。并不是被你怒扯的金色头发,也不是遭你狂打的雪白胸脯,令你亲爱的哥哥饮弹丧命的呀,找别的地方发泄你的愤怒去吧。

李维告诉我们,当罗马军队在西班牙丧失他们两个队长——同时是两兄弟——的时候,"他们马上一齐痛苦,乱打他们的头颅。"这是很普遍的习惯。而哲学家彼翁①不也滑稽地笑那在烦忧中乱扯他的头发的国王说,"这厮是否以为秃头可以减除他的悲哀呢?"谁不曾见过一个人把纸牌嚼碎,或把一盒骰子吞下肚里以泄他输钱之恨呢?薛西斯一世②鞭挞赫勒斯滂海峡③,把铁链加上去,用种种侮辱咒诅它;又给阿托斯山④写一封挑战书;居鲁士⑤把全军逗留逾月以报复他

---

① 彼翁(创作时期为公元前100),古希腊诗人。

② 薛西斯一世(约前519—前465),波斯帝国国王,大流士一世之子和继承人。

③ 赫勒斯滂海峡,即今达达尼尔海峡。

④ 阿托斯山,希腊圣山。

⑤ 居鲁士(前590/前580—约前529),古代波斯帝国建立者(前558—约前529在位)。

渡日努斯河所受的惊恐;而卡利古拉①把整间邸宅毁坏,为的是他母亲曾被扣留在那里。

我年轻的时候,人们常说我们邻近有一个国王,因为受了上帝的杖责,赌咒复仇,下令要他的百姓十年内不得向上帝祷告,和他说话,而且,在他自己的权威所及之处,不得信仰他。这故事与其说是描写这国度的愚蠢,不如说描写那种天生的骄傲。这两种毛病常混在一起,可是这样的行为的确出自傲岸比出自愚蠢的多。

奥古斯都·恺撒②在海上受大风浪颠簸,决意向海神尼普顿③挑战,在庆祝丝尔纯斯的游艺会中,他下令把尼普顿的石像移去,作为报仇的表示。这举动比前事更无可宽恕,就是比后来他身历的另一事也没有那么可宽恕:当他在瓦鲁斯④的保佑下战败于德国,他从狂怒与绝望中奔窜,一面以头碰壁,一面喊道:"瓦鲁斯呵,还我的军队来!"因为他们实有甚于愚蠢,他们在愚蠢上面更添上不恭,迁怒于上帝或命运,仿佛他们有耳朵接受我们的轰击似的;有如那些色雷斯人,每逢闪电行雷,便带着巨大的仇恨向天乱射,以为他们的箭可以使上帝屈从。正如普卢塔克所引证的一个古诗人说的话:

> 切勿对事物生气,
> 我们的愤怒它们一点儿也不理。

可是对于我们精神上的错乱,我们骂得远远不够。

---

① 卡利古拉(12—41),罗马皇帝(37—41 在位)。
② 奥古斯都·恺撒(前 63—14),古罗马帝国第一代皇帝。
③ 尼普顿,罗马神话中的海神。
④ 瓦鲁斯(? —9),古罗马执政官、总督和将军。

论 闲 逸

正如我们看见的旷地,如果是肥沃的,必定丛生着各色各样的无用的野草。要想好好利用它,得先把它清理及散播好的种子;又如我们看见的妇人,如果任她们自己,只能产生不成形的肉块,必须施以良种,才能得到自然的好的后嗣;心灵亦然,倘若没有一定的主意占据着它,把它约束在一定范围内,它必定无目标地到处漂流,入于幻想的空泛境域里。

> 正如铜瓶里颤动着的水光,
> 反映太阳或月亮的晶明影像,
> 随处飞升,随处飘荡,
> 飘荡到长空与天空板上。
>
> ——维吉尔

无论什么幻梦与痴想都可以在这种不安的情况里产生。

> 他们虚构无数的妖魔,
> 无异病者的噩梦。
>
> ——贺拉斯①

灵魂如果没有确定的目标,它就会丧失自己,因为,俗语

① 贺拉斯(前65—前8),古罗马诗人。

说得好，无所不在等于无所在。

　　四处为家的人无处有家。

——马尔提阿利斯①

　　我最近隐居家里，决意在可能的范围内，不理旁事，优游闲逸以度这短促的余生：似乎对我的心灵没有更大的恩惠，除了让它在闲暇里款待自己，逗留和安居在它自己身上。我希望它今后会毫无困难地这样做去，因为它已与日俱增地变为更坚定更成熟了。但我总觉得，

　　闲逸使心灵飘忽。

——卢卡努斯

　　而在另一方面呢？与无羁的马一般，它为自己跑比为别人跑快百倍；因而便产生了无数的妖魔与怪物，无次序，无目的，一个两个接踵而来。为了可以优悠默索它们的离奇不经，我已开始把它们一一写下来，希望日后用它们来羞它。

---

① 马尔提阿利斯（约40—104），古罗马诗人。

论 说 谎

再没有人比我更不宜于夸自己的记忆了，因为我几乎找不着它一些痕迹，我亦不信世界上还有比我记忆更坏的人。我的其他禀赋都庸碌平凡，可是在记性差这一点上，我以为我是非凡而且稀有的，值得因此享受一种声誉。

除了我所感受的天然的不便利而外（真的，柏拉图深感它的需要，很合理地称它为伟大而有力的女神），在我的家乡，要说一个人无意识的时候，他们说他没有记性；每逢我对人诉说我这弱点，他们便讥笑我而且无论怎样都不相信我，仿佛我在控告我是疯子似的，在他们心目中记忆与智慧绝对是一回事。

这样使我更吃亏。可是他们确实错怪了我，因为经验证明一个极好的记忆往往反配上一个衰弱的判断力。他们错怪我的还有一点，那就是除了做朋友外我什么都不行，所以责备我的弱点就等于忘恩负义。他们因我的记忆而怀疑我的感情；把天然的缺憾当做良心上的弱点。他们说：他忘记了这个委托或这个许诺；他全不想念他的朋友。他全想不起，为了爱我，要说这说那，或隐瞒这隐瞒那。无疑地，我很健忘，但是因不关心而忽略朋友托我做的事，那可不是我的本性。愿大家宽容我的不幸，别把这不幸当做恶意，尤其是一种与我的脾性绝对相反的恶意！

我也有我的慰藉。第一，因为这毛病帮我纠正了一个我很易犯的更坏的毛病，就是野心；因为对于一个要包揽世事的人，缺乏记忆力真是一个难堪的弱点。

　　自然界进步的现象许多例子告诉我们：自然往往加强我们别的禀赋以补救某种禀赋的薄弱。我的理智与判断力将不能尽量发挥它们自己的才干，却很容易像大多数人一般，被引导去懒懒散散地追随别人的足迹，假如别人的创见与意旨受了记忆的恩惠我会时时刻刻记在心里。

　　我的话因而较简短，因为记忆的货仓比起创见的货仓容易充足。如果我的记忆对我忠实的话，我就会喋喋不休地震破我朋友们的耳鼓，因为种种事物都会惹起我去运用挥使这小小才干，引动及激发我的雄辩。那是多么可哀！我亲眼见有几个朋友就是这样：因为他们的记忆把他们的题材原原本本地供给他们，他们把故事往后追溯得那么远，又附上了如许的无谓枝节，如果这故事是好的，把它的好处全窒死了；假如不好呢？你就不知应该要诅咒他们幸而有这么强的记忆，还是不幸而有那么可怜的判断力。一上了高谈阔论的大路之后，要停止及截住是很难的事。再没有什么比较那骤然站住更显得马的力量了。

　　甚至那些说话切题的人当中，我也认识了有好些虽然想却不能在他们的路程中骤然站住。他们一壁在脑袋里搜寻一个驻足点，一壁却喃喃个不休，就像一个快要昏倒的人拽着他的脚步一样。老头子尤其可厌，他们对于过去的记忆还在，却忘记了他们已复说了多少遍。我知道有好些很有趣的故事在某爵士的口里变得索然无味，因为我们当中没有一个不是听过上百次了。

第二，记忆的短缺给我的安慰是，正如一个古人所说的：我容易忘记别人的侮辱。我需要一个当头棒，和大流士①一般，为要不忘记他从雅典人手里所受的耻辱，教一个仆人每当他吃饭的时候，向他耳边大喝三声"主呵，勿忘雅典人！"在另一方面呢？我重见的地方与书籍永远带着一种新鲜的颜色向我微笑。

记忆不强的人切勿学人撒谎，这点说得真有理。我知道那些文字学家把"说假"与"撒谎"分开：说假是说一件假的，而说者信以为真的事；而撒谎这个词来源于拉丁语（也是我们法语的由来）它的定义却是瞒住良心说话，因此只应用于那些言与心违的人，也就是我现在想论及的。

这种人或虚构整件事，连枝带叶，或改变及粉饰那原有真实基础的事物。那些改变或粉饰的，如果要他们常常复述一件事，就很难不露马脚，因为那真实的事情先进入他们的记忆里，由概念与认识的媒介印在上面，自然而然地显现给我们的想象，驱逐那立足没有那么稳固的虚伪；而原来所听到的各种详细情形也三反四复地窃进脑海里，把添上去的假冒而且模糊的枝节消灭。

至于那些完全虚构的，既没有相反的印象摇动他们的虚伪，似乎就没有那么容易被人觑破了。但也不尽然，因为那是一个无实质的虚体，如果抽根未牢，就易于被记忆所遗漏。关于这层，我常有许多有趣的经验，老是那些体察他们事业利益或顺从上司的颜色而说话的人吃亏。因为他们想用以束缚他

① 大流士（前550—前486），波斯帝国阿契美尼德王朝最伟大的国王之一（前522—前486在位）。

们的信义及良心的种种情景既要经过许多变动,他们的话自然也不能随时转移。于是同一桩事,他们今天说灰,明天说黄;对这些人说这样,对那些人说那样;如果这些人偶然把他们所得的矛盾的消息像脏物般合拢在一块,这巧妙的伎俩又如何结果呢?况且稍不留意,他们便自己打嘴巴;因为有什么记忆容得住他们对于每件事所捏造的形形式式呢?我看见有个与我同时的人苦苦追求这种机巧的声誉,他们不知道即使得了声誉,效果却不可得。

说谎确实是一个可诅咒的恶习。我们所以为人,人与人所以能团结,全仗语言。如果我们认识说谎的贻害与严重,我们会用火来追赶它,比对付什么罪过都合理。

我觉得人们往往白费他们的工夫去极无谓地惩罚小孩子无辜的小过,为了他们毫无印象和影响的无意识举动折磨他们。据我的私见,只有说谎,其次便是刚愎,我们应该极力歼灭它们的萌芽与滋长。它们随着小孩子长大,舌端一度向这方面伸展之后,你要觉得奇怪,任你如何也不能把它拉转来。所以我们常见许多在他方面很诚实的人,仍不免屈服及受制于这恶习。我认识一个品性很好的裁缝,我从未听他说过半句真话,即使是在说实话于他有利的时候。

倘若像真理一般,谎言只有一副面孔,我们还好办,因为我们会把惯于说谎的人所告诉我们的反面当真实。可是真理的背面却有千万副面孔和无限制的田地。

毕达哥拉斯派①的哲学家以为善是确定的有限的,恶是

---

① 毕达哥拉斯(约前580—约前500),古希腊哲学家、数学家。他所创立的学派曾对世界产生很大影响。

无限的无标准的。千百条路引我们背离,只有一条路引我们
达到目的。我确实不敢断定,我是否做得到撒一个坦白及严
肃的谎以救我避开一个明显而且极端的危险。

一个古代的神父(圣奥古斯丁①)说:我们宁愿和一只相
识的狗做伴而不愿意和一个言语不通的人相好。"所以一个
生客对于一个生客不能算人"(普林尼②)。虚伪的语言比缄
默更难交易哩!

弗兰西斯一世③常自夸用这种方法拷出塔韦纳的口供,
他是米兰公爵斯福扎的公使,一个著名的善于辞令的人。塔
韦纳受了他主人的使命对国王陛下致歉,为了一件很重要的
事。这件事就是:弗兰西斯王想同他新近从那里被驱逐出来
的意大利、具体说就是米兰的公爵通通消息,觉得应该有一个
人在公爵的宫廷代表他,实际是公使,表面却是一个私人,只
在那里经营他个人的私事;因为比较起来要倚靠皇帝多些,公
爵(他那时正与皇帝的侄女,丹麦王的女儿,现在是洛林的孀
妇议婚)如果被人知道跟我们有往来和通消息,对于他的事
必定有很大阻碍。被找到适宜负此使命的是一个名叫梅尔韦
耶的米兰人,国王的御马司。他带了许多亲信及公使的任命,
表面更带了许多为他私事的介绍信去见公爵。他逗留在公爵
的宫廷太久了,皇帝终于微有所闻。我们相信就为了这缘故
而发生了以后的一件事:借口有人暗杀,公爵派人在夜里杀了
他,而案情的手续却前后两日便告完结。

① 圣奥古斯丁(354—430),古代基督教最伟大的思想家。
② 普林尼(23—79),古罗马作家。
③ 弗兰西斯一世(1494—1547),法国瓦罗亚王朝国王(1515—1547 在
  位)。

塔韦纳带了一个捏造的关于这案件的详细说明书来到（因为弗兰西斯国王写信给公爵及所有基督教的国王要求完满的答复），准备在理事会晨会宣读。为了辩护他的案情，他很伶俐地提出几个似是而非的事实作为解释：他说他的主人自始至终只把我们的钦差当做他的百姓及私人，这人到米兰完全是为他的私事并且他从未因别的任务在那里逗留；他否认他知道这人是王的下属或且王认识他，自然更不知道他是王的公使了。于是弗兰西斯国王从各方面用种种疑问及抗议反驳他，终于在"为什么在夜里，而且，简直可以说是秘密行刑"一点上使他语塞。这可怜的人仓猝间不得不说实话，答道，为了对他陛下的恭敬，公爵会觉得面子上过不去，如果在白天行刑，我们可以想象他怎样露出马脚，在弗兰西斯国王一个这样的暗探面前被绊倒的情形。

　　教皇尤里乌斯二世遣了一个公使去谒见英王，鼓动他反对弗兰西斯王。那公使把他的使命说完之后，英王在回答的话中特别注重关于准备与一个这么强有力的王作战的种种困难，列举了几个理由。公使很不知趣地回答他也曾想过这些困难，并且对教皇提过。这些话与他为鼓动战争而来的原来目的相去甚远，英王马上猜出这公使私下里必定是倾向法国的。他的主人得知这个消息后，将他的财产全部充公，他自己仅仅保住了一条命。

论辩才的急慢

一个人不能兼有各种美德①。同样,关于辩才,我们常见有些人说话那么轻松和敏捷,人们之所谓词锋又那么尖锐,无论何时何地他们都应付自如;别的人则比较迟钝,却说什么是要审思熟筹。正如我们叫女人根据她们身体的特殊美点去做各种游戏和体操一样,我要对这两种辩才的特长给予同样的忠告。在我们这个世纪,擅长辩才的,似乎就是牧师与律师。我觉得迟钝的宜于做牧师,敏捷的宜于做律师。因为前者的职业允许他从容预备,他的旅程是在一条永恒的无间断的直线上走;至于律师的职业则需要他随机应变,他的对手意外的反驳往往把他抛出行伍,迫使他马上采取新的立场。

可是克雷芒教皇②与弗兰西斯王在马赛会面,却发生相反的事实:毕生吃法庭饭而且享有盛名的普瓦耶③先生被任命去对教皇致辞。他把演讲词事前许久便预备妥当,并且听说还是在巴黎做好带来的。到了要宣读的那天,教皇恐怕别

① 引自法国作家拉博埃西的诗句。拉博埃西(1530—1563),法国诗人、作家,对蒙田影响很大。

② 克雷芒教皇,这里指的是克雷芒七世(1478—1534),意大利籍教皇(1523—1534在位)。

③ 普瓦耶(约1473—1548),原为律师,1538年成为法国大法官。

人对他说的话有可能冒犯在座的各国公使之处,对王提议一个切合时地的题目,刚巧与玻耶所预备的完全两样:以致他的演辞毫无用处,要马上另做一篇。他自己觉得不胜任,不得已让杜贝莱替代他。

律师比牧师难做。可是我觉得过去的律师比牧师多,至少在法国是这样吧。

似乎智慧的元素是敏捷与机警,而判断的元素是迟缓与熟筹。但是那没有工夫预备便讷讷其词或有工夫预备亦不见得说得比较好的人是同样的不可思议。

据说塞维鲁·卡斯尤斯[①]事前不先构思说得更好,说他仗着机会的力比思索的力多,说打断他的话柄对于他是求之不得哩,所以他的对手不敢激惹他,怕他的怒气会令他加倍雄辩。我凭经验知道这种不耐苦思的天性。除非让它自由快活地奔驰,否则它就没有什么价值。我们常说某某作品臭油灯气味,即指作品中由于过事雕琢所致的生涩与粗糙。而且,那急于求精的操虑,那对于所从事的事情过于迫切过于紧张的灵魂的焦躁,都会使天性受到捆缚、挫折和挡塞,正如过于满溢和猛急的水从开着的瓶口找不着出路一样。

我现在所说及的这种天性当中,也有并不需要受强烈的情感刺激的,如卡斯尤斯的愤怒(因为这样的打击会太猛烈了)所摇撼和激动的:它所需要的不是簸荡而是祈求;它只要受临时、偶然及外界的景物所唤醒和曛暖。如果任它自然,它就只有颓唐憔悴。兴奋是它的生命与美德。

我本人不能完全支配和掌握自己。机会比我自己对于我

---

① 　塞维鲁·卡斯尤斯(？—前33),古罗马雄辩家、历史学家、讽刺作家。

所说的话更有权力。境遇,伴侣,甚至我自己的声音的颤动从我的智慧所抽出来的比我独自探测和使用它的时候所获得的还要多。

所以我的谈话比我的文章好,如果对于无价值的东西也可以有选择的话。

这样的事于我亦常有:我找我的时候找不着;我认识自己更多的是由于偶然邂逅而不是有意识地搜寻。我有某个精微的意思(我想说的是:对别人鲁钝对于我自己锋利;放下这些谦逊吧! 这种话每人都有自己的说法),要写出来发表,我把它完全忘了,简直不知道我想说的是什么;某位生客有时比我更先发现其意义。如果我要用刀把这些地方统统刮去,那么全部书恐怕都要被抹掉。也许将来机缘会偶然射出一道比午昼更亮的光在这上面,使我惊讶于我现在的犹豫。

论 预 兆

关于签语,确实在耶稣未降临以前,便已失掉信用了:因为我们见西塞罗①苦思它们所以衰落的原因,这几句话就是他的:为什么到现在,并且很久很久以来,德尔斐②就不再发签言了,时至今日,竟也没有什么人说三道四的呢?可是其他种种预言,发自被牺牲的兽类的脏腑(柏拉图以为这些动物的脏腑的天然组织有几分是为这用途而设的),鸡之刮削,鸟之飞翔,我们相信有些禽鸟专为宣示未来而生的(西塞罗)。打雷,河流之曲折,肠卜洞悉许多事物;占卦预知许多事物;签语,先知,梦与异迹又宣告许多事物(西塞罗),以及其他古代赖以取决公事和私事之休咎的,通被我们的宗教打破了。虽然我们当中还有星相巫觋等流行:我们的天性中无意识的好奇心的显著例证之一,就是消耗我们的光阴去预卜未来的事物,仿佛眼前的事物还不够我们消受似的,

> 为什么,奥林匹斯山的王呵,你要
> 在人类的痛梦之上添上这凄徨?
> 为什么用可怕的凶兆,

① 西塞罗(前106—前43),古罗马政治家、律师、古典学者、作家。
② 德尔斐,最重要的古希腊阿波罗神殿所在地。

预告他们未来的灾殃？

还是蒙住凡夫的眼睛吧，

使他们在恐惧中仍不绝希望。

——卢卡努斯

预知必临的事于我们毫无益处，因为徒自苦恼是一件大可哀
的事（西塞罗）——无论如何，它们的权威已大为减削了。

所以我觉得弗兰西斯·萨吕斯伯爵的例子非常可惊。他
那时统率着弗兰西斯一世在阿尔卑斯山外的大兵，非常得宠
于宫廷，连他的哥哥被充公的领地也归还他了。他毫无倒戈
的理由，而且也不愿意倒戈，后来才证实他是受了当时那利于
查理五世①而不利于我们的种种美好的预言（尤其是意大利，
在那里这种愚蠢的预言是这般流行，在罗马居然大宗的款项
为了我们的倾覆而付孤注）的过度的恐吓，起初他只对他的
心腹哀叹那对于法国和在法国的友人的不可避免的灾难，终
于背叛倒戈起来，结果他大受损失，无论星座如何。可是他对
于这事的举措实在像陷于各种情欲的人。因为，既有城池和
大兵在握，安东尼·德·列夫所统率的敌军又距离他仅三步，
加以我们对他毫无猜忌，他实在可以做得更坏。然而我们并
没因他的背叛而损失人马及城池，除了福萨诺②，而且还是经
了一场血战才丢掉的：

神用浓黑的夜，

遮掩着未来的路，

嘲笑那无知的凡夫

---

① 查理五世（1500—1558），神圣罗马帝国皇帝（1519—1556 在位）。
② 福萨诺，意大利一城镇。

为了焦虑自苦，

⋯⋯⋯⋯⋯⋯

他就是自己的主人，

而且将毕生快乐欢欣，

如果他能够每晚安然，

说道："我又过了一天。

明天任神遍盖乌云

或把清光普照乾坤。"

——贺拉斯

反之，那些相信这句话的人却错了：这是他们的理由：因为有预兆，所以有神明，既然有神明，所以有预兆（西塞罗）。帕库维乌斯①却聪明得多：

那些不求教于他们的心，

而求教于禽言兽语的人，

只合受我们听，

却不合受我们信。

著名的托斯卡纳人的预言来历是这样的：某农夫锄地，锄到深处的时候看见达则，一个有着婴孩的面孔、老人的智慧的半仙站起来。邻近的居民急忙走去看，于是他的言语和知识，包含着这法术的原理和方法，便被收集保存了几个世纪；好一个与它的进步相称的诞生。

我宁可掷骰来处理我的事，也不愿倚赖这样的幻梦。

真的，在一切国度，人们都留下一部分权威给命运。柏拉

---

① 帕库维乌斯（约前220—约前130），古罗马悲剧作家。

图在他所描画的理想国里,让命运裁决许多重要的事情,其中一件便是婚姻要由善良的公民共同抽签取决。他对于这偶然的选择是这般看重,甚至主张由这种结合所生的孩子才能在国内教养,而把那出自不良的结合的孩子摒弃。可是如果这些被摒弃的孩子长大过程中显出成材的希望,人们可以把他们召回来,而放逐那些被留在国内到成年还不见有什么希望的人。

我见许多人研究和注释他们的历书,把它们当做各种事物的权威来引证。它们所预料的事是这么多,自然有真有假:

> 整天射箭的人,
>
> 谁不会有时命中呢?

——西塞罗

我却不因为他们有时命中而看重他们。我们会较有把握得到真理,如果他们的定规是撒谎。何况从来没有人留意他们的误算,虽然那是无数和常有;而它们的偶然命中却正因为罕有、非常和不经而得人信仰。迪亚戈拉斯,别号无神者,一天在萨莫色雷斯①神殿里有一个人指着那些沉船得救的人的还恩牌对他说:"好,你不信神明与人事有涉,对于这许多由神恩得救的怎样解说呢?""事实是,"他答道,"那些溺死的人并不留下形象在这里,虽然他们占大多数。"

西塞罗说许多承认神明的哲学家当中,只有色诺芬尼②努力铲除各种预言术。无怪我们常见许多国王耗费他们的光

---

① 萨莫色雷斯,希腊岛屿,约公元前700年,希腊人到此并建造了一座众神殿。
② 色诺芬尼(约前565—约前473),古希腊哲学家,反对多神论。

阴（有时并且对他们有害）在这些子虚上面了。

我很想亲眼看见这两个异迹：一个是卡拉布里亚①的教士约翰的书，预言所有未来的教皇的姓名和相貌。一个是莱昂皇帝的书，预言希腊历代皇帝及尊长。

这个却是我目睹的：在社会秩序混乱的时候，人民受了厄运的打击，轻率地投身于各种迷信，向上天寻求他们的灾难的远古的恫吓与原因。而它们现时是这般意外地顺利，我敢说（这是一个锐利而空闲的头脑的消遣）那些精于解结这些玄机的人无论在什么书里都可以找到他们所想找到的东西。尤其使他们易于从事此道的是这种预言式的谰语的模糊、恍惚和不经；它们的著者原就不给他们任何清晰的意义，以便后世可以随他们的幻想妄加注解。

苏格拉底的灵魂，据我所见，就是某种意志的冲动，不待他的理性允许便呈现给他。在一颗修养这么深的灵魂，不断地受智慧与道德的陶冶，大概连这种率性，虽则是偶然，也是良善而且值得听从的吧。每个人在他内心都有这种骚动的影像。我也曾经有过，我任它们推移对于我是这般有益和顺利，简直可以想象它们是从神圣的灵感来的。

---

① 卡拉布里亚，意大利古代城市。

论善恶之辨大抵系于我们的意识

骚扰我们的,是我们对于事物的意识,而不是事物本身①。一句古希腊格言这样说。假如这格言能够事事处处都树为真理,我们这可哀的人类景况至少可得一大解救。因为如果恶单是由于我们的判断而侵害我们,似乎我们可以瞧不起它们,或有把它们化为善的可能。如果事物是在我们掌握之中,为什么我们不支配它们,或利用它们呢?如果我们之所谓恶与痛楚本身并不是恶与痛楚,却因为我们的想象把这种品质加给它们,我们当然有转变它们的权利。既可以选择,又没有什么强迫我们。我们真愚蠢不过,如果我们偏要选择那苦闷的路走,把一种苦恶的味儿加之于疾病、窘乏和侮慢的身上,而究其实我们也可以把好的加给它们;既然命运只供给我内容,却要我们把形式给它们。现在,让我们试看这议论能否成立:我们之所谓恶并非恶,或者——其实只是另一说法——即使所谓恶是恶了,最低限度我们可以任意给它们另一种气味,另一副面孔。

如果我们所畏惧的这些事物的本质倒成了我们的主宰,那么,无论在谁身上都会如此类似,无一例外,因为一切人都

~~~~~~~~~~~~~~~~~~~~

① 古希腊哲学家爱比克泰德(约55—约135)格言。

是同类,而且,除了多少之分,总具有同样的判断与理解的本能与手段。可是我们对于这些事物的意识之分歧显然证明它们是得到我们的接受认同才在我们脑子里生根的。这样,某一个人包藏着它们的真体,而千百个人却给它们一个新的相反的形状。

我们把死亡、贫穷和痛苦当做我们的主要敌人。

先说一般人称为"可怕的事物中之最可怕"的死吧:谁不知道许多人却称它为"这生命的风涛中惟一的避风港",称它为"自然的至善",称它为"自由的惟一砥柱"和"医治诸般苦难的奏效如神的万应灵丹"呢?有些人战栗惶恐地等候着它,另一些人却把它看得比生还轻易。

有人埋怨死亡过于温和:

> 死神啊,求你保佑懦夫的生命,
> 愿你只是勇敢的代价。
>
> ——卢卡努斯

且慢说这些傲慢的心吧。狄奥多罗斯回答那恐吓要杀死他的利西马科斯①说:"你将立一大功,如果你做得到一只西班牙苍蝇所能做的。"大多数哲学家或有意预先安排、或帮助和催促他们自己的死的到来。

我们常见多少下层阶级的人,或由于刚愎,或由于天性上的纯朴,毫不动容地赴死——并且不是平常的死,而往往是混着羞辱及酷刑的死——我们简直不觉得他们举止上有什么改变:料理他们的家事,把后事托付给朋友,唱歌,现身说法,对

---

① 利西马科斯(约前355—前281),马其顿将军,总督和国王。亚历山大大帝死后,成为色雷斯国王。

大众演讲，间或插以笑话，举杯为他们的朋友祝酒，简直与苏格拉底无异。

一个囚徒被拉往绞刑架，他还提出，别从某条路走，恐怕某商人向他索债，抓住他的领带不放他走。另一个囚徒竟对刽子手说，不要触他的脖颈，以免他忍不住痒失声大笑。还有一个，他的神甫听了他的忏悔说，他死的那天将和主耶稣同食。他回答：不如你自己去吧；至于我，我却要绝食。还有一个向刽子手要水喝，因为刽子手先喝了一口，便说，他不跟着喝，怕染上梅毒。大家都听过那位庞卡底人的故事：当他在绞架下快要被吊上去的时候，有人把一个女子带给他，说如果他肯娶她（我们的法律有时允许这样做），他便可以被赦免；他定睛看了半晌，发现她是跛的，说"绑吧！绑吧！她一只脚瘸哩。"同样的故事在丹麦亦极流行：一个犯人既定死刑，已经在断头台上了，不肯接受人家献给他的同样的条件，理由是那女子的脸太扁，鼻子太尖。图卢兹地方有一个仆人被人控告他信仰异端，他的惟一申辩是他跟从他主人的信仰（他的主人是一个年轻的学生，和他同时入狱），宁死也不肯承认他主人有错。传记告诉我们阿拉斯城的百姓，当路易十一①攻下他们的城之后，许多人都宁可挨吊也不愿喊"路易王万岁"。

在纳森克国，教士们的妻子直至今日还是被生埋去陪伴她们丈夫的尸骸。其他的孀妇不仅很从容地，而且很快乐地投身于她们丈夫的焚尸场上。而当人们焚烧他们的国王的尸身时，他的妻妾佞婢以及各种官吏仆从都喜洋洋地投身火堆中，仿佛陪死是无上的幸福似的。

_____

① 路易十一（1423—1483），查理七世之子，法国国王（1461—1483 在位）。

在那些灵魂卑贱的小丑当中，许多临死也不抛弃他们的笑谑。有一个小丑，当绞刑吊手把他摇来摇去时，他叫道："摆橹呀，"这是他平日的口头禅。又一个临断气时人家把他抬到火炉边的席子上，医生问他痛在哪里，他答道："在火与床之间。"等到牧师来替他涂香油，找他那因为痛而蜷缩起来的脚时，他说道："在我腿的极端，你就会找着它。"有人劝他把自己交给上帝，他问："谁到那里去？"那人答道："如果他喜欢，也许一会儿你就要去。""假如我明天晚上才去呢？"他反问。"把你交托给上帝吧，你快要同他一起了。""那么不如我自己把我介绍给他。"

最近我们攻打米兰之役，得而复失，失而复得不知多少次，百姓耐不过换来换去，他们决定一死。据我父亲说，他看见人家统计，一周之中，至少有二十五个家长自戕。一桩大同小异的事在克桑西①城发生。那里的居民遭到布鲁图②的围攻，他们男女老少一块儿蜂拥出城，带着热烈的愿望去赴死，简直可以说平常人用以逃避死的应有尽有的方法，他们无不用来逃避生，以致布鲁图费了许多工夫才救回极少数。

无论什么意见都有迷惑人用性命来拥护它的力量。米堤亚③之战，希腊人所矢誓及始终坚守的英勇的约言第一条便是每个人宁可生易死，也不愿波斯的法律替代他们的法律。我们看见多少人在希腊和土耳其之战中，宁可接受那最残酷的死也不愿放弃他们的割礼而改受洗礼。再没有什么宗教比得上这种榜样的了。

---

① 克桑西，希腊一城市。
② 布鲁图（前85—前42），古罗马政治家。
③ 米堤亚，伊朗高原西北部古国名。

卡斯蒂利亚①国王曾把犹太人驱逐出境,葡萄牙王让②应许暂时容纳他们,但每人要交八个埃居,而且到一定的时期要全部离开,他答应备办船只把他们载到非洲去。期限到了,他下令过期不离境的要做奴隶,而替他们备办的船只既非常之少,已经上船的又受那些船员很卑鄙地虐待,其中一个虐待的方法便是在海上绕来绕去,直至他们的粮食竭尽,迫不得已时向船上购买;可是在海上那么久,售价又那么贵,他们登岸时就只剩下身上的内衣了,这种不人道的消息传到葡萄牙之后,大多数人情愿做奴隶了,其中有些还改变了宗教信仰。及至埃马纽埃尔③即位,起初他恢复他们的自由;后来又改变宗旨,下令他们限期出境,指定三个海岸做他们上船的地方。据我们现代最伟大的拉丁历史家阿锁里乌说,国王以为,把他们解放的恩惠不能感化他们皈依基督教,那么,如果叫他们像他们的朋友般去受些盗贼似的海员的虐待,加上离开他们惯居和致富的国土,去到一个生暴的地方的种种艰难终会把他们带回来。可是他的计划失败了。犹太人个个争先恐后要离境,于是国王取消两个已经允许的近一点的上船点,以便路程的艰辛或可使他们反省,而把他们聚拢在一个地方也便于施行他的管理计划。于是便下令把十四岁以下的小孩从他们父母怀里抢出来,移到他们父母眼不及见的地方去教养,使他们在我们的宗教之下长大。据说结果非常可怕:父母与儿女间天然之爱,加上他们对他们古代信仰的热忱,他们决心和这横

①　卡斯蒂利亚,西班牙中部地区的传统名称,历史上曾建卡斯蒂利亚王国。

②　让(1481—1495在位),葡萄牙国王让二世。

③　埃马纽埃尔,葡萄牙国王让二世的继承者(1495—1523在位)。

暴的谕旨死命抗争。许多父母因此自戕;更可怕的是,出于挚爱和怜悯,他们亲自把他们的幼孩投入井里,以图避免这律法。至于那些剩下来的,期限既过,又缺乏旁的办法,只好回复他们的奴役生活,也有变为基督徒的:不过他们整个民族是否真诚,直至今天恐怕还没有多少葡萄牙人敢担保,虽然时间和习惯比什么压力都是更好的顾问。我们岂不常常看见,不仅仅是几个将军,而且全队兵士都义无反顾地奔赴万死么?(西塞罗)

我有一个亲密的朋友极真诚地强求死。这真诚是由各种我所不能驳倒的似是而非的理由种在他心中的。第一次死戴着光环显现在他眼前时,他马上抱着强烈的渴望投身于它怀里,虽然并没有什么显著的非死不可的因由。

我们此时有许多例子:为了极小的挫折,许多大人及小孩献身于死亡。关于这层,一个古人说得好,"我们还有什么不害怕的呢,如果连那怯懦者找来作庇护的东西我们也害怕?"

假如我想在这里列举那些比较幸福的时代无论什么信仰、无论什么景况的男女或很镇定地等死,或有意去寻死,而且并非单为逃避生的苦恼,有些简直只是为了逃避生的餍足,更有因为希望在别处更舒服而了却此生的,我将不胜枚举。这数字是这么无限,我真觉得把那些畏死的加起来恐怕还要容易些。

举一个例子。哲学家皮朗①有一天在海上遇大风浪,他把一只猪指给那些在他四周惊惶失措的人看,并且作为榜样鼓励他们,因为那只猪毫不为风浪所动。

---

① 皮朗(约前360—前272),古希腊哲学家。

难道我们敢说我们独具的理性,我们常常用以自傲而且藉以为万物之灵、万有之主的,是为要骚扰我们而加之于我们身上么?又何需乎那对于事物的认识呢?如果它令我们失掉那没有它反而得到的安息与宁静,如果它令我们比皮朗的猪还要愁苦?上天为了我们的最大幸福而赐给我们的智慧,我们却用以自求灭顶,与天心作斗,而反抗那要万物都利用它们的特长,以求自身安逸的普遍物理么?

好,有人会对我说,就算你的道理适用于死,又何语于贫困呢?又何语于痛苦,即亚里斯提卜①,圣哲罗姆②和许多贤哲都视为最大的恶的痛苦呢?那些口头上否认它的人,行为上却不能不承认。波塞多尼奥斯③为一种尖锐的病痛所苦。庞培来探望他,并且道歉不应该选一个这么不凑巧的时间来听他讲论哲学。"天也不许,"波塞多尼奥斯说,"如果痛楚能够缠绕我以至阻止我讲论哲学。"于是他纵论对于痛苦的轻蔑,但是同时痛苦并不停止它的效力,只是不断地刺激他。他忍不住大声喊道:"痛楚呵,你尽管肆虐吧!无论如何我也不说你是恶的。"

这个人们常常夸赞的故事,究竟何补于那对于痛苦的轻蔑呢?他所争辩的只是名义而已。如果他不为痛楚所动,为什么要中止谈话呢?为什么他以为不称它为"恶"是那么了不得的一回事呢?

这里所谈的不全是想象。我们可以推测其他的事;这里的痛苦却是真的。我们的官能自己就能判断:

① 亚里斯提卜(约前435—前366),古希腊哲学家,苏格拉底的学生。
② 圣哲罗姆(347—419/420),古罗马哲学家、文学家、修辞学家。
③ 波塞多尼奥斯(约前135—前51),古希腊哲学家。

如果官能不真，一切理性都是假的。

——卢克莱修①

难道我们能够让皮肉相信马鞭只使它发痒，让舌头相信茄楠香是葡萄酒么？皮朗的猪在这里便与我们同具一格了。它的确不怕死，可是你如打它，它便四处奔窜和呼叫。我们将要勉强那自然的普遍定律，那在普天之下无论什么生物身上都看得见的，大凡受痛苦必定颤栗的定律么？就连受损害的树也似乎会飒然呻吟呢。死亡却要反省才觉到，因为它只是霎时的动静：

或在未来，或在过去，眼前它却永不在。

——拉博埃西

等待死比死还要难受。

——奥维德②

许多禽兽和许多人都宁可死也不愿受恫吓。真的，我们平时最怕的，其实是死前惯常遭受的痛苦。

可是，如果要信一个神父的话，死之所以为恶，全因为那跟着它来的种种（圣奥古斯丁）。我却要说，而且比较近似一点，死的助手，既不是先他来的，也不是后他来的。我们常常很不准确地宽恕自己。我从经验觉得：倒是我们对于死的想象的焦躁使我们不能忍受痛苦，而是我们感到它加倍难受，正因为它以死来恫吓我们。但是理性要骂我们怯懦，如果我们

① 卢克莱修（前93—前50），拉丁诗人和哲学家。
② 奥维德（前43—18），古罗马最伟大的诗人之一。

畏惧一件那么倏忽，那么不可避免，那么不容易感到的事情。我们于是抓住那一个比较可宽恕的借口。

痛楚如果除了本身没有别的危险，我们便说它没有危险：牙痛，风湿症，无论怎么难受，只要不死人，谁把它们当疾病呢？现在，假设我们对于死亡单注重痛楚，而穷困也没有什么可怕的，它只不过把饥渴寒热以及失眠的痛苦带给了我们。

那么，就让我们单谈痛苦吧。我很同意这个看法：它是我们身体所能招惹的最大的恶，如果世界上有一个憎恶它、逃避它的人，那就是我，直至现在，我还没有，多谢上帝，与它发生多大的关系。可是全在我们，如果我们不能彻底歼灭它，至少也可以由忍耐而减轻它；纵使躯体受它纷扰，至少可以保持灵魂和理性的秩序。

如其不然，为什么坚强、勇敢、力量、豪爽和果断受人尊敬呢？如果没有痛苦作对，它们又将于何处显出它们的本领呢？

勇敢贪危难。

——塞内加

如果没有睡硬地、穿盔甲晒着正午的烈日，啖马肉，喝驴血，眼见子弹从我们身上夹出来，任火炙、针探、线缝我们的伤口等事，我们和一般常人又有什么分别呢？

逃避痛苦及灾祸，与先贤所说的"同价值的事业中，那最困难的最吸引人"这话相去实不能以道理计。因为严肃的人的幸福并不在于风流、游乐与欢笑等轻佻为伴侣，而在于坚忍与刚毅（西塞罗）。为了这缘故，无论如何也不能说服我们祖先那在战争的艰险里用臂力博得来的胜利不比那在万全中由心机和口舌得来的更宝贵。

功业的代价愈昂，滋味亦愈长。

——卢卡努斯

何况还有这点安慰我们：痛得厉害的必短，痛得长久的必轻（西塞罗）。你将不觉其久，如果你觉得它厉害；它不会结果自己也结果你：二者其实是一事。如果你背不起它，它将把你背走。不要忘记最大的痛苦止于死，较轻的痛苦有无数的间歇，而我们可以驾驭那些和缓的；所以，如果它们堪可忍受我们就忍受，否则我们可以随时离开这生命，与戏剧不中我们意的时候离开剧场一样（西塞罗）。

我们所以觉得痛苦难受完全因为我们不惯于在我们灵魂深处寻求乐趣，而且不充分信赖它是我们行为与生活的惟一至尊的主宰。我们的肉体，除了度数的长短，只有一条路径，一个倾向。灵魂的方式却千变万化，把肉体的感觉和种种的事变，无论大小，都隶属于它或它的权威之下。所以我们应该探察我们的灵魂，试验它的力量，唤起它全能的活力。无论什么理由，命令和力量都不能反抗它的志向和选择。它所具备的千万策略中，我们只要接受一条适宜于我们的宁静和安全的，那么，不仅损伤不能侵害我们，如果它喜欢，我们还会觉得凶恶和损伤可喜和令人感激。无论什么它都毫无区别地利用来谋求自己的利益。谬妄、幻梦都很有用地服从它的意旨，与正当的事物一样地把满足与安全带给我们。

这是显而易见的事；使我们的苦乐尖锐化的，是我们心灵的锋刃。禽兽的心灵是被钳制住的，把它们的浑噩和自由感觉完全交托给肉体，所以每个种类亦只有一个差不多相同的感觉，由它们举动的一致便可以看出。如果我们在我们肢体里不惊扰那隶属于它们的权限，我们可以相信我们也许更自在，因为自然赐给它们一个对于苦乐比较合理与温和的品性，而这品性既然是对于人人都是普遍平等的，就不会不合理。但是我们既然摆脱了它的律法，而耽溺于我们幻想的放纵里，我们至少要把它们屈向那令人最愉快的一方面。

柏拉图怕我们受苦乐的羁绊太牢，因为，这会使灵魂太受束缚和过分维系于肉体，我却以为这会使灵魂解脱和放松。

正如敌人因我们逃遁而愈凶猛，痛苦看见我们为它战栗而愈骄横。它会比较容易让步去投降那与它争持的人。我们要扎紧自己的腰去抵抗。退让与逃遁都可以邀致和招惹那恫吓我们的毁灭。正如肉体挺直起来更能坚持，灵魂亦然。

我们还是征引例子吧，对于腰骨软如我的人，这种游戏似乎更适宜；我们可以从许多例子看出痛苦与宝石无异：宝石的色泽视那配置它们的金叶而或明或暗，痛苦亦不能在我们身上占据我们所画给它的更宽的地位。你越让步给痛苦，你愈觉得痛（圣奥古斯丁）。我们觉得医生刃针的抚触比较在战争的火热中十处剑痕还要厉害。生小孩的痛楚，医生和上帝都认为很大，而为了这我们举行种种礼节的，对于许多国家简直不算一回事。我不说那些斯巴达的妇女，只就我们步兵营里的瑞士女人而说，你发现什么分别呢，除了今天看见她们背着昨天还怀在腹中的小孩跟着她们的丈夫走？那些漂流于我们边境的苦命的埃及妇人，她们自己洗涤她们新生的小孩，在最近的河里沐浴。

除了那差不多天天都有的许多年轻的女子掩藏那些或仍在腹中或已生下来的小孩以外，罗马的贵族沙宾努的贤妻，为了不想惊扰别人，独自生下一对孪生子，毫无援助，亦决不发出一声呻吟。

一个单纯的斯巴达儿童，偷了一只狐狸（因为他们怕不善行窃的羞辱比我们怕惩罚还厉害），把它藏在背心底下，任它咬破肠脏也不愿泄漏他的秘密。另一个孩子在祭祀的时候焚香，一声不响任一颗掉进袖口里的炭烧到他的骨头上，以免扰乱那庄严虔诚的礼拜。我曾经见过许多斯巴达七岁的小孩，单为了试验他们的勇敢（依照他们的教育制度），任人鞭挞至死也不变色。西塞罗亲眼看见斯巴达人打成一团，用拳，用脚，用口，以至昏倒也不肯承认被打败。习惯永不能征服天性，因为天性是不可征服的；我们是用虚诈、奢侈、逸乐、闲散、懒惰来腐化我们的灵魂，腐化之后，我们更用妄想和恶习来软化它（西塞罗）。

人人都知道色沃拉的故事：他偷进敌营去行刺对方的首领，事败被捉，于是他杜撰一段荒诞的话，以救他的国家而赎自己的罪。他不仅对他所想行刺的王直认不讳，并且告诉他在他自己的营里还有许多罗马人与他同谋，而且都是像他一样的人。为要表示他是怎样的人，他要求把一个火炉放在身边，他眼光望着他的手臂任火烧烤，直到敌人也害怕起来，下令把火炉移开。

有人动手术的时候也不停止看书。有人继续谈笑以轻蔑他所受的痛苦，因而激起那些刽子手更大的残酷，把他们所能发明的酷刑应有尽有地加在他的身上，直至他们不得不承认自己失败。但那是一个哲学家。还有恺撒的斗兽武士在有人把他的伤口针探和刀割时始终谈笑自若。曾经有人看见哪一个武士，甚至最卑贱的一个，在决斗或倒下的当儿变色或哀叫么？他倒下之后，当敌人的刀快要加上去时，曾经有人看见他缩颈以图闪避么（西塞罗）？

谁不曾听见在巴黎有一个女人，为要有新鲜的肌肤和娇嫩的颜色，把皮肤剥掉呢？有些女人拔掉她们健全的牙齿，以便把它们排列得更整齐，或使她们的声音更温柔更丰满。我们在女流中可以找出多少轻蔑痛苦的榜样！只要有可以增加她们姿色的希望，什么她们做不到？她们怕什么？

　　或拔掉头上的白发，

　　或剥去皮肤以改头换面。

——提布卢斯①

我还看见有些女人吞沙，吞灰，特意毁坏消化力以求得到苍白的脸色。为要有西班牙式的窈窕的身材，什么折磨她们不甘心忍受，捆扎、束缚深入肌里，以致胁部成了胼胝？是的，有时竟因此丧生呢！

现在有许多国家的人常有意刺伤自己以证明他们说的话真实：我们的国王就讲过许多他在波兰亲眼所见的事例。但是，除了我所知道在法国有许多人仿效这办法而外，我亲眼看见一个女子为了证明她的许诺真诚和坚贞，用头锥在臂上刺了四五下，以致肌肉吱吱作响而鲜血汩汩地流淌。土耳其人常把他们的肌肉挖去一大块以表示尊敬他们的情人，而且为要永留痕迹，他们立刻用火炙伤处，许久才挪开，使血积聚凝结成疤。看见这些事的人亲自写信告诉我并且对我发誓。为了十文铜钱用刀割伤自己的手臂或大腿的人，差不多每天都有一两个。

我很高兴，我们最需要证据的地方，证据亦举手便得，因

---

① 提布卢斯（约前55—约前19），古罗马诗人。

为基督教给我们准备了不少。许多人为追随我们的圣父，竟愿背负十字架以表现他们的笃信。我们从一个很可信的证人那里得知路易王九世①终身穿粗布衣服，直至暮年神父允许他脱去为止；每逢星期五他必定令他的神父用五条小铁链鞭挞他的肩膀。为了这缘故，他把这五条铁链放在箱子里，常常带在身边。

我们古耶纳最后一位公爵纪尧姆，是那把爵位传给法国和英国的埃利诺的父亲。他最后的十年或十二年常在僧服底下穿着紧身褡以示忏悔。安茹的侯爵福尔克一直走到耶路撒冷，为的是让他两个仆人在我们的救世主墓前用绳捆绑住他的脖颈鞭打他。在复活节前的礼拜五那一天，我们岂不依旧见到许多男女相打以至皮开肉绽么？这个我常见，可是觉得不舒服；他们说（因为他们是戴着面具的）有许多是受人雇来保护某种宗教的。可见这些人对于痛苦很轻蔑，因为虔诚毕竟比贪婪更能使人蔑视痛苦。

马克西穆斯葬他的当领事的儿子，加图②葬他的做民政官的儿子，路易·保罗斯③在几天内连葬他两个儿子，皆谈笑风生，毫无忧伤的痕迹。我曾经带着谐谑说某人嘲弄上天的正义，因为他的三个长成人的儿子在一天内暴死，你可以想象这是怎样大的打击，可是他差不多要把这当恩惠接受。我也丧失过两三个还在襁褓里的儿女，虽然不能说无所惋惜，至少也不至于哀伤。可是再没有什么变故更命中人们的要害的。

---

① 路易王九世（1214—1270），法国国王（1226—1270 在位）。
② 加图（小）（约前 95—前 46），古罗马政治家。
③ 路易·保罗斯（约前 229—前 160），古罗马将军。公元前 191 年任行政长官，公元前 182 年任执政官。

我可以想象许多令一般人悲怆的事因，如果临到我身上，我差不多无所感觉；我曾经貌视过许多降临于我的灾祸，可是一般人把它们看得那么凶暴，我从不敢在人面前夸说，怕脸红。由此可知悲痛并非由于我们的本能，而在于我们的主观意识（西塞罗）。

意识是一个有力的元素，大胆而且无限量。亚历山大和恺撒闹得天下大乱，谁还会渴求安宁、太平？泰雷神父常说，他不打仗的时候，自己觉得和他的马夫相差无几。

执政官加图，为维持西班牙的治安，禁止百姓携带武器，于是马上有无数居民自杀：凶悍的民族，他们以为没有武器便不能生活！（李维①）我们知道有多少人逃避他们在家庭里和在朋友中的恬静甘美的生活，跑到人烟绝迹的沙漠去寻求艰险；多少人渴望世界的侮辱、贬黜、和轻蔑，而且觉得那么可乐，你简直以为他们是矫情哩！最近在米兰逝世的主教圣博罗梅奥②，他的富贵，他的韶华，以及意大利的气候无不可以引诱他去过那骄奢淫逸的生活。可是他自处那么刻苦，简直春夏秋冬穿一件衣裳，睡禾秆做的床，而且，公务之暇，一刻也不停地继续研究，双膝跪地，书旁边放着一杯淡水，一块面包，他的粮食和用膳的时间通在内了。我知道有人戴了绿帽子③而获得利益和升擢，虽然大多数人听见戴绿帽子这词便要悚然起来。

视觉如果不是我们最有用的官能，至少也供给我们许多

① 李维（前64/前59—17），古罗马三大历史学家之一，其主要著作为《罗马史》，共142卷。
② 圣博罗梅奥(1538—1584)，米兰大主教。
③ 此处与中国"绿帽子"的含义相似。

娱乐;不过我们最有用最畅适的肢体似乎是那些用来生殖的。可是有许多人竟深恶痛绝它们,而且正因为它们这么宝贵而把它们除掉。这正和那挖掉眼睛的人重视眼睛一样。

大多数最有意识的人把后嗣发旺当做大幸福,我和有些人却把没有子女看做同样大的幸福。而人家问泰勒斯①为什么不结婚,他回答说他不想有后代。

事物的价值是我们的意识给他们的:这道理从许多我们不仅看它们本身的价值,而且看它们对于我们有何价值的事物体现出来;我们不管它们的品质和用途如何,而只顾我们把它们取来时的破费多少,仿佛这也是它们本质的一部分似的:于是我们之所谓事物的价值,并不是它们带给我们的,而是我们带给它们的。这使我想起我们是开销的大节省家。开销的效用视它的价值,而仅仅因为它的价值而定。我们的意识决不容人把它轻视。价值把宝贵加给金刚钻,把艰辛加给德行,把痛苦加给笃信,把苦涩加给医药。

某人想变穷,把他的金钱全抛进海里,而许多人要遍搜这大海以钓富。伊壁鸠鲁②说:"致富并不能除却纠纷,只是变换纠纷罢了。"真的,产生贪婪的,是富裕而不是贫困。关于这层,我要略说我的经验。

童年以后,我曾经在三种境况下生活。第一个时期差不多有二十年之久,我的生活方式游移不定,完全依靠朋友的帮助扶持,没有规定的恒产。因为放胆听天由命的缘故,我用钱越发爽快和大意。我一生从没有比那时更舒服的了。我从未

① 泰勒斯(约前624—约前546),古希腊哲学家。
② 伊壁鸠鲁(前341—前270),古希腊哲学家。

遇过朋友吝而不与,因为我把依期还债的需要比什么需要看得都重。他们见我想尽法子去偿还他们,常常不知多少次地延长期限,因此我带着一种俭约而且有几分狡诈的忠实去还债。

还债使我自然感到一种愉快:仿佛把一个厌烦的重负和那奴隶的影子从肩膀卸下;而且,履行正义和满足他人这念头也很使我得到相当的快慰。不过要盘算和论价的偿还是例外;因为,除非我找到人替我办理,我还是,虽然于己有愧,于人有害,拖延得愈久愈妙,以躲避那与我的脾气和口才都不能相容的口角。再没有比讨价还价更令人憎恶的东西了。那完全是一种欺诈和无耻的交易;经过一个钟头的争辩与吵闹,双方各收回他的誓言和许诺,仅仅是为了五分钱的得失而已。因此,我颇不利于借钱,因为没有亲自开口的勇气,我往往只听凭纸笔的运数;纸笔自然不是很成功的律师,而且很容易遭到拒绝。我把我日用的管理权完全交托给天上的星宿,可是比较后来交托给我自己预算的常识总是爽快自由得多了。

多数善于家政的人觉得在飘摇中生活最可怕,他们没有想到:第一,世界上大半人是这样活法。多少卓越的人把他们全部确定的收入毫不在意地抛掉,去祈求国王或命运的风头!恺撒负了百万金债,超过他本身价值不知多少倍,以成其为恺撒。多少商人把他们的田产变卖,运到印度以作他们贸易的资本。

跋涉多少波涛汹涌的重洋。

——卡图卢斯

在信仰凋敝的今天,我们有千万间修道院,每天的晚餐只期望上天的恩赐,而他们的生活竟非常舒适。

其次,他们不知道他们所依赖的恒定的东西其实也和偶然的事物一样飘摇无定。我可以在二千埃居进款的极端,看见贫苦接近我无异于在我身边。因为,命运可以由我们的财富开千万个裂缝给贫穷(既然最高与最低的运气之间往往无过渡阶段),

> 运气是镜子,照得最明亮时便碎了。
>
> ——普布利柳斯·西鲁斯①

命运还可以把我们的防卫与营垒从头到脚完全推翻,我从种种原因觉得窘乏存在于那些腰缠万贯的人与那些不名一文的人中间一样常见;而且也许孑然一身比那拥有财富的人还轻松方便一点。财富与其说来自广开源不如说来自普节流:每个人是他自己命运的工匠(萨卢斯特②)。我觉得一个日夕焦虑、劳碌奔波的富翁比较一个生活简单、无所求的穷人更可哀。富人怀里的窘乏是最大的灾祸(塞内加)。

最显赫最富有的帝王常常由于贫乏而感到处于极端的急需之中;因为世上还有比剥夺、霸占百姓的财产还极端的需要么?

我的第二个时期就是有钱。当我处心积虑这样做时,在短期间内我便储蓄了从我的景况看来颇为可观的款项,因为我以为,拥有超过日常开支的收入便算有钱,又以为我们不能单凭我们期望可以收入的进项来量度支出,无论我们的期望

---

① 普布利柳斯·西鲁斯(活动时期为公元前1世纪),拉丁滑稽剧作家,令人铭记不忘的主要是一部警句诗集。
② 萨卢斯特(前86—前35/前34),古罗马政治家和历史学家。

多么确凿可靠。因为，我想，倘若我遇到这个或那个意外的事变呢？经过了这种种虚幻和古怪的想象之后，我于是自作聪明，要以储蓄的方法以备不虞。对于那些用意外的事变太多之类的话驳我的人，我仍可以辩解，如果不能防一万至少也可以防万一。

这样做自然免不了许多焦虑。我严守秘密：虽然我非常坦诚，但一谈到我的钱财我便扯谎，和许多穷的说富，富的装穷，从不肯对于他们的财产说一句良心话的人一样，真是又可笑又可耻的慎重！要旅行么？我总怕带的钱不够。而我带钱愈多，忧虑亦愈大：或怕路上不安全，或怕替我挑行李的人靠不住。和我所认识的人一样，如果我没看见行李在面前便不放心。把钱箱留在家里么？多少疑虑和烦恼！而且，更难受的是这些疑虑和烦恼又不可对人言！我的心无一刻不记挂着这钱箱。总之守财比生财还苦。如果我不曾把这里所说的一一体验过，至少也费了不少的心血去阻止自己免于此种体验。

至于恣意花钱所产生的满意，我所得极少或等于零；挥霍的方法虽增多，我的心却依然总是放不下。因为，正如彼翁所说：无论是多发者还是秃头，如果你拔他一根毛，他们一样要生气。你一旦把幻想粘在一堆金钱上，而且就这样把它据为己有惯了，你就不能再用它：你将不敢在那上面挖一个窟窿，好像那是一座建筑，以为一掘动就要倒下来。直至事情急迫得需要抓住你的咽喉才肯把它劈开。否则我就押衣裳卖马也比拆开那藏起来的宠爱的口袋乐意。可是危险的地方就在于我们不能给这欲望划一界限（我们视为可爱的东西往往如是），或对于节俭定一标准。我们永远不歇地把这钱堆儿扩大，一项一项的款添加上去，以致很鄙贱地剥夺我们对于自己财产的享受，以保守为乐而毫无用处。

根据这种风气，最富有的人，就是那些看守一座富庶的城门的人了。我以为一切有钱人都是贪婪的。

柏拉图把物质或人类的财产排列如下：健康，美丽，力量，财富。而财富，他说："为智慧所照耀的时候，是明眼的而不是盲目的。"

小狄奥尼西奥斯在这一点上做了一件妙事。他听说一个仆人藏了一注金钱在地下，于是派人告诉他要他把这注钱送上。那仆人遵命送来，却预先扣下一部分；他把扣下来的钱带到别的地方去，在那里他丧失了积聚节俭的习惯，开始过起一种比较阔绰挥霍的生活。小狄奥尼西奥斯听到这消息，马上把交来的那笔藏金还给他，并说，他既学会了怎么用钱，我也就很情愿还给他了。

我这样做有好几年了。不知哪路神灵很奏效地把我和小狄奥尼西奥斯的仆人一般从守财的思路中解脱出来，我积聚的习惯随之消失；这是在一次极为破费的旅行的快乐即把脚踏在这幻想上之后。结果是我跌入第三种生活，那当然是比较适意和有条理的生活，因为我使支出与收入得到平衡，纵然有时也有过与不及，但总不至于相差太远。有一天就活一天，以能够应付目前及日常的需要而自足；至于那非常的需要，即使你尽天下所筹备亦不够应付。而且，希冀命运赐给我们充分的武器来抵抗它实等于疯狂。只有用我们自己的理智这一武器作战。意外的军械往往在我们最需要它的时候卖给我们。如果我储蓄，那就单是希望在最近的将来有相当的用途，并不是要置田地，因为我用不着，而是要换取快乐。不贪便是富；不爱购置便是收入（西塞罗）。尤使我欢喜的，就是这种改变正在一般人自然倾向吝啬的年纪来到,使我得以免掉这老年人的通病和人类最可爱的疯狂。

裴路莱两种命运都经历过。他发觉财产的增加并不是饮食睡眠与接吻等欲望的增加;而在另一方面呢? 他开始感到家庭累赘他的肩膀,正和我的体会一样,于是决意去满足一个追逐财富的穷少年——他的一个忠实朋友。他把他所有的财产和他每天凭着竞争以及靠着他主人居鲁士的慷慨施舍所获得的利益通通送给他,只要他的朋友把他当嘉宾贵客好好地款待款待。自从那天起,他们两人都非常快乐,而且对于这样交换一下地位同样的满意。这是一个我十分乐意仿效的举动。

我极钦羡一位老主教的气魄。他把他的财产、进项和开销,完全交托给他所信任的仆人们,有时是甲,有时是乙,他自己这样活了许多清静的年头,对于他的产业他就像一个陌生人一样漠不关心。信任别人的善良实在是自己的善良的明证,所以上帝很愿意嘉许它。至于我所说的那个老主教,我未曾见过有比他的家庭治理得更美满更安稳的。能够这么恰当地调理他的需要:既有相当的财产足以应付,用不着自己操劳钱财的出进,又不致阻碍自己所从事的另一个比较恰当、清静和称心的职业。——这人有福了!

所以昌盛与贫困全在于每个人的观念。无论富裕、光荣或健康都不能更多地具有我们所赋予它的美妙和快乐。每个人的处境佳否全视他自己的感觉。相信自己快乐的人便是快乐的,而不是取决于那个世界相信他是否是这样的人。只有自己的相信决定它的真伪。

命运对于我们并无所谓利害,它只供给我们利害的原料和种子,任那比它强的灵魂随意转变和应用,因为灵魂才是自己的幸与不幸的惟一主宰。

外物因本体而有色味,正如衣服能保暖,并非衣服本身有什么温热,它们只能掩护和保持这温热罢了。如果用它们来掩盖冷体,对于冷亦有同样的效用:冰雪就是这样保存的。

真的,正如勤学对于懒人是苦事,戒酒对于醉汉是苦事,节俭对于浪子是刑罚,体操对于娇养和闲惯的人是痛楚,其他亦然。事物本身并没有什么辛苦和艰难;只是我们的怯懦和软弱使然。判断崇伟的事物须有崇伟的灵魂,否则我们会把自己的弱点当做他们的弱点。一支直的桨在水中却现出曲的。对于一切,重要的不仅在于看见,而在于怎样看见。

然则我们为什么不在许多劝人轻死忍痛的理由中找一二条适合我们的呢?为什么每人不在各种劝别人这样做的幻想中选用那些最合他自己脾胃的呢?如果他受不起那强烈的泻药把恶连根拔去,至少也得要服一剂温和的以减轻它呀。有些灵魂对于苦药一样地娇软;所以我们一度给宴安腐化之后,连蜂螫也使我们失声喊出来。一切全在于自制罢了(西塞罗)。

总之,如果过于看重痛苦的锐利和人类的软弱,我们无论如何逃不开哲学。因为我们逼迫哲学回到这不可超越的答案中来:如果生在贫困之中是一件坏事,那么,至少没有必要在贫困中生活。

除非自己愿意,没有一个病人会安心地久久地病下去的。

既没有勇气忍受生,又没有勇气忍受死,既不能抗,又不能逃,人家奈他何呢?

论 恐 怖

我悚然木立，我的发儿直竖，我的舌儿凝结。

————维吉尔

我不是个好的自然科学家（如他们所称的），而且不知道恐怖由什么机件在我们体内开动；不过那是一种奇异的感觉却是真的。医生们说再没有什么更容易使我们的理性失掉均衡了。我的确见过许多人因恐怖而发狂，即使对于最清醒的头脑，当它的余威还在的时候，亦不免发生种种可怕的昏迷。不用提那些俗人，对于他们，恐怖时而现身于他们的祖宗裹着殓衣从墓里出来，时而现身于狼人、妖魅和精怪；就是在兵士们当中，它应该占很少地位的了，不也常常把一群绵羊变为一队甲兵，把芦苇和茅草变为枪手与武士，把朋友变为敌人，把白十字架变为红十字架么？

德·波旁先生攻取罗马的时候，一个旗手在圣皮埃尔镇站岗，警报一响，他便被那么厉害的惊恐抓住，马上从荒墟的一个墙孔跳出城外，手执着旗，向敌人跑去，还以为是向城里跑呢，直到看见德·波旁先生的军队误以为城内出击，纷纷齐集来抵抗他，他才猛然醒过来，又翻身从刚才的墙孔跳进城里，这时他才知道刚才居然走到离城三百步的地方去了。朱伊尔将军的旗手可没有那么运气，当普尔斯侯爵和迪勒攻取圣波尔城时,因为惑于恐怖,他的兵士连旗带人从一个枪眼跳出城外,被敌军抓住斩成碎片。就在同一次战争中,同样令人不能忘怀的,就是恐怖那么剧烈地抓住、束缚和冰冻了一位贵族的心,他竟僵死在阵地上,一点儿伤痕也没有。

恐怖有时抓住整个人群。在格马尼库斯①与德国人许多场大小战斗中,有一次两大队兵士因恐怖而往相反的方面四散逃奔,这支队逃离的地方竟是那支队刚才待着的地方。

有时恐怖把翅膀插在我们的脚跟上,如上述的两个例子;有时却钉镣着我们的脚,如我们所知道的关于狄奥斐卢斯②皇帝的故事:据说他被亚加雷纳人③打败的时候,惊愕和瘫软到简直不知道逃走:恐惧得连逃命的办法也想不起来(昆图斯④)!直至他军中的一个统领马尼埃尔把他从酣睡中摇醒来,拖着他说:"如果你不跟我来,我就杀了你,因为你丧失生命总比你被俘虏而丧失国土好。"

最见得出恐怖的力量的,就是当我们受它的影响被迫去建立那连我们的天职和荣誉都拒绝不了的奇勋。罗马人在桑普罗尼奥斯⑤的统率下第一次败于汉尼拔⑥的一场大战,足足有一万步兵挟于恐怖又找不着他们怯懦的出路,逼得投身敌人丛中,带着异常的英勇突进重围,杀迦太基⑦人无数,用

---

① 格马尼库斯(前15—19),罗马皇帝提必略的义子,战功卓著的名将。
② 狄奥斐卢斯(?—842),东罗马帝国皇帝(829—842在位)。
③ 亚加雷纳人,即阿拉伯人。
④ 昆图斯(创作时期约375年),希腊叙事诗人。
⑤ 桑普罗尼奥斯,古罗马政治家,公元前218年任古罗马执政官。
⑥ 汉尼拔(前247—前183/前182),迦太基人,古代最伟大的军事统帅之一。一生与罗马共和国为敌。
⑦ 迦太基,古代最著名的城市之一,相传系推罗的腓尼基人于公元前814年所建。

显赫的胜利所值的代价洗刷了一场可耻的败北。

我最害怕的就是恐怖;它的锋锐超过了一切情操。

还有什么比庞培的朋友们在船上亲眼看见一场屠戮所感到的怆痛更厉害更真实的呢？可是对于渐渐逼近的埃及船的恐怖把这情感窒塞了,据说他们只想催促他们的船夫赶快尽力摇橹以逃出危险,直至他们到了推罗①,解脱掉恐怖了,才有工夫把他们的思想转向他们最大的损失,刚才给更强烈的情感所勒住的哀哭与酸泪顿时放纵开来。

> 恐怖把智慧从我的内心里赶走了。
>
> ——西塞罗

那些在阵上受了伤的,即使还鲜血淋漓,你明天还可以把他们带到战场上投入厮杀;可是畏怯敌人的人,你即使只要他们面向敌人也做不到。多少人因为怕被放逐、奴役或没收财产,长期生活在悲楚中,以致饮食睡眠的嗜欲尽失;反之,穷人、流浪者,以及奴隶却往往和常人一样快乐地生活着。多少人因为受不了恐惧的刺激而投河、自缢或跳下深渊,这更可以证实恐惧比死更烦扰、更难受。

希腊人认为还有另一种恐怖,他们说并非由于我们理性的迷惑,而是来自上天的意旨,虽然表面上并无使人恐怖的缘由。往往全城或全军骤然为恐怖攫住。那把迦太基城再变成废墟的就是这种恐怖:空中只闻号啕和震惊的声音,居民像听见警报似的从屋里跑出来,互相蹂躏、践踏、残杀,与城池被敌人所占据毫无二致。到处一片喧扰和杂乱,直至用祈祷和祭祀平息了神明的暴怒。他们称这为"受惊"。

<hr />

① 推罗,古代腓尼基南部城邦,今为黎巴嫩南部沿海城镇,名为苏尔。

论死后才能判定我们的幸福

> 但是,呀!谁敢,当生命的末日来临,或死和丧礼把
> 我们的荣名定谳,谁敢称谁幸运?
>
> ——奥维德

每个学童都知道关于克罗伊斯①国王的故事:他被居鲁士俘虏和判处死刑。临刑的时候,他喊道:"啊,梭伦,梭伦②!"居鲁士听到这话,究诘他这是什么意思。他解释道:他不幸而证实了从前梭伦给他的警告:一个人,无论命运怎样笑颜相向,非等到他生命的末日过去了,才能称为幸福;因为人世变幻无常,只要轻轻一动,便可以面目全非,前后迥异。所以阿格西劳斯③回答那些欣羡波斯王那么年轻便大权在握的人道:"不错;但是,普里阿摩斯④在这样的年纪命运亦不差。"我们可以看见马其顿的国王,那伟大的亚历山大的后裔,变为罗马的木匠;西西里的暴君变为哥林多⑤的教师。一个统率

~~~~~~~~~~~

① 克罗伊斯(?—约前546),吕底亚最后一代国王,以财富甚多闻名。
② 梭伦(约前630—约前560),古代雅典政治家和诗人。
③ 阿格西劳斯,即阿格西劳斯二世(约前444—前360),斯巴达国王(前399—前360在位)。
④ 普里阿摩斯,希腊神话中的特洛伊最后一位国王。
⑤ 哥林多,一译科林斯,希腊城市,古代曾为地中海最大城市之一。

大兵、征服了半个世界的霸主成了埃及的叫花子般的乞怜者；苟延了五六个月的时间，那伟大的庞培的损失有多大！

我们父辈的时候，卢多维科·斯福尔扎①，米兰的第十代公爵，在他治下全意大利曾经威震全球了多时，终于囚死洛什城；而且死前还受了十年牢狱之灾，那才是他一生中最倒霉的日子。最美丽的皇后，基督教中最伟大的国王的遗孀②，不是刚死于刽子手的刀下不久么？这样的例子何止千百个？因为，正如狂风暴雨怒殛我们的高楼的骄矜和傲岸，似乎上天亦有神灵嫉恶这下界的显赫。

> 唉！毫无怜恤的那冥冥的权威
>
> 把人世玩弄和摧毁，一样地踹碎
>
> 元老的赫赫的杖和凶暴的椎。
>
> ——卢克莱修

似乎命运有意窥伺我们生命的末日，把它积年累月建就的一旦推翻，以表示它的权威而使我们跟着拉贝里乌斯③叫道：

> 为什么我要多活一天！

我们可以把梭伦的格言这样看：他不过是一位哲学家，命运的宠辱于他本无所谓幸与不幸，显赫和权力亦不过是道德

---

① 卢多维科·斯福尔扎（1452—1508），文艺复兴时期最杰出的王公之一。在米兰摄政期间，极力庇护艺术家和科学家，使米兰宫廷成为欧洲最光辉灿烂的场所。

② 指玛丽·斯图尔特（1542—1587），法国国王弗郎索瓦二世（1544—1560）之妻。

③ 拉贝里乌斯（前115—前43），罗马骑士，滑稽剧作家。

的偶然附属品。我猜想他瞩目必定较远，意思是指我们生命的幸福，既然要依赖一颗禀赋优良的心灵的知足与宁静，和一个秩序井然的灵魂的坚决与镇定，不宜诉诸任何人，除非我们已经看见他表演最后的，也是最难的一幕，其余都有装腔作势的可能，或者这种连篇累牍的哲理的名言也只是一副面具，或者厄运并不曾探触到我们的要害，因而让我们有保持我们那副宁静的面孔的工夫。但是在这最后一幕，死和我们各表演了一场，也就不能再有所掩饰，我们要说真话，要把坛底所有良好的及清白的通通摆出来。

　　于是至诚的声音从心底溅射出来；

　　面具卸了，真态毕露。

　　　　　　　　　　　　　　　　——卢克莱修

　　所以我们毕生的行为应该受我们最后这一刻的检验和点化，那是主要的日子，是其余的日子的审判官；正如一位古人①说的，审判我们过去的一切时光。我把我研究的果实交付给死亡去实验。那时候才清楚我的话毕竟是发自内心。

　　我看见好些人由他们的死而获得终身的荣枯。西庇阿，庞培的岳父，临死把他毕生的恶名完全洗刷净。伊巴密浓达，人家问他三人中最看重哪一位，卡布里亚斯②，伊菲克拉特斯③还是他，他答道："要到我们死时才能决定。"真的，如果我们评价伊巴密浓达时不把他死时的光荣与伟大考虑进去，我

① 这位古人是塞内加。
② 卡布里亚斯(？—前356)，受雅典、塞浦路斯、埃及雇佣的一个职业军人，屡著战功。
③ 伊菲克拉特斯(前418—约前353)，雅典著名军事统帅。

们必定会把他的价值抹煞掉不少。

上帝照他的意旨成全事物；但与我同时有三个我所认识的对于生命无论什么罪孽都是最卑鄙最可咒骂的人，他们皆得善终，而且事事都安排得极为周到。

有许多死勇敢而且运气。我曾经看见死把一个人的非常超升的进步线在最红的当儿剪断，他的末日是那么绚烂。据我的私见，死者的野心和勇敢再不能企求什么比它就这样中断生命更高尚的了。他用不着走路便达到了他所想到达的目的地，比他所向往、所希冀的都更光荣、更显赫。由于他的坠落，他预先取得了他毕生所企求的权力与荣誉。

我评判他人的生命时，常常体察他死时的情景；至于研究我自己生命的一个主要目的，便是希望我可得以善终，就是说，安然而且不声不响。

哲学即学死

西塞罗说,哲学不是别的,只是为死亡做准备。这大概是因为潜究和沉思往往把我们的灵魂引到我们身外来,使它离开躯壳活动,那就等于死的练习或类似死;或者因为世界上一切理性及智慧都聚集在这一点上,教我们不要怕死。真的,理性如果不是嘲讽,便是以使我们快乐为惟一目的。总之它的工作不外乎要我们安乐自在地活着,一如《圣经》所说的。世界上一切意见尽在此:快乐是我们的目的,虽然方法各有不同;否则,人类在开步的时候便要把这种方法抛弃了,因为谁肯相信有人会把痛苦与悲哀当做我们人生的目标呢?

对于这点,各派哲学家的分歧只是字面之争。让我们跳过这精微的琐屑吧(塞内加)。过分的刚愎及吵闹实在和一个如此高贵的职业有几分配不上。无论一个人想扮演什么角色,他总要把自己的本色掺进去。无论他们怎样说,我们的最终目的,即使在勇敢方面亦是为了快乐。我常常喜欢用这个字眼,可有人觉得它逆耳,震荡着他们的耳鼓。如果它含有极端的欢快或超常的欣悦的意义,那它就比什么都更多地借重于道德的助力。这快乐,正因为它是更康健、更强劲、更粗壮、更男性而更切实。我们应该理解勇敢本身就是快乐,因为这比较温柔、敦厚、自然;而不是我们现在用以称呼它的"力行"。至于其他一种比较低下的乐趣（如果它当得起这美名），则实在由于竞争而非由于权利，我觉得比较起来，它没有勇敢那么能够超脱一切拂意和烦扰。除了它的滋味是比较短暂和微弱而外，它有它的警醒、禁食、劳苦和血汗；尤其是它那强烈的欲望之层出不穷，而跟着来的又是那重浊的饱饮，真是差不多等于修行。

我们会大错特错，倘若我们把这种种劳苦当做调剂快乐的美味的辛辣和配菜，如自然界中性质相反的事物往往互相激励；或者倘若我们说勇敢亦一样地受这种种结果和困难所淹没以至于冷酷不可亲近，殊不知勇敢比逸乐更能超拔、磨砺以及增进其所给我们的神圣完美的快乐。用它的价值和它的效果对称而不知道它的美妙和用途的人实在不配认识它。那些到处教我们说他如何追寻艰苦而终究享用舒适的人，他们的用意究竟何在呢？若不是说它永远是苦的，那又通过什么方法使人类能得以苦中有乐呢？最贤德的人亦不过以企慕及接近这一境界而自足，却并得不着它的实在。可是人们错了，因为我们所言及的各种快乐，单是追求的自身便够适意的了。企图据有它所盼望之物，那也就是实现的一大部分，而且与它实属同体。照耀在勇敢里的福乐充满了它的大路与小巷，直至那最初的进口和最终的尽头。

而勇敢赐给我们的最大祝福便是轻视死。这方法使我们的生命得到一种温柔的清静，使我们感到它的甘美与纯洁的滋味，没有这一点，其他一切快乐也就全都熄灭。所以一切学派在这一点上皆辐凑和契合如一。虽然他们异口同声教我们怎样蔑视痛苦、贫穷以及其他人类生命所容易感受的种种灾难，可是谁也没有能说得那么详尽周到，因为他们体验这些苦难也不十分深切（有些人毕生不曾尝过贫穷的滋味，有些完全不知痛苦与疾病，譬如音乐家色诺菲路斯就无病无痛地活足一百零六岁）；万不得已时，如果我们愿意死，死还可以了结一切别的不安，把它来个一了百了。至于死亡呢？反正是不可避免的。

> 我们都被赶到同一的终点。
> 迟或早，我们的签从摇动的筒
> 跳出来，于是那无情的死船
> 便把我们渡到永久的冥间。
>
> ——贺拉斯

为了这个缘故，如果我们怕死，我们将时时刻刻感受那无从抚慰的烦恼，四面八方它都可以来；我们会频频左顾右盼如在一个可猜疑的地方，就像坦塔罗斯①的石头，老是悬在我们的头上（西塞罗）。我们的法庭把罪人送到犯罪的地方受刑时，在路上，任你带他们去游览最宏丽的宫室，让他们享用美味珍馐。

> 西西里的香肉
> 对于他们将淡然无味，
> 琴声与鸟歌
> 也不能再催他们酣睡。
>
> ——贺拉斯

你以为他们能受用么？他们旅程的最终目的地，就摆在

① 坦塔罗斯，希腊神话中宙斯的儿子、吕狄亚国王，因触怒诸神，在冥界受罚：他头上悬着一块石头，随时可以落下把他砸死。

他们眼前,能够不使他们觉得这种种娱乐变味和臭腐么?

> 他一壁倾听,一壁趱程,
>
> 一步步细量他的光阴,
>
> 他的生命将与路途同尽:
>
> 这未来的厄运捣碎他的心。

——克劳狄安①

死是我们旅程的终点,是我们的必然目标,如果它使我们害怕,我们能够走动一步而不致发烧吗?俗人的救治法便是不去想它。但是究竟是什么样的愚鲁让我们产生这粗糙的盲目呢?我们要把缰辔加在他们的骒尾上才好。

> 他的头朝前,他却想往后走。

——卢克莱修

无怪乎他们往往跌入陷阱了。你只要一提到死字,一般人便惊恐失色,赶紧在他们的胸前画十字,就像提起魔鬼一样。又因为遗嘱里不能不提到死字,在医生未宣告最后的判词以前,你别想让他们动手立遗嘱;于是只有上帝知道,呻吟于痛苦与恐怖之间,他们是用怎样清明的判断力来写这遗嘱的!

因为死这个字的缀音震荡着他们的耳鼓,又因为它的腔调似乎不祥,罗马人学会了把它调和或展为俪词。他们用"他不活了,他活过了"来替代"他死了"。只要是说活,哪怕是过去了的,也便足以自慰。我们在"先师让"这一类的套语里亦借用了同样的说法。

---

① 克劳狄安(约370—约404),古典传统的最后一位重要诗人,生于埃及亚历山大城,后去意大利,用希腊文和拉丁文创作。

或者正如俗语所谓"期限值金钱"吧。我生于 1533 年 2月末日,根据我们现在的历数,一年从正月算起,恰好十五天前我度过了我的三十九岁。我至少还要活上这样一个岁数,预先为这么遥远的事操心,岂不是大愚?但是,怎么!老与少抛弃生命的情景都是一样。没有谁离开它时不正如他刚走进生命中去。何况无论他怎样残废,只要他看见前面有玛土撒拉,没有谁不以为他的生命册上还有二十年?可怜的愚夫,谁给你的生命定一个期限呢?根据医生的计算么?不如看看事实与经验吧。依照事物的常轨,你久已由非常的恩惠而活到现在了。你已经超过了生命的一般期限了。试算一算你相识的人中未到你的年纪就死去了的,比那达到此岁数才死的多了多少;又试把那些立功成名的人列一表,我敢打赌,不到三十五岁死的占多数。学习基督的人道当然是令人虔敬而且应该的,但他的寿命终于三十三岁。那最伟大的人,亚历山大,亦死于此年龄。

> 死袭击我们的方式何止一端?
> 没有凡夫能够预防
> 那时刻来临的灾殃。

——贺拉斯

姑且不提寒热症及胸膜炎,谁能想到一个布列塔尼的公爵①会被人群挤死呢?这件事发生在我那个同乡克雷芒教皇②进入里昂的时候。你不曾看见我们一位国王游戏时被人

---

① 布列塔尼的公爵,指的是让第二(? —1305)。
② 克雷芒教皇,指的是克雷芒五世(1260—1314),法兰西籍教皇(1305—1314 在位)。

杀死么①? 他的一个祖先不是给猪撞死的么②? 埃斯库罗斯③徒然站在空旷地以避免他那要死于危檐之下的预言; 瞧, 他竟因此而被从那飞在高空的鹰的爪子中掉下来的龟壳殛毙! 还有一个人死于葡萄核; 一个皇帝梳头的时候因划破头皮而死; 埃米利乌斯·李必达因为脚碰了门槛而死; 奥菲迪尤斯进议会时撞门而死; 在女人的股间断气的有民政官哥尔尼里·加卢斯, 有罗马的卫队长蒂日利努斯, 有吉·德·贡萨格的儿子卢多维克, 和曼格侯爵; 而更坏的榜样, 有柏拉图哲学的信徒斯珀西波斯④和我们的一个教皇⑤。那可怜的法官伯比尤斯, 刚判给一个犯人再活八天的期限, 可他自己已被查封, 他自己的生命期限连八天也没有了! 医生凯尤斯·朱利乌斯正在以油涂抹一个病人的眼, 死神却把他的眼给闭上了! 如果要把我自己也算进去的话, 那么, 我的一位兄弟, 圣马丁队长, 二十三岁时, 已经建立不少功勋, 有一天打网球, 一个球打中他的右眼上方, 既无伤痕亦无瘀迹, 他坐也没有坐下, 亦不休憩, 可是五六个钟头以后, 他竟为了这一打击而中风死去。这些如此平凡的例子频频在我们眼前闪过, 我们怎么能够放下死的念头, 而不时时刻刻想到它抓住我们的咽喉呢?

或者你会说, 只要我们不遭苦恼, 何必理它怎样来的? 我也是这样想法: 无论什么方法可以用来抵抗死亡的打击, 即使

① 指的是法国国王亨利二世(1519—1559)(1547—1559 在位)。他在一次节日比武中头部受伤, 十天后死去。
② 指法国国王路易(1081—1137)的儿子菲利浦, 死于一次意外事件: 他乘在坐骑上, 在圣安托万大街上行走, 一头猪撞上来, 他倒地身亡。
③ 埃斯库罗斯(前 525/前 524—前 456/前 455), 古希腊三大悲剧家之一。
④ 斯珀西波斯(? —前 339/前 338), 古希腊哲学家, 柏拉图的学生。
⑤ 指让二十二世(1245—1334)。

是躲在牛皮之下，我也不会轻视的。只要我能够安安乐乐度过一生就够了；我选取那最利于我的游戏，无论你觉得它怎样不显赫和不像样。

> 我宁可貌似痴愚，
> 只要我的谬误
> 使我欢乐或陶醉；
> 也不愿为贤为智
> 而忧愁悲凄。
>
> ——贺拉斯

可是想这样达到目的实在是痴愚。人们走来走去，跑跑跳跳，对于死则全不提及。这自然很好。不过当死亡来的时候，或光临他自己，或光临他妻子朋友，出其不意，攻其无备，他们又会是怎样的哀痛绝望，捶胸顿足呢！你可曾见过如此沮丧，如此改变，如此昏乱的么？我们宜及早预防，至于那牲畜的浑噩，纵使寄居在一个清醒的人的头里（这自然是完全不可能的），我们付出的未免太昂贵了。如果是可以避免的敌人，我劝人借用怯懦的武器。无奈它是不可避免的，无论你是亡命的懦夫还是勇士，它一样要捉到你。

> 死带着同样轻捷的脚步
> 去追逐亡命之徒，
> 亦不爱惜他们的腰和背
> ——那抱头鼠窜的懦夫。
>
> ——贺拉斯

世上的甲铠，无论它怎样坚固，也不可能保护你，

任你怎样周密地戴钢与披铜，

死亦将从你的盔里把头颅拔去。

——普洛佩提乌斯①

让我们学习站稳马步去抵抗它，和它奋斗吧！而且，为要先消除它对于我们的最大的优势，让我们取那与常人不同的途径吧！让我们别计较它那怪异的面孔，常常和它亲近、熟识，心目中让它比什么都占先吧，让我们时时刻刻把它的各种形式摆在我们的想象面前吧！或在坐骑的巅蹶，或在屋瓦的倾坠，或是一颗针最轻微的戳刺，让我们立刻反省："好！即使是死又怎样呢？"于是挺直我们的身子，紧张我们的筋肉吧！在喜庆与盛宴中，让我们翻来覆去地高唱这句和歌，为我们自己壮胆，让我们不要任欢乐冲没我们，以至忘记了有时娱乐往往只是死的先声，忘记了它怎样常常在恫吓着要抓住我们。埃及人就这样做：他们在宴会中，在热闹达到最高点的当儿，忽命把一个解剖的尸体抬进来，对宾客作为一种警告。

每天都想象这是你最后的一天，

你不盼望的明天将越显得可欢恋。

——贺拉斯

死说不定在什么地方等候我们，让我们到处都等候它吧。预谋死即预谋自由。学会怎样去死的人便忘记怎样去做奴隶。认识死的方法可以解除我们一切奴役与束缚。对于那彻悟了丧失生命并不是灾害的人，生命便没有什么灾害。那可怜的马其顿国王被保尔·埃米尔②所俘虏，他遣使去哀求埃

<hr />

① 普洛佩提乌斯(前55—43)，古罗马最伟大的哀歌诗人。

② 保尔·埃米尔(前227—前160)，古罗马政治家，曾征服马其顿。

米尔不要在他们凯旋班师的行旅中把他带上。保尔·埃米尔答道:"让他对自己哀求吧。"

真的,无论什么东西,如果自然不稍加援助,艺术与技巧很难进展。我天性并非忧郁,只是好梦想。从没有什么东西比死更常常占据我的想象的,即使在我年龄最放荡的时候。

> 在我的韶年滚着它的娱乐的春天。
>
> ——卡图卢斯

在闺秀群中,或在嬉游的时候,许多人以为我的灵魂在被某种妒忌或某种遥远的希望所困扰。实际上我正沉思着几天前某人骤然给热病和他的末日所袭击,当他离开一个同样的盛筵之后,他的头脑亦和我的一般充满着幻想、爱情和良辰,于是我提醒自己亦在同样危险的状况中。

> 时光一霎便流去了,
>
> 任你如何都叫不回来。
>
> ——卢克莱修

这思想并不比别的事情更能使我皱眉头。起初自然不能不受这些想象的戳刺。不过把它们在我们的头脑里翻来覆去,它们终究会变得滚瓜烂熟也是无疑的。要不然像我这样的人就会永远生活在恐怖与狂惑中,因为再没有人比我更不信任生命,没有人比我把它看得更短促的了。我一向(除了极少数的间歇)享受着的健康不能延长、疾病亦不能截短我的希望。我时刻都以为它可以是我最后的一刻,这就是我的无间歇的和歌:"改天可以做完的事今天就做完"。真的,机会和危险并不把我们和我们的末日接近多少;如果我们想想,除了这个意外,还有几千万个意外悬在我们的头上,且别提那些令我们最恐怖的灾祸，我们便知道无论是健康或发烧，在海上或在屋里，在和平或在战争中，它都是一样地贴近我们，没有谁比谁柔脆，也没有谁能够确定他的明天（塞内加）。

要完成我未死前应做的事，即使是一个钟头的工作，最悠长的光阴我也觉得太短。

前几天有人翻阅我的日记，找到一张记载我死后所想完成的事。我把实情告诉他：那天我离家大约一里路，当时我的身体强壮，思维健全，我就在那个地方急急忙忙把它写下来，因为我不能担保我可以安然回到家中。我不断地玩味我自己的思想，把它们揉成思绪，我差不多时刻都像我所做得到的那样收拾停当。死的意外莅临便不能教给我什么新鲜的东西。

我们要在我们力所能及的范围内穿着靴儿准备趱程，我们尤其要留神身后除了自己，与任何人都无涉。

　　不终朝的蜉蝣，

　　何必孜孜图谋？

——贺拉斯

用不着再添上什么我们已经够忙的了。有人悲哀，并不是因为他要死去了，而是因为死打断了他那美好的胜利的前程；另一个悲哀者则因为他在未嫁女或未把儿子的教育安排妥当之前便要离开；甲惋惜他要失去他妻子的伴随；乙则不忍失去他儿子的相依，人们都把这些当做人生的主要享乐。

我目前在这样的一个境地，多谢上帝，无论他什么时候高兴，我都可以离开，没有丝毫的怨艾，除了对生命，假如丧失生命的预期偶然压抑我的话。我四处都分清镣铐;我对人人,除了自己,通通预先告辞了一半。从来没有人准备抛弃这世界和斩断一切关系,比起我所计划履行的更充分,更坚决。醉死的死是最完美的死。

> "哀哉哀哉!"他们说,"一刻的舛运
> 便剥夺了我毕生聚敛的宝财。"
>
> ——卢克莱修

建筑家说:

> 工程中断了,高耸入云的筑台
> 空留下来无人理会。
>
> ——维吉尔

一个人不应该计划过于长远的事业,最低限度不要让你的计划看不到结果。我们生来就是为了做事,

> 愿死在我工作当中莅临。
>
> ——奥维德

我赞成我们应该尽力去把生命的功能延长,并且希望死亡在我种菜的当儿找着我,不过我要对它的到来与否漠不关心,尤其是对我的菜园子之完成与否漠不关心。我亲眼看见一个人死,在弥留之际,哀悼命运把他正在着手的历史的线在叙及我们的第十五位或第十六位王处剪断。

> 他们还接着说,"这种种惋惜
> 并不随着我们去。"
>
> ——卢克莱修

我们必须戒绝这些粗鄙而且有害的脾气。正如人们把墓

园安排在教堂的附近和城市最热闹的区域,以便像利库尔戈斯①所说的,使一般民众妇女及孺子能多见不怪,不至于见死人而大惊失色;而这些骷髅、坟墓和丧殡的续而不断亦可以对我们的景况向我们提出警告:

> 这是古代的风气:用武士的决斗,
>
> 来助宾客们的酒兴;
>
> 他们拳脚交加,利刃相接,
>
> 不惜血肉飞溅在杯盘上。
>
> ——西利乌斯·伊塔利库斯②

埃及人在盛宴后,命一个人把一幅死人的画像陈列于座众之前,并喊道:"饮酒和欢乐吧,因为你死时就是这样";同样,我不仅常把死放在心上,而且常放在嘴上。再没有什么消息比人死时的状况,更叫我愿意听的了:他们断气时的言语若何,脸色若何,表情若何。读历史时我亦最留意这一点。我的书填满了这些例子,由此可知我对于这题材有特殊的嗜好。如果我是编书的人,我会将种种的死汇编成册,并且加以评语。教人怎样死即教人怎样活。

狄凯阿科斯③有部书的名字是这样,可目的不同,用途亦不如是之大。

有人会对我说:现实超过想象这么远,即使最精的剑术,

---

① 利库尔戈斯(约前390—约前324),雅典政治家和演说家,以理财有方和严惩贪污闻名。

② 西利乌斯·伊塔利库斯(25/26—101),拉丁史诗诗人,公元68年,曾出任罗马执政官。

③ 狄凯阿科斯(前347—前285),古希腊哲学家、地理学家、历史学家、亚里士多德的学生。

一到了这点,亦要告失败。让他们去说吧;先事绸缪给我们很大的益处是无可思议的。难道能够无畏怯亦不悚栗地走向死亡不算一回事吗? 岂止:自然会帮我们的忙,给我们以勇气的。如果死是剧烈而且短促的,我们没有工夫怕它;如若不然呢? 我觉得当疾病渐渐侵扰我的时候,我对于生命会自然而然地怀着种种轻蔑。我觉得一个人健全的时候比在病中要下定这死的决心更难。我对于生命的种种享受不如从前那么强烈地留恋,因为我已开始丧失对它们的兴味与乐趣。在我看来,死亦远不如从前那么可怕。这使我希望当我离前者越远,离后者越近时,我也会更容易接受他们的交替。正如我曾经屡次体验恺撒所说的:事物在远处往往比在近处显得更大;同样,我发现我健康时比害病时更怕病。我所享受的欢乐、力量、与愉快使我觉得其他一种境界与现状竟相差这么远,于是我由想象把那些痛楚扩大了一半,揣度它们在我肩上比所感到的更沉重。我希望对于死亦一样。

让我们看看我们身受的普通的变化和衰老中,自然怎样剥夺了我们对于我们的损失和朽腐所感到的滋味。对于一个老人,过去的生命和青春的精力所剩几何呢?

唉,老人的生之欢乐是多么有限!

——马克西米努斯

恺撒的一个残废的卫士在街上求他批准自己去死,望着那卫士衰朽的形状,恺撒诙谐地答道:"你以为你还活着么?"如果我们骤然掉到死亡的景况之中,我不相信我们经得起这么大的折腾。可是,由自然的手引着我们沿着这柔和的几乎察觉不出的斜坡下去,她把我们慢慢地,一步一步地引入这不幸的境界,使我们与它熟悉,于是当韶华在我们身上死去时,我们并不感到有什么摇撼。其实这青春的死在事理上比那为苟延残喘的生命整个的死,比那老年的死都更难受,因为从"苦生"跳到"无生",实在没有从舒畅繁茂的生跳到忧愁痛苦的生那么艰难。

佝偻的身躯没有那么大的力量去承受重负;灵魂亦然:需要把它高举和挺直以抵抗死亡这仇敌的压迫。因为,一个人的心灵一天受死的威吓,他便一天不能安宁,如果我们的心灵坦然对待死亡,我们便可以自夸(一件差不多超出人力的事)无论什么苦恼、不宁、恐怖以至最轻微的烦扰都不能在我们的心灵里面占有位置了。

> 暴君的怒目
> 不能动摇他灵魂的坚定;
> 波涛汹涌的海神,
> 或天帝霹雳的巨手,
> 亦皆枉然。
>
> ——贺拉斯

心灵变成了热情与欲望的主人,变成了制服窘乏、羞辱、贫穷以及其他不公正命运的主人。让我们当中的能者夺取这优胜吧:这是真正而且至高的自由,得到它我们可以藐视威迫与强权,嘲弄牢狱与铁链,

> "我将拴你的脚,拴你的手,
> 让残酷的狱卒把你看守。"
> "一位神明可以把我解救,
> 当我想得到自由的时候。"

我知道他指的是那赫赫的无常，

因为死是万事万物的收场。

——贺拉斯

我们的宗教基于人性的础石没有比轻生更稳固的了。不仅仅理性的言论邀我们这样做。我们为什么怕丢掉一件东西呢？如果这件东西丢后我们无从惋惜，而且，既然我们受各种式样的死的恫吓，畏惧它们，那么我们为什么不去面对其中的一种呢？

既然死是不可避免的，它究竟什么时候来临又有什么关系？一个人报告给苏格拉底说那三十位法官已经把他判死刑了。苏格拉底回答："大自然会判他们的死刑。"

为了超度一个脱离一切烦恼的境界而烦恼，这是多么愚蠢的事！正如生把万物的生带给我们，死亦将带给我们万物的死。所以哀哭我们百年后将不存在，正和哀哭我们百年前不曾存在一样痴愚。死是另一种生的起源。我们从前是这样哭着，因为走进这生命于我们是这么艰苦的事，我们从前就是这样脱掉我们旧时的形体进来的。

仅一度显现的事没有什么可忧伤的。为什么对短促的顷刻怀这么长期的畏惧呢？死把长寿与短命合为一体。因为长短和那已经不存在的东西毫无关系。亚里士多德说希帕尼斯河边有些只活一天的微小生物。早上八点钟死是夭折，晚上五点钟死就算寿终了。在这区区的刹那间论祸福，我们谁不觉得可笑呢？我们的寿命之修短，如果拿来与永恒比较，或者与河川、山岳、星辰、树木甚至有些禽兽的寿命比较，其可笑的程度亦不减于此。

但是大自然强迫我们去。她说："离开这世界吧，正和你来时一样。你由死入生的过程，无畏惧亦无忧虑，再由生入死走一遍吧。你的死是宇宙秩序中的一段；是世界生命中的一段。"

> 众生互相传递着生命，
> 正如赛跑的人互相传递火炬。
>
> ——卢克莱修

我为什么要为你改换这事物的美好的本性呢？死是你来到这世界的条件，是你的一部分，你逃避死亡就是在逃避自己。你所享受的这形体属于生亦同样属于死。你出生那一天，在向生的路迈进时，你也在向死的路趱程，

> 我们生的时候便开始我们的死。
>
> ——塞内加

> 生，即是死的开始；最先的一刻
> 早把我们生命的最后一刻安排。
>
> ——马尼利乌斯

你活着的每一大都从生命中盗取；你消耗着生命。你生命的无间歇的工作便是建造死。你在生的时候便是在死。因为你不再生的时候，就已经死了。

或者，如果你喜欢这样，你在生后死；可是你在生的时候，你是渐渐地死；而死对于临死的人比对于死者实在更严厉、更锋锐、更切实。如果你已从生命获得利益，你如愿以偿，那么就心满意足地离开吧。

> 心满意足地走吧。
> 为什么不离开这生命
> 就像酒酣的宾客离去？
>
> ——卢克莱修

如果你不会享受人生，如果生命于你是无用的，你丧失它又有什么关系呢？你还要它何为呢？

> 为什么苦苦要延长
> 那终有一天要匆促地收场
> 和徒然浪费的时光？

——卢克莱修

生命自身本无所谓善恶，而是照你的意思安排下善与恶的舞台。如果你活了一天，你已经见到了一切。每日就等于其余的日子。没有别的日光，也没有别的黑夜。这太阳，这月亮，这万千星斗，这运行的秩序，正是你的祖宗所享受的，而且也将传留给你的后裔。

> 我们祖先所见的是这样；
> 后裔所见的亦将是这样。

——马尼利乌斯

而且，万一不得已的时候，我的喜剧各幕的分配和分歧已在一年内演完。如果你留心我的四季的运转，它们已包含了世界的幼，少，壮，老。它已演尽它的本色，更没有别的法宝，除了再来一遍，而且将永远是这样。

> 我们永远关在一个圈内，
> 永远在一个圈内打转。

——卢克莱修

> 流年周而复始，
> 终古循环不已。

——维吉尔

我决不会为你创造新的把戏，

　　我不能再发明什么，
　　想象什么来讨你欢喜。
　　万象皆终古如斯。

——卢克莱修

　　让位给别人吧，正如别人曾经让位给你。平等便是公道的第一步。既然人人都被包括在内，谁还能埋怨呢？而且，任你活多少时候，你总不能截短属于你的死亡时光；只有白费工夫。你将有多少时候生活在这战战兢兢的境界中，与你死在襁褓里无异。

　　所以，人啊，尽管活着吧，
　　任你活满了多少世纪，
　　永恒的死仍将期待着你。

——卢克莱修

可是我将这样安置你使你没有怨艾，

　　你可是不知道真死的时候，
　　再没有第二个你
　　活活地站在你左右
　　哀悼恸哭你躺着的尸首？

——卢克莱修

你也不会再企望你曾经那么惋惜的生命，

　　于是再无人挂念逝去的生命……
　　于是我们不再有惋惜和悔恨。

——卢克莱修

78

死与空虚比较还没有那么可怕,如果有比较空虚的东西。

无论生或死都与你无涉:生,因为你还在;死,因为你已经不在了。

没有人在他的时辰未到之前死去。你所留下来的时间,与你未生前的时间一样不属于你,而且亦与你毫无关系,

> 回头看看吧:
> 我们未出世前的世世代代
> 与我们果何有哉?
>
> ——卢克莱修

你的生命尽处,它亦尽在那里。生命的用途并不在乎长短而在乎我们怎样利用它。许多人活的日子并不多,却活了很长久。趁你活的时候留意吧。你活得够与否,全在于你的意志,而不在于你的年龄。你以为永远不会达到你每时每刻都在向那里行进的目的地么?没有一条路没有尽头的。如果有人相伴可以安慰你,全世界不是都跟你同路么?

> 万物,当你死后,将随着你来。
>
> ——卢克莱修

一切不是和你共舞着同样的舞蹈么?有不与你偕老的东西么?千万个人,千万只兽,千万种类别的生物都在你死的那一刹那死去。

> 没有夜跟着昼,没有跟着夜的晨,
> 不听见夹杂着新生的婴孩的哭声,
> 那伴着死亡与黑暗的哀号与呻吟。
>
> ——卢克莱修

为什么要退缩呢，既然你不能往后退？你已经见过不少的人死去时高高兴兴，他们借以逃避浩大的苦海了。死时不高兴的，你曾经见过？贬责一件在自己身上在他人身上你都不曾经验过的东西岂非头脑太简单？为什么你要埋怨我和命运呢？是你统治我们还是我们统治你呢？即使你的年龄未尽，你寿命已经尽了。一个矮小的人也是整个的人，与高大的无异。

寿命和人都不是可以用尺量度的。喀戎①拒绝永生，当他听见时间之神，他的父亲萨图恩②告诉他永生的情形时。真的，试想永生在一个我所给他的生命的人看来是多么痛苦及难受。如果你没有及时地死去，你将永久咒骂我剥夺了你这一权利。我特意把多少苦味掺进死中去，以免你见它来得容易，太急切太热烈地拥抱它。为要使你居留在这既不避生，亦不再避死的中庸的境界里（这是我所求于你的），我把两者都调剂于苦与甜之间。

我曾经启迪泰勒斯③，你们的第一个贤哲，说生与死通通没有关系，这使他很聪明地回答那问他为什么不死的人道："因为那没有关系。"

地、水、风、火以及我这大厦的其他分子既不是你的生的工具，也不是你的死的工具。为什么你害怕你的末日呢？这一天并不比其他日子特别催促你死。并不是最后一步招致倦

①　喀戎，希腊神话中一个半人半马的神，由于误中毒箭，他放弃了自己的永生，以换取普罗米修斯的解放。
②　萨图恩，古罗马宗教所信奉的神灵，司掌播种。罗马人认为他就是希腊神话中的农神克洛诺斯。在本文中，作者将希腊神话和罗马神话弄混了，如果提喀戎的父亲，确切地说，应该是克洛诺斯。
③　泰勒斯（约前624—约前546），古希腊哲学家。

息：它只是将它宣布罢了。天天都向死走去，总有一天要安抵那里。

这些都是我们大自然母亲给予我们的忠告。

我常常想：为什么打仗的时候，死的面目，无论在自己或在别人身上，远不如在我们家里那么可怕，否则那就会变成一旅医生或哭星的军队了；而且，既然死永远是一样的，为什么在乡村或卑贱的人家比起其他景况好一些的人家总是镇静得多。我确实相信，这惨淡的面孔，这阴森怖人的殡仪，我们用以包围死的，实在比死本身还恐怖。一种新的生命方式，母亲们，妇女们和孺子们的号啕，致祭的亲朋的惊愕而昏迷的面孔，惨淡而哭肿了眼皮的奴仆，黑漆漆的房子，摇曳不定的烛光，以及我们枕边充塞着的医生和牧师的叮咛和祝福，总而言之，包围着我们的全是阴森与恐怖。我们实在早已被埋葬了！小孩子如果看见他们的朋友戴着面具也要恐慌；我们亦如是。我们要把物和人的面具通通拿下来。面具除掉之后，我们见到的将毫不可怕，它与前几天某一个奴仆或婢女毫无惧色接受的坦然的死完全一样。叫人没有工夫准备这种种殡仪的死是有福的！

想象的力量

"强劲的想象可以产生事实。"学者们这样说。我是个很容易感受想象威力的人。每个人都有想象力，但许多人被它击倒。它的影响深入我的内心。我的策略是避开它，而不是和它对抗。我只能在畅快强健的人们当中生活。只要看见别人受苦我便觉得自己的肉体也在受苦，我自己的感觉往往僭夺第三者的感觉。一个人在我身边不歇地咳嗽，我的咽喉和肺腑就发痒。我探访那些叫我不得不探访的病人和那些我本不必那么留意和关心的病人，两者比较，我对前者的探访并不那么愿意。我染上了我所研究的病。而且把它保留在我身上。我毫不觉得奇怪：想象往往把死亡和疾病带给那些放纵想象的人。

西蒙·托马斯是当代名医。我记得有一天，在一个患肺病的年老的富翁家里遇到他，谈起治疗这病的方法。他对富翁说其中一个良方时，建议病人留下我陪伴他，因为如果那富人集中他的视线在我的光泽的面孔上，集中他的注意力在我的活泼欢欣的青春上，而且把我当时那种蓬勃的气象摄入他的五官，他的健康便可以大有起色。可是他忘记说我的健康会因而受到损伤。

加吕·维比那么专心致志去体察和想象疯狂的性质与动

作,他的理性亦因而失常,而且永不能复原:他可以自夸是因智慧而发狂的。有些人因恐怖而幻见到刽子手的手;还有一个犯人,当人家把他松了绑,对他宣读赦词的时候,他竟被自己的想象所打击,僵死在断头台上。我们受想象的摇撼而脸红、流汗、战栗、变色,倒在羽绒床上,感觉我们的身体受它震动有时竟至断气。血气方刚的少年,熟睡的时候,热烈到竟在梦中满足他的爱欲:

> 像煞有介事似的
> 他们往往尽情淌流
> 那滔滔不竭的白浪,
> 玷污了他们的衣裳。

——卢克莱修

就寝时尚没有角,在夜里竟生出角来,这类的事虽不算怎么新奇,意大利王西普斯所遭遇的总可流传了吧。他日间曾去看斗牛,通夜梦见头上出角,终于由想象的力量使额上凸出两只角来;克罗伊斯①的儿子出世便是哑巴,热情竟使他开声说话;安条克②因斯特拉托尼克③的美色太强烈地印在他心灵上而发烧;普林尼说他亲眼看见卢修斯·科西蒂结婚那一天由女人变为男人;蓬塔诺④和别的一些人说意大利从前还曾发生过许多类似的怪事。由于他自己和母亲的热望,

童子伊菲实现了

---

① 克罗伊斯(? —约前546),吕底亚最后一代国王。
② 安条克(前324—前262/前261),叙利亚塞琉西国国王。塞琉西王国缔造者塞琉古一世之子(前292即位)。
③ 斯特拉托尼克(? —前254),马其顿王国公主,以美貌著称。
④ 蓬塔诺(1426—1503),意大利散文家、诗人、王室官员。

他做女孩时许下的心愿。

——奥维德

经过维特里·勒·弗朗索瓦的时候，我看见苏瓦松的主教引出一个名叫日耳曼的男子，那里的居民都认识他，而且眼见他到廿二岁还是个女子，原来名叫玛丽。他那时已经老了，满面须髯，并且从未婚娶。他说，有一次他跳的时候稍用了点劲，他的阳物便伸出来了。那里正流行着一首歌，少女们常唱来互相警戒步子不要跨得太大，以免忽然变为男子，和玛丽·日耳曼一样。这类的事常常发生并不足为怪；因为如果想象对于这种东西有相当的能力，它那么使劲而且不断地专注在这上面，与其频频陷入这同样的思想和猛烈的欲望，究不如一次把这男性的部分安在女子身上为妙。

有些人把达戈贝尔特国王①的瘢痕和圣弗朗索瓦的烙印归于想象的力量。据说有时想象能移到身躯的其他部位去。塞尔苏斯②告诉我们说，有一位牧师把他的灵魂勾引到一个那么出神的境界去了，他的肉体竟许久停止了呼吸，毫无知觉。圣奥古斯丁曾经谈及另一个人，只要一听见凄惨的呼号他便会昏过去，而且灵与肉分离，任你怎样在他耳边大声疾呼，摇他，刺他，烙他也枉然，直到他自己醒过来为止；那时他便说他刚才听见些声音，不过仿佛自远处传来；并且现在也感到了刺烙的创痛。这并不是一种矫揉造作的和自己的感觉挑战的刚愎的幻想，只要看他那时候全无脉搏和呼吸便可知了。

奇迹、异象、邪术和种种非常现象之所以产生效力，大抵

---

① 达戈贝尔特国王，即达戈贝尔特一世（605—639 在位），法兰克王国墨洛温王朝最后一代国王。
② 塞尔苏斯（全盛于公元一世纪），罗马最伟大的医学作家。

基于想象力，一般民众比较脆弱的心灵容易受想象力的支配。他们是那么容易受骗，简直以为看见了他们并未见到的东西。

我依然相信：那些可笑的"洞房术"①扰乱人心之甚，竟成为了大众的惟一谈资，完全是由于恐惧与畏怯的想象。因为我由经验得知某人（对于此人我可以和对于我自己一样负责）毫无患阳痿或中邪术的嫌疑，只是他听一位朋友说及一种非常的萎疲症在他最不需要的时候突然降临，等到他自己也处于同样的地位时，这可怕的想象力竟骚扰得他非常厉害，他竟陷入同样的境遇。从那天起，那种对于这灾患的可恶的回忆（想象）屡次侵扰他，挟制他，使他重犯此病。后来他在另一种幻觉上找着了疗治这幻觉症的药方：那就是事前宣布和承认他患有一种疾病，他精神的紧张便得以放松，因为他生理上的"弱点"既然是意中事，他的歉疚心情便减轻而不那么沉重地坠着他的心了。到了他可以任意选择交欢的时间，他的精神便自由和解放了，他的肉体也修整如常了，他于是开始尝试、捉摸、趁着女方不留神的当儿强行交欢，他这残疾遂告痊愈。

对于某个女人来说，过去既能交欢，他便再不会对她引不起交欢的要求，除了由于一种可宽恕的疲劳。

如果有犯这种不幸之顾虑，那就是当交欢时精神过于受欲望或猜疑的刺激，尤其当机会是属于意外及迫切的性质时，要镇静这种慌乱简直没有办法。我认识一个人，由别处把那已经睡得半酣的女人带来给他，他竟马上熄减了情欲之火；另一个人则只是因为年老，才没有那个能耐了。还有一个人，他

---

① 洞房术，当时流行的一种幻术，据说中了此幻术的人在洞房之夜便不能行乐。

的朋友对他说有治邪扶阳的方法担保他可以畅行房事，居然凭这样一句话便收到很好的效果。不如让我叙述这事的始末吧。

与我交情很深的一位望族伯爵，和一个很美丽的姑娘举行婚礼。因为来宾中有一个曾经向她求过婚，于是伯爵的朋友非常为他担心。他的一位亲戚，即主婚的老夫人（婚礼就在她家举行）特别害怕那种邪术；她把她的疑虑对我说了。我请她把这件事交给我。刚巧我的箱子里有一个金币，上面刻着几个天使，如果把它好好放在头颅的骨缝上，可以防卫中暑和解除头痛。而且，为了使它不致滑动，这金币是缝在一条可以系在颌下的带子上面的，这个做法与我们目前所顾虑的事一样是个虚渺的幻想！这件奇怪的东西是雅克·佩尔蒂埃住在我家时赠给我的。我忽然想起它或者有相当的用处。我对那伯爵说他也许会跟别人一样遭险厄，因为在座者有人颇乐意计算他，可是他尽可以安心睡去；我必定对他尽友谊的扶助，必要时我将不惜为他运用一个我力所能及的法术，只要他很真诚地答应我无论如何都不泄露秘密。如果事情真的有什么不妙，他只要在夜间我们把补血汤送给他时向我打个暗号就行了。他的心和耳受了种种幻想的骚扰，他觉得他自己为错乱的想象所束缚，便在我们约定的时间向我示意。我于是低声告诉他：要他借口站起来把我们赶走，并且开玩笑似的把我身上的睡衣拿去（我们差不多一样高），穿在自己身上，直至他按我的嘱咐做完为止。我的嘱咐是：我们离开房子的时候，他马上要走到一隅小便，要说三次某种咒语和做某种动作，每次要把我给他的带子绑在腰间，而且很小心地把那金币盖住肾部，金币上的图像朝向某一方；而且在第三次时把带子绑紧,使它不能移动或松散。这种种都做完了,他便可以安心回去干他的事,可是不要忘记把我的睡衣如此这般地铺在床上以盖住他们俩。

这种种把戏是奏效的主要东西:我们的思想分辨不出这些荒诞的方法是从某些幽冥的秘术来的,其谬妄反而足以使之具有重要性和尊严。总之我这护符确实证明了治春病比治中暑还要灵验,它的挑逗(刺激)力比防卫力还要大。那是一种意外的怪想暗示我去做与本性相去很远的事情。我原是一切诡谲佯诈行为的仇敌,我憎恶用欺骗的手段,不仅游戏如此,就是有利可图亦如此。如果那行为不是恶的,那种方法却是。

埃及王雅赫摩斯①娶美丽的希腊妇人拉奥狄丝为妻。他待她事事都殷勤备至,单是到享用她的时候,却穷于应付,以为是什么妖术作祟,恐吓要杀了她。这全因为幻想,她劝他求助于宗教。直到王对维纳斯许下种种心愿,献祭后的第一晚果然恢复如神了。

无疑地,女人们不应该以那种羞怯、忸怩,挣扎的姿态来对待我们,那是足以燃起我们的烈火而又将其熄灭的。毕达哥拉斯的媳妇说,一个女人同男人睡的时候应该把羞耻和她的裤子一齐退下,等到穿起裙子时再把羞怯恢复。进攻者的心,受了各种的惊骇,很容易迷失。如果他的想象一度使他感受这羞辱(他只在第一次接触时感受到它,这欲望越强烈越凶猛,他感受的羞辱也就越厉害,而且,在这初次的亲密中人

---

① 雅赫摩斯,这里指的是古代埃及国王雅赫摩斯二世(前570—前526在位),古埃及第二十六王朝的成员,在反阿普里斯国王的叛乱中夺取了王位。

们特别怕失败），开端既不利，他将因此而恼怒而发烧，以致日后这不幸会继续发生。

新婚的人，既然他们有的是寻欢作乐的时间，如果他们没有准备妥当，就不宜妄试云雨或急于贪欢。与其第一次遭到拒绝因而激恼而陷入长期的困扰，不如厚着脸皮使出浑身解数，做出一些狂热的床上动作，以等候那亲切的和意会情投的时机。未得手之前，只应该在不同的时候用突击的方法悄悄地尝试着扣开情扉，可千万不要愤怒，或固执一己的肉欲。那些知道人类的生殖器官是会顺应情欲的人，让他们去驰骋他们的幻想吧。

人们关心这一器官那难以约束的不羁也是很合理的。当我们不需要它的时候，它是那么不合时宜地亢奋着人；而最需要它的时候却有时又那么不合时宜地临阵退缩；那么迫切地违抗我们意志的权威，又那么傲岸而且刚愎地拒绝我们心和身的要求。

可是如果有人忍不住指摘它的叛逆，或者因此把它定罪，它雇我为他辩护，说不定我会控告它的同伴——我们其他的肢体，说它们因为妒忌它的任务之重要和愉快，有意向它挑衅，而且阴谋鼓动全世界来反对它；很奸险地把它们共通的罪咎加在它身上。试问我们身上有哪一部分不常常拒绝和我们的意志合作，并且常常和我们的意志挑战。它们每个都用它自己的情感，不由我们分说便把它们唤醒或催眠。多少次我们的脸色不知不觉间泄漏出我们要守的秘密，把我们出卖给那些在我们周围的人！就是兴奋我们这肢体的动机，亦一样地兴奋我们的心、肺和脉搏，我们的眼睛一接触着可爱的东西便自然而然地在我们身子里散布热情的火焰。难道只有这肌肉和血脉不等待我们的意志、并且不等待我们的念头的首肯便升起或沉伏么？我们并不指使我们的头发悚立，或指使我们的皮肤为了欲望或恐惧而战栗。手儿常伸向我们不差使它的地方去；舌头僵硬和声音凝结都各有它自己的时辰。当我们没有什么东西可煎熬，很愿制止它的时候，饮食欲并不停止去扰乱那些在它治下的部分，比起这另一种欲念来，不多亦不少；而且它喜欢不理我们。用来卸除我们肠肚的器官自有它的伸张或收缩，不以我们的意志为转移；卸除我们的肾与膀胱的亦是一样。虽然圣奥古斯丁为要证明意志是全能的，告诉我们说他亲眼看见一个人任意要他的肛门放多少屁；虽然他的注释者比维斯①又用当时另一个例子强调这话的意思，说有人可以按照别人诵读的诗句用屁组成旋律，我们也不能因此断定这器官真能如此随意调度。我认识一位很不好相处的人，四十年前，他要他的师傅不停地放屁，结果他的师傅由此一命呜呼。

但是我们的意志——为了它的主权我们提出这种谴责——可以控告它谋反与叛逆的证据更多了，它是那么不遵循规则与不随人意！它难道永远要求我们想它所要求的事么？可我们不是常常禁止它要求明明与我们不利的事么？它能听我们理性的结论来指挥么？

最后，我将为我的主顾先生②求你考虑这一点：它的案由。关于这事，虽然和其他伙计相连在一块，不能区别亦无从分辨，却只有它当被告，而被告的罪状，照各造的情形看来，又和它的伙计无丝毫关系或牵涉。原告的仇恨和非法由此可

---

① 比维斯(1492—1540)，西班牙人文主义者。
② 指雇用"我"为它辩护的生殖器官。

知了。

无论如何，一面抗议着"律师"和"法官"们的徒然的争辩和判决，大自然还是将循着她的轨道运行；她的措施是决不会错的，把一种特殊的权利赐给这个生殖器官：凡夫们的惟一永生的事业的创造者。所以生育对于苏格拉底是一种神圣的行为；而爱情又是希求永生的欲望，它本身也就是一个永生的幽灵。

或许一个人可以用想象的力量把所患的瘰疬在这里留下，而他的朋友却把它带回了西班牙。关于这种症候，通常都需要一个准备好的头脑。为什么医生们事前用种种可以治愈的假话来愚弄他们的病人呢，不是希冀想象的力量补助他们的药汤的作用吗？他们知道他们的一位师父曾经写在书上：对于许多人只要一看见医药便可以奏效了。

上面这幻想之所以来到我笔下，因为我忆起先父的一位家庭药剂师告诉我的一个故事。这药师极纯朴，是个不慕虚荣、不善扯谎的瑞士人。他说在图卢兹认识一个身体孱弱而且患沙淋症的商人，因为常常需要汤药，由医生们照它的病状配制了许多种。当这些药拿到他面前的时候，那种繁文缛节的仪式却丝毫也不放过；他往往先试探它们是否太烫。然后躺在床上，仰卧着，照例的手续都一一尽了，只是没有喝药！弄完这一套之后，药师便告辞了，病人居然顿觉舒适起来，和真的喝了药一样。如果那医生觉得这剂量还不够，他就照样再来两三遍。我这证人发誓说病人的太太为了省钱（因为她照样付药钱），有时就用温水照样试办，但终因不奏效而露破绽；这样做既然不灵验，就不得不依旧依赖从前的办法。

有一个女人，以为自己把一根针和面包一齐吞下，感觉它哽在喉里，哀叫狂号仿佛有一种不可忍受的痛楚；但是因为看不见她的喉咙有什么红肿或其他变异，一个灵巧的人，断定这不过是意念和幻想在作怪。不过是一片面包在喉咙经过时刺激了一下，于是设法使她呕吐，偷偷地把一根曲折的针放在她所吐出来的东西里。这女人以为已经把针吐出，马上觉得痛楚全消了。

我知道有一位绅士，在他家里宴饮一班上宾，三四日后戏对人说（因为其实全属子虚）给他们吃了猫肉馒头：其中一个贵妇恶心到竟得了胃病和发烧，以致不可救药。牲畜们也和我们一样受制于想象力。试看许多狗因丧失它们的主人而哀恸至死。我们也常看见狗在梦里发抖和狂吠，马儿在梦里嘶叫和挣扎。

不过这还可以说明身心的密切关系使它们互相传递信息；至于想象有时不仅影响它自身，并且影响到别人的身体，那又是另一回事了。正如一个躯体把它的病痛抛给邻人，如互相传染的瘟疫，痘疹和眼疾常是如此：

> 眼睛看见眼病便生病；
> 无数的病症都由传染得来。
>
> ——奥维德

同样，想象受了强烈的摇撼射出来的利矢亦可以中伤外物。古代相传西提亚有些女人生气的时候只用她们的怒眼便可杀死她们所恼怒的人。龟和鸵鸟孵卵都只用目光，足以证明它们的眼睛具有发射能量的能力。至于女巫呢？据说她们的眼睛具有毒害功能。

> 不知什么妖眼迷惑了我的羊群。
>
> ——维吉尔

我极不信任术士。可是我们由经验知道许多女人把她们幻想的标志印在她们的胎儿身上：那个生产黑人的可以为证。有人将比萨附近的一个周身毛发茸茸的女孩贡献给波希米亚国王兼皇帝查理，据她母亲说是因为她早晚总看见一副挂在她床头的圣让·巴蒂斯特像孕育出来的。

对于禽兽亦然。试看雅各的羊群，以及野兔和鹧鸪被山巅的雪所漂白。最近有人在我家里看见一只猫窥伺一只小鸟，它们互相定睛凝视了半晌，鸟儿竟和死了一样落在猫儿的爪里，或给它自己的想象所麻醉，或受了猫儿某种力量所慑服。酷爱放鹰猎鸟的人必定听说过一个猎夫定睛望着一只飞鸢，打赌他能够单用他的目力把鸟儿拽下来，而且据说他的确做到了。我所借用的故事，我完全信托那些给我讲说故事的人的良心。

结论是我的，并且倚靠理性的证据而成立，而非倚靠经验的证据。每个人都可以把他掌握的例证累积上去；至于那没有例子的，他总可以相信世间必定有例子存在，因为事端是那么纷纭繁杂。

如果我举的例子不切题，让别人用更妥当的来替代吧。

而且，在这些关于我们的风俗和行为的研究里，荒诞的凭证，只要是可能的，与真的一样可用。曾经发生与否，在巴黎还是在罗马，在让还是在彼埃尔身上，它们总在人世的范围内。我看见世事如此之多，并且无论在形或影上都受过它的惠。历史常给我们许多教训，从中我选取那最稀有以及最可纪念的。有些作家的目的是叙述那已经发生的事。我的呢？如果我做得到的话，却要述说那可能发生的。各派可以有权在没有雷同的地方假设雷同。但我却不这样做。在这一点上，我的宗教式的拘谨超过了一切历史的信仰。对于那些我从我所读过、听过、做过、说过的事物中取得的例证，我约束自己，不敢更易那最无关紧要的细枝末节。我的良心毫厘也不允许我假造；至于我的知识，我却不敢担保。

这使我有时想，一个神学家，一个哲学家和那些同时些微具有良心与谨慎之心的人究竟适不适宜写历史。他们怎能够用他们的信仰来取代那一般人的信仰呢？怎么能够对不相识的人的话负责，把他们的臆度当现钱使呢？就是几个人当着他们的面所做的事，他们亦会拒绝在审判官面前发誓作证；而且没有人，无论对于他们怎样亲切，肯为他的意向负完全的责任。我以为写过去的事不如写目前的事那么冒险，因为作者只需报告一个借来的真理。

许多人劝我记载时事，因为他们觉得我的观察没有别人那么多的偏见，而且，因为我接近各党派的领袖机会较多，对事实掌握得比较贴切。可是他们并不考虑，即使我获得萨卢斯特①的荣誉，我亦不会从事这样的工作。因为责任、勤勉和坚忍我都做不到，我的风格更不适宜长篇叙述。我的文章常常缺乏连贯，没有章法亦没有诠释值得夸说。既然我连表达最普通的事物的字句都比一个小孩子还笨拙，所以我只说我能够说的，用题材来凑合我的能力。如果我请人做向导，我的脚步也许跟不上他。何况我是这般自由，说不定我会发表些意见，即使从我自己的观点和根据理性看来，也是不合理和该罚的。

普鲁塔克关于他的作品很愿意告诉我们说：如果他所举

<hr />

① 萨卢斯特（前86—前35/前34），罗马政治家和历史学家，曾在多部作品中探讨党派斗争。

的例证事事处处都真,功在别人;可是如果它们有利于后世而且发出一种光辉以照耀我们臻于这道德,功却在于他。与药汤不同,一个古代的故事无论是这样或那样,并没有什么危险。

我们的感情延续到死后

那些责备我们总是张着嘴追逐未来的事物，劝我们抓住和保持目前的幸福（因为我们对于未来比过去还要茫无把握）的人，可谓切中了人类最大的要害，如果他们敢把那大自然为了延续她的功业领导我们去做的事当做弊病的话。因为嫉妒我们的事业多于嫉妒我们的知识，大自然把这个和许多别的谬解印在我们脑海里。我们永远不满足于现在，永远追求未来。恐惧、欲望与企求催迫我们到未来去，剥夺我们对于现在的意识与考虑，令我们思索未来的事物，甚至当我们正在弥留之际。悬念着未来的心永远是不乐的（塞内加）。

柏拉图常用这句伟大的箴言劝勉人："做你的事和认识你自己。"这句箴言包括了我们的一切职责。做他自己事业的人就会明白他先要知道什么是属于他的。认识他自己的人就不会把别人的事当做自己的事；他会首先自爱和栽培自己，避开那些冗余的事务和无谓的思想与企图。愚昧的人即使他的愿望都实现了，还是不满足；充满智慧的人却享受着现在，而且永远不会不满足（西塞罗）。

伊壁鸠鲁反对他的哲人预见和挂念未来。

在管辖死者的许多法律当中，我觉得那要王子们的行为死后受审判的条目最有理。他们都是法律的同僚，如其不是法律的主人。正义既不能约束他们的生平,约束他身后的声誉及后人的产业(我们往往比生命还要重视这些东西)也是合理的事。这条法律的实施把许多特殊的利益带给那些肯遵守它的国家,也是一般不愿意在人们的记忆里与暴君受同样待遇的贤主所热望的。

人们应该归顺和服从一切国王,因为这是他们的本分;可是不能强迫人们敬爱他们,除非他们有善德懿行。为了政治的秩序,他们的主权一天需要我们扶助,我们便不能不耐心容忍他们,无论他们怎样不值得,或隐瞒他们的恶德,人们甚至还会赞助王们的没有心肝的恶行。可是这种臣服毕竟有个了期,为正义和我们的自由起见,我们没有什么理由不发表我们的真意,对公众讲述那些明知王们的残暴却仍忠心虔敬服侍他们的百姓的光荣,因而为后世提供一个这么有用的榜样。而那些为了私人的恩惠,不正确地左袒一个不值得赞美的王子的身后名誉的人,他们是牺牲公道以徇私义。提图斯·李维说得好:"王权统治之下的人所说的话都充满了虚饰与伪证,"每个人都毫无分辨地把他的国王高举到极端的美德与无上伟大的高度。

有些人会贬谪那两个当面对尼禄①挑战的士兵。尼禄问其中一个为什么要害他,那个士兵答道:"我从前拥爱你,因为你值得我爱;现在你变成了杀母的逆子,放火的强盗,流氓及车夫,你也就只配我憎恶了。"他又问第二个人为什么要杀他,那人答道:"因为我想不出更好的办法来制止你的无终极的恶行。"但是哪一个判断力健全的人会诟骂那在王子死后

---

① 尼禄(37—68),罗马皇帝,以残暴著称,公元59年下令处死了自己的母亲,公元62年又下令处死了妻子,公元64年放火烧了罗马。

才公布关于他的暴行的确证,而且将永远悬为贬斥他以及像他一样凶恶的暴君的确证呢?

我觉得非常可惜,像斯巴达①那么纯粹的政府也会判定一个虚伪的礼节:一个国王死后,所有联邦及邻国,所有奴仆及男女都混作一团碰额以示哀,而且无论这王生前如何,大家总号啕恸哭以宣扬他是最好的王,把功劳所应得的赞扬归诸品位,并把那最高的功劳所应得的赞扬归诸最卑鄙低下的品位。

亚里士多德最好翻案。对于梭伦的"无人生前能称幸福"那句话,他问道:"不知那生死都称心的人能否称为幸福,如果他留下一个臭名,如果他的后人衰落?"我们能行动的时候,我们可以随我们的逆料而随处转移;可是我们死了,我们与现有的事物便再无往来。所以梭伦应该说:一个人永不会幸福,既然要等到死后才有幸福。

> 无人能连根带叶把自己
> 从生命中拔去。不知不觉地
> 人想象他的一部分会长生;
> 他摆脱不掉这可怜的身躯。
>
> ——卢克莱修

贝特朗·迪·盖克兰②在奥弗涅的布伊城附近进攻朗贡城堡时战死。城内居民投降后,被逼着把城堡的钥匙放在死者的尸体上。

~~~~~~~~~~

① 斯巴达,古希腊城邦,建于公元前九世纪,公元前五世纪成为希腊最强城邦。

② 盖克兰(1320—1380),法国民族英雄。

巴泰勒米·达尔维亚纳,威尼斯共和国的大将,在布雷西亚为国战死,他的尸首运回威尼斯,途中要经过敌国维罗纳的疆土。军队中大部分人都以为应该向维罗纳政府申请通行证。只有泰奥多尔·特里沃尔斯反对这样做;宁可凭武力强行通过,惹起战争亦在所不惜。"断无生前不怕敌人,死后会表示怯懦之理。"他说。

真的,确有这同类的事体,根据希腊法律,那向敌人索取尸首以埋葬的便要放弃他的胜利,不能再举凯旋的旗帜,而敌人却因此获得胜利的荣耀。尼西亚斯①分明大胜了,就是这样失掉了他战胜哥林多人的光荣。反之阿格西劳斯却因此而与维奥蒂亚②人决一死战终获胜利。

我们会觉得这种种事情古怪,要不是自有史以来便盛行那料理我们身后事的习惯以及追求上天的恩惠陪伴死者进入坟墓,以便继续死者的信仰。关于这层,古代有许多好的例证,我们用不着多提现代的了。

英格兰国王爱德华一世③,在他与苏格兰国王罗伯特④的长期战争中,体验到他的亲临前线可以帮助他的事业顺利,因为他每次亲临战阵都打了胜仗;他临死的时候,强要儿子发誓,要儿子在他死后煮他的尸骸,使骨肉分离;把肉埋葬,把骨小心保存,以备和苏格兰发生战争时,把它带到阵上,仿佛命运一定会把胜利带给他的子民似的。

---

① 尼西亚斯(? —前413),古希腊政治家和将军。
② 维奥蒂亚,希腊地名。
③ 爱德华一世(1239—1307),英格兰国王(1272—1307在位)。
④ 罗伯特(1274—1329),十四世纪苏格兰争取国家独立的斗士,1306年成为苏格兰国王,史称罗伯特一世。

让·杰士卡①为了保护威克里夫②的异教而扰乱波希米亚国,要人在他死后把他的皮剥下,制成小鼓带到阵上与敌人作战,以为这样可以继续保持他生前亲自作战所屡屡取得的胜利。同样,有许多印第安人与西班牙人打仗的时候,背着他们一个将领的遗骸,因为将领活着时总是有好运气。同一个地方的别的部落,还有的把战死的勇士的尸首拽到阵上,藉以保佑他们及鼓励他们骁勇赴战。

前面的几个例子是为了要那由过去的功绩获得的荣名不被埋没;后者却连自己活动的能力也寄托在骷髅上。

巴亚尔③将军的榜样就高明多了。他身上受了一处火枪的致命伤,左右劝他退出战阵。他说他断不会在临死的时候以背向着敌人。既而战到精疲力竭,自己快要从马鞍摔下来了,他才命仆从扶他躺在一棵树下,可是要面向着敌人。他就这样死去了。

我还要添上一个例子,在这点上,和刚才那个例子是一样非常的。马克西米连④皇帝,今腓力王⑤的曾祖,是一个多才多艺的王子。他的身材特美。他有一个与一般王子最相反的脾气,就是他不肯像他们那样为了办急务而把马桶当王座,他

---

① 让·杰士卡(约 1376—1424),波希米亚军事统帅和民族英雄,宗教改革家胡斯的信徒。
② 威克里夫(约 1330—1384),英格兰神学家、哲学家、宗教改革运动的先驱者。
③ 巴亚尔(约 1473—1524),法国军人,身经百战,屡建功勋。
④ 马克西米连(1459—1519),德意志国王和神圣罗马帝国皇帝,史称马克西米连一世。
⑤ 腓力,即腓力二世(1527—1598),西班牙国王(1556—1598 在位)。神圣罗马帝国皇帝马克西米连一世之曾孙,腓力一世(1478—1506)之孙,查理五世(1500—1558)之子。

上厕所时,他最亲近的侍从也不能在场。他躲在僻静处小便,拘谨得像一个贞女,绝不肯把我们一般遮掩住的部分露给医生或任何人看。我的嘴虽然这么粗俗,我生性也颇具有几分这种羞怯:除非需要或娱乐催迫,我从不肯把那些习俗要我们遮掩的肢体和动作示人。我有着一种对于平常人,尤其是像我这样职业的人的过分的拘谨。可是马克西米连的羞怯达到了高度的迷信,他竟在遗嘱里特别书明他死后要人把那个部位用短裤遮严,又在附条里注明替他穿裤子的人要用布绑住双眼。据说居鲁士曾嘱咐他的子孙在他灵魂离开躯壳后,不得抚摩或探视他的身体,我以为那是基于某种宗教的笃信。因为他和那替他作传的人,除了各种盛德而外,毕生都散播着一种对于宗教的特殊的至诚与虔敬。

一位王子告诉我,关于我一个在战争与和平的年代都很有声誉的亲戚的故事。这故事很使我不快:当他因年高快要死在宫廷中时,虽然因患沙淋症而痛楚得要命,但还耗费他最后的时光带着极端的焦虑去安排他的葬礼仪式。他敦请所有探病的贵族答应为他来送殡,并且恳求那些在他弥留之际伴着他的王子们要阖家来致祭,还援引种种的理由及成例来证明那是他的品级所应得的尊敬。得了这个允许并且把葬礼安排得满意之后,他才仿佛很快乐地死去。我很少听说有这般固执的虚荣心。

极相反的一种罣虑,我可以从我的朋友中找出一个例子,似乎与这事有关联的,那就是很小心而且急切地把他的葬礼根据一种稀有的特殊的吝啬,限制每一个仆人,每一盏灯笼。我曾听见有人赞美这种脾性以及马库斯·埃米吕斯·李必达①禁止他后人为他按习惯举行那种仪式的嘱咐。这种避免那些我们已经无从知道无从感觉的破费和滥用是否是节省与俭约呢？这真是一个容易的改革，而且用不着多大的代价！如果到必要布置时，我以为对于这正如一切人事一样，看各人的意愿而定。哲学家卢康②很聪明地任他的朋友安置他的遗体，只要丧礼不太繁缛亦不太简陋。至于我自己，我就纯粹依照习俗的办法，随那我终有一天会变成他们的负担的任何人的主意。这是一桩对自己要忽略，对家人要郑重的事情（西塞罗）。一位圣人说得好：丧礼，墓田，与葬仪与其说是安置死者毋宁说是抚慰活人（圣奥古斯丁）。苏格拉底临死的时候，克里托问他要怎样安葬他，他答道："随你的便。"假如我要更多事的话，我以为更合理的做法是去模仿那些还能行动、呼吸便要享受他们葬仪的华贵，以及喜欢看他们死时的面孔印在云石上的人。能够用无知觉去振奋、怡悦有知觉的人是件福事！能够活着就知道死时的样子是有福的！

　　我几乎能够了解那对于民主政体的深切痛恨，虽然我觉得民主政体最合理、最公平。我想起雅典人把他们刚刚战胜斯巴达人的英勇将领一无赦宥也不容分辩地处以死刑那种非人的暴戾——那是在阿基努塞岛附近的一场海战，也是希腊史上用自己的海军获得的最光荣最伟大的一场胜利——只因为这些将领不肯留在后面埋葬他们阵亡的同胞，却依照兵法乘胜进击。而狄俄墨冬的态度使这处决显得更可恨。他是被处死刑的一个，无论在政治上和军事上都有过人之处。当他

①　马库斯·埃米吕斯·李必达（？—前13/前12），罗马政治家，公元前43年以后统治罗马的三巨头之一。
②　卢康（前300—前225），古希腊哲学家。

听了判词之后,乘大家还在静听的机会,举步出来说话。他并不替自己辩护以及指出这残酷的判决之不公允,只是开怀大笑那些裁判们的生命。他求神把这判决化为他们的吉利,而且,因为他和他的同伴们不能实践他们为了这场胜利对神明立下的感恩的誓愿,不要把震怒加在他们的身上。这样说完之后,便毫不犹豫地从容就刑了。

几年后,命运用同样的方法惩罚了他们。雅典的海军大将卡布里亚斯与斯巴达的海军大将波利斯战于纳克索斯岛①,已经占到上风了,可是为了不蹈前车之覆辙,竟丧失了他们明显的胜利,对于他们的事业有莫大的影响的。因为他们不肯任几个同胞的尸首浮于海面,竟让他们的大队敌人得以从容逃走,因而日后他们为了这累人的迷信付出了很高的代价。

> 你想知道死后睡在什么地方么?
> 在那未生的事物中。

——塞内加

这另一句却把安息感觉加在一个没有灵魂的身躯上:

> 愿没有坟墓接收他,
> 在那里他那厌倦了生命的躯壳
> 可以像在港口般得到安息。

——恩尼乌斯

正如大自然所指示给我们的,许多死去的事物仍旧和生命保持着秘密的关系。窖里的酒依照制酒时期某种变动而酸化,腌罐里的鹿肉也依照鲜肉的定律而变换它的色味。

---

① 纳克索斯岛,希腊基克拉泽斯群岛(爱琴海)最大岛屿。

凭动机判断我们的行为

有人说,死解除我们的一切债务。我知道有人把这话作了另一解释。英王亨利七世①与马克西米连皇帝的儿子,或者更恭敬一点说,查理五世皇帝的父亲腓力一世②立约,要腓力把他的逃到荷兰的仇敌白玫瑰家族的萨福克公爵交给他,以不危害这公爵的生命为条件;可是临终的时候,他在遗嘱里命他儿子等他死后马上将公爵处死。

最近,布鲁塞尔的阿尔瓦公爵③在霍恩伯爵及埃格蒙特伯爵④身上所演的悲剧里,有许多惊人的事件,其中一桩是:埃格蒙特伯爵极恳切地要求人先把他杀死,以尽他对霍恩伯爵的义务,因为后者是相信了他的担保才投降阿尔瓦公爵的。

据我看来,第一个并不因为死了便践约,第二个即使不死亦于心无愧。我们不能在我们的能力与方法之外负责,而实施的成败却不在我们权力之内,因为真正在我们权力之内的

① 亨利七世(1457—1509),英格兰国王(1485—1509 在位)。
② 腓力一世(1478—1506),西班牙的卡斯蒂利亚国王,神圣罗马帝国皇帝马克西米连一世之子,查理五世之父。
③ 阿尔瓦公爵(1507—1582),西班牙军人和政治家。
④ 埃格蒙特伯爵(1522—1568),荷兰备受人们崇敬的一位伟大人物,荷兰反对西班牙政策的早期领袖。1567 年被阿尔瓦公爵逮捕,次年以叛逆罪被处以死刑。

只有意志。人的义务的一切法则当然应该建立在这一点上。因此埃格蒙特伯爵以他的灵魂及意志负责，虽然实践的权力不在他手里，无疑地已尽了他的责任，即使他不在霍恩伯爵之前死。反之，英王有心背盟，即使死后才实行，也断无可宽恕之理。希罗多德①笔下的泥水匠正是这样，他毕生都忠心保守他主人埃及王宝库的秘密，临死却泄露给他的儿子们知道了。

我认识好几个与我同时代的人霸占他人的财产，后来受到良心的责备，想在他们的遗嘱里及死后作出补救。可是这种举动对他们毫无好处，不是因为他们为一件这么迫切的事立一期限，便是因为他们想费少许的心血与金钱来赎罪。他们应该把那真属于他们的拿来赔偿。他们的赔偿，愈赔偿愈艰难，愈劳苦，他们的满意亦愈合理，愈可嘉。忏悔是需要重负的。

更坏的是那些终身容忍，到临死才把他们对他们近邻的仇恨发泄出来的人。这样做证明他们毫不顾惜他们的荣誉，因为他们激怒别人去侵犯他们的身后名誉；更不顾惜他们的良心，因为他们不能因死而消灭他们的仇意，反而使怨恨超越他们的生命而永存。把案件延到已不在他们的权限内时才予判决。这是多么偏私的审判官！

如果做得到，我将尽力在死时不表露我生前没有说过（公开地说过）的东西。

<hr>

① 希罗多德(前484—前430/前420)，希腊历史学家。

几位钦差大臣的特征

我旅行的时候常常遵守这一法则:要从与别人的接触中(那是最好的学校之一)学到许多东西,我总是设法让那些与我们会面的人谈他们最熟悉的事物。

> 让水手谈风浪,
>
> 农夫夸他的牛,
>
> 牧童数他的羊,
>
> 军人数他的伤口。①

一般人的做法正相反:每个人专爱谈别人的职业,以为这样做可以获得新的光荣。试看阿希达穆斯②对佩里安德③的责备,说他舍弃良医的声誉,以求歪诗人的虚名。

试看恺撒对我们说起他桥梁机械的计划时是多么滔滔不绝;说到他自己职业的本身、他的勇敢和兵法时又多么简约。他的功业已足以证明他是良将,他却竭力想让人知道他是卓越的工程师,一个非分的才干之士。

① 此诗为古罗马哀歌诗人普洛佩提乌斯所作。

② 阿希达穆斯,即阿希达穆斯三世(? —前338),斯巴达国王(前360—前338在位),其父是阿格西劳斯二世。

③ 佩里安德(? —约前588),古希腊科林斯(即哥林多)的僭主(约前628—前588在位),喜欢文学艺术,著有两千首格言诗的诗集。

一个法律界人士被带到一间书房,里面具备各种关于他自己职业的和旁的书籍,书使他目不暇接,本来找不到开口的机会,他却偏去严酷地而且像煞有介事地指摘螺旋梯上的栏杆,许多军长和兵士朝夕走过那儿都默不作声,也毫不觉得碍眼。

老狄奥尼西奥斯生来是个很伟大的战将,他却努力要由诗知名,虽然对于这门艺术他一点天分也没有。

> 笨重的牛渴望驮鞍鞯,
> 骏马幻想耕田是乐事。

——贺拉斯

这样做断不能建立什么有价值的功业。

因此,我们应该把建筑师、画家、补鞋匠及其他人,带回到他们各自的行业中去。关于这一点,我读历史的时候,必定先问作者是怎样的人,因为各色人等都会写历史。如果作者的职业是文人,我就专学他的文章及作风;如果是医生,我就比较愿意相信他对我们说的关于空气的温度,王子们的脸色、创伤和疾病;如果是法学家,就要选取那关于权利、法律和政府的组织等的讨论;是神学家,就关注教堂的事务,教会的谴责、天道和婚姻;是朝臣,就了解关于礼教与仪节;是军人,就注意他们分内的事务,尤其是他们亲身参与的种种功绩的叙述;是钦差大臣,就关心计谋、交涉盟约和外交事务的进行步骤等。

为了这缘故,我在朗热①大夫,一个深谙这些事体的人所著的历史里,留心审察一件我在别人的书里会大意忽略过去

①　朗热,即贝莱(1491—1543),法国军人、作家、外交家。他的最重要著作是一部关于弗朗索瓦一世和查理五世争雄的历史。

的事。他先告诉我们查理五世皇帝,在罗马的主教会议席上,在德·马斯贡主教和我们的公使德·维利大夫面前所发表的美丽的演说词中,有许多侮辱我们的话,比如他说如果他的将校、士卒和百姓的忠心和战术不能胜过我们国王的将校、士卒和百姓,他就马上用绳系颈,向我们的国王求饶(似乎他很认真,因为以后他又复述过两三遍);还说他敢向我们的国王挑战,要他穿着衬衣在舟中用短剑和匕首与他决斗。然后朗热大夫在他的历史里告诉我们,那两位法国钦差大臣在他们的奏章中掩饰了这事的大部分,而对于上面两节竟坚守缄默。

我觉得非常奇怪,一位钦差大臣竟有权取舍他对于主人应该传达的这种警告,尤其是关系这么严重,出自一个这样人之口,而且是在一个这样重大的聚会上发表的。我以为仆人的天职应该是把事情的始末一是一、二是二地忠实地叙述出来,以便主人自由地调理、判断和选择。把事实遮瞒和涂改,惟恐对方不据以调处而被迫去采取一个不良的步骤,使他对于他的事务懵然不知,我以为这应该属于司法的人而不是属于守法的人,属于领袖和教师,而不是属于那不仅仅在权位上,而且在智慧和才识上都应该把自己当做低一等的人。无论如何,我可不喜欢人家在我的日常事务中这样服侍我。

我们是这么愿意托故去逃避命令和僭取主权;每个人又那么自然地图谋自由和权力,对于在上的人来说,再没有比仆人的简单自然的服从更宝贵的了。

如果他的部属只随意而不全心服从,一个总司令的威信便会降低。克拉苏①,罗马人恭维他有五重幸福。他在亚洲

———————

① 克拉苏(约前115—前53),古罗马政治家兼商人。

做领事官时，寄信给一个希腊的工程师，要工程师把他在雅典所见的两支船桅中比较高的一支带给他，以便用来构造他所策划的作战机械。那一位以专师自命，却自作主张地把那支比较短的，而且，根据他的技术的法则，也是比较适用的运来。克拉苏很耐心地听他陈说种种理由之后，下令杖他，把纪律看得比工作更重。

然而在另一方面，我们亦可以这样想：这种绝对的服从只应用于那界线分明的命令。公使们的任务却比较自由，而且往往只凭仗他们自己的明断。他们不单要施行，而且要由他们的运筹以造成或影响主人的意志。我曾经眼见有许多领袖被惩罚，为的是他们服从国王信里的话，而不根据他们对于那事体的比较深切的认识采取办法。

头脑清醒的人贬责波斯王这种风气：他们把他们的参佐和代表权限切割得那么零碎，几乎最小的事也要经他们自己的手，这办法在一个这么宽广的领土上往往会产生许多周折，因而对于事务有莫大的损害。

当克拉苏写信给一个做那种买卖的人，对他说明他所指定的桅杆的用途，会不会也和那人商议商议，请他参加点意见呢？

论　隐　逸

　　我们且撇开那关于活动与孤寂生活的详细比较。至于野
心与贪婪用以掩饰自己的这句好听的话："我们生来不是为
自己而是为大众",让我们大胆诉诸那些在漩涡里的人们。
请他们扪心自问,究竟那对于地位、职务和世上许多纠纷的营
求是否反而正是为了假公以济私。现在一般人借以上进的手
段很清楚地告诉我们那目的殊不值得。让我们回答野心,说
令我们爱好孤寂的正是它自己,因为还有更比它要避开人群
的吗? 还有更比它要寻找活动的余地的吗? 无论什么地方都
有为非作歹的机会;不过,假如真像比亚斯①所说:"险恶成了
主流",或者如《传道书》里所说:"一千人中难有一个良
善的。"

　　　　善人何少? 充其量
　　　　不过如梯比的城门
　　　　或尼罗河的出口。

　　　　　　　　　　　　　——尤维纳利斯②

那么这种现象在群众中散播真是再危险不过的。我们不学步

---

① 　比亚斯(? —前570),古希腊七哲人之一。

② 　尤维纳利斯(55/60—约127),罗马最后也是最有影响的一位讽刺诗人。

于恶人便得憎恶他们。因为恶人多效颦者也多;因为不愿与之物以类聚而憎恶者也多,两者都危险。

那些航海的商人留心那些与他们同舟的人是否淫佚、亵渎、凶顽,如果有这种人,便把这些伴侣看作不祥,实在很对。

所以比亚斯很诙谐地对那些和他同在大风中疾声呼救于神明的人说:"住口,省得他们知道我和你同在这里。"

还有一个更雄辩的例子:代表葡萄牙国王埃马纽埃尔驻印度的总督阿尔布盖克,有一次船快沉的时候,把一个幼童托在肩上,惟一的目的是:他们的命运既联在一起,幼童的天佑可以作为他对于神恩的保证,使他得以转危为安。

这并非说哲人不能随遇而安,甚至在大庭广众中也依然是个孤独者;不过如果可以选择,他就会说,连他的影子也不要看。不得已时,他会忍受前者;但是如果由他做主,他就选择后者。如果他还得和别人的恶抗争,他不会妄自以为他完全免除了恶。

夏龙达把那被证实常和恶人往来的人当恶人惩罚。

再没有比人那么不宜于交际而又善于交际的了:前者因为他的恶,后者因为他的天性。

我觉得安提西尼[①]并没有圆满答复那责备他好交结小人的人,他说:"医生们得经常生活在病人当中,"因为他们如果想帮助病人复元,就要冒着疾病传染的危险以致损害自己的健康。

现在,一切隐逸的目的,我相信都如出一辙:要更安闲、更舒适地生活。可是我们并不常找着正当的路。我们常以为已

---

① 安提西尼(约前445—前365),古希腊哲学家,苏格拉底的学生。

经放下了一切纷繁扰人的事务,实则不过改换而已。治理一家的烦恼并不比治理一国轻多少:心一有牵挂,便整个儿放在上面;家务虽没有那么重要,却并非因此而减少了烦恼。而且,我们虽然已经摆脱了朝市,却不曾摆脱我们生命的主要烦恼。

> 心灵的宁静,由于理性与智慧
> 并非由于汪洋大海的旷观。
>
> ——贺拉斯

野心、贪婪、踌躇、恐惧和淫佚并不因为我们四处迁徙而稍离我们,

> 忧愁的影子坐在骑士的背后。
>
> ——贺拉斯

它们甚至追随我们到修道院和哲学院里。沙漠、石岩、发衣和禁食都不能帮助我们摆脱它们,

> 他胁下带着致命的利矢。
>
> ——维吉尔

有人对苏格拉底说某人旅行之后无论哪方面都不见得有改进。他答道:"有什么稀奇!他把自己一块带走了。"

> 在别的太阳下我们何所求?
> 谁放逐自己,放得下自己?
>
> ——贺拉斯

如果我们不先把自己和灵魂的重负卸下,行动起来将更会增加它的重量:正如船停泊的时候,所载的货物便显得没有那么壅塞;给病人换床位对于他害多于益。移动会把恶摇到

囊底,正如一根木桩愈摇愈牢固一样。所以单是远离众生还不够;单是迁离地方也不够,我们得把我们里面的凡俗之恶习涤除净;要摒绝一切杂念,恢复自己的自主。

> 你说:"我已经打破我的桎梏!"
> 不错! 试看那亡命的狗,
> 即使它咬断了铁链
> 圈儿可不是还挂在颈后!
>
> ——佩尔西乌斯

我们把自己的桎梏带走,这并非绝对的自由,我们依旧回顾我们留在后面的东西;我们的脑袋还被往事充塞着。

> 除非心灵澄净,什么险都不要去冒,
> 什么冲突也不在我们胸中乱捣,
> 什么焦急和恐怖也不把我们煎熬,
> 还有奢侈、淫佚、恼怒和骄傲,
> 和那懒惰、贪婪、卑鄙与无行,
> 将怎样地把我们践踏蹂躏!
>
> ——卢克莱修

我们的病植根在灵魂里,而灵魂又避不开自己,

> 病在灵魂里,她怎能逃避?
>
> ——贺拉斯

所以我们要把灵魂带在身边,隐居在自己的躯体里面,这才是真正的隐逸。在城市和宫廷里,他可以享受;而离开则更如意。

现在,我们既然要过隐逸的生活,并且要息交绝游,让我

们使我们的满足全靠我们自己吧；让我们割断一切把我们维系于别人的羁绊吧；让我们克服自己以至于能够真正独自活着而且快乐地活着吧。

斯提尔波①从他的被烧的城里逃出来，妻子、财产全丢了。德米特里·波利奥塞特②看见他站在故乡的废墟中，脸上毫不变色，问他有多少损失，他回答说：没有，多谢上帝，他并没有丢掉他自己什么东西。这正是哲学家安提西尼的意思。他曾诙谐地说：人应该带些可以浮在水面的粮食，以便沉船的时候可以藉游泳来救人及自救。

真的，一个明哲的人决不会失掉什么，如果他还有着他自己。当诺拉城被野蛮人毁坏之后，当地主教保利努斯③丧失了一切而且身为俘虏，他这样祈祷上帝："主呵，别使我感到有所损失，因为你知道他们并没有触着我什么。"那令他富有的财富，那令他善良的产业还丝毫无损。这就是所谓善于选择那些可以免除灾劫的宝物，把他们藏在无人可到，而且除了自己，无人能泄漏的地方了。

如果可以，我们应该有妻子、财产，尤其是健康，可是别要粘着得那么厉害以致我们的幸福全依靠它们。我们要保留一所"后栈"，整个属于我们的，整个属于自由的，在那里，我们建立我们的真自由，更主要的是退隐与孤寂。在那儿，我们日常的晤谈是和我们自己，而且那么秘密，简直不存在为外人所知或泄露出去的事儿；在那里，我谈笑一若妻子、

---

① 斯提尔波（活动时期为前380—前300），古希腊美加拉学派哲学家。
② 德米特里·波利奥塞特（前336—前283），马其顿国王（前294—前288在位），史称德米特里一世。
③ 保利努斯（353—431），基督教拉丁语诗人，先后任罗马元老院议员、执政官和意大利南部总督，约在409年任意大利诺拉城主教。

产业和仆从都一无所有。这样,当我们偶然失去他们的时候,不能再依靠他们对于我们来说也就并不突如其来了。我们有一颗可以环绕自己、可以给自己做伴并且有着攻守和予取的器械的灵魂;我们不必担心在这隐逸里我们会沦于那无聊的闲散,

> 你要在孤寂里自成一世界。

——提布卢斯

关于德行,安提西尼说,就是自足于己:无约束,无语言,无结果。

我们日常的举动,千中无一与我们相干。你眼前这个爬着颓垣,狂怒而且失了自主,冒着如雨的枪弹;而那个满身疤痕,饿得打恶噤而且面色灰白,誓死也不愿给这个开门,你以为他们是为自己吗?也许为了一个,他们从未见过面而且对于他们的命运漠不关心,同时正沉溺于荒淫与佚乐里的人。还有一个,肮脏、眼泪鼻涕淋漓,你看见他半夜从书房出来,你以为他在书里找那怎样使他更良善、更快乐、更贤智的方法吗?绝不是。他将死在那上面,不然就是教育后代怎样吟读普劳图斯①的一句诗或怎样书写一个拉丁字。谁不甘心情愿地把健康、安宁和生命去换取光荣和声誉,这种种最无用、最空虚和最虚伪的货币呢?我们自己的死还不够使我们害怕,我们还要犯愁我们妻子、奴仆的死。我们自己的事还不够烦扰我们;还要为我们邻居和朋友的事呕心沥血。

---

① 普劳图斯(约前254—前187),古罗马著名喜剧作家。

嘻！一个人怎么会溺爱他人和外物

竟比自己还要亲切、殷勤？

——泰伦提乌斯①

依照泰勒斯的榜样，我觉得隐逸对于那些已经把他们生命的最活泼、最强壮的时期献给世界的人更适宜、更合理。

我们已经为别人活够了，让我们为自己活着吧，至少在这短促的余生。让我们把我们的思想和意向带回给我们和我们的安逸吧，要妥当布置我们的隐逸并不是一件小事，因为即使不掺杂别的事，我们也已经够忙的了。既然上帝给我们工夫去布置我们的迁徙，让我们好好地准备吧：收拾行李；及时与社会告辞；打破种种把我们纠缠和让我们分身分心的羁绊。我们必须解除这些强有力的束缚，从今天起，我们可以爱这个或那个，可是只是为了自己。也就是说，其余的身外之物都可以属于我们，但是并不紧紧黏附在我们身上，以致我们拿开它们的时候，还得剥去我们的一层皮，连带撕去身上的一块肉。世界上最大的事莫过于知道怎样将自己给自己。

这正是我们和社会断绝关系的时候，既然我们再不能对它有什么贡献。虽然不能借出，至少也得设法不要借入。我们的力量渐渐减退了。让我们把它们撤回，完全集中在我们身上吧。谁能够把友谊和社交都排斥而只是注重自己，让他去这样做吧，在这使他对于别人变为无用、累赘和骚扰的衰落景况里，让他至少不要对自己是累赘、骚扰和无用吧。让他把自己宽待、抚爱，尤其是约束。完全敬畏自己的理智和良心，以至在它们面前走差一步就觉得羞耻。因为能够自重的人的

<hr>

① 泰伦提乌斯（前195—前159），古罗马著名喜剧作家。

确很少见(昆体良①)。

苏格拉底说年轻的人应该受教育,成年人则勉力善行;老人们卸去一切军民职务,起居从心所欲,不必受什么固定的生活秩序所约束。

有些天性可能比较其他更宜于遵守这些隐逸的戒条的。比方那些理解力薄弱、情感和意志敏锐,而且不愿意服役或承担任务的人——我就是其中的一个。比起那些活泼忙碌的心灵,事事包揽,处处参与,凡事都兴奋,随时都自荐和自告奋勇的人,他们由于天然的倾向与自我的反省容易听信这忠告。我们应该利用这些身外的偶然机缘,适可即止,而不必把它们当做自己的命脉;它们原不是这样,无论理性和天性都不愿意这样。

我们为什么逆理性和天性的法则,把我们的快乐当做权力者的施舍呢?还有的为了预防命运之不测,剥夺我们既得之便利(如许多人由于宗教的热忱和有些哲学家受理性的驱使而如此),奴役自己,睡硬地面,挖掉自己的双眼,将财富抛向汪洋,自寻痛苦(或想由此生的苦难获得来生的欢乐,或想把自己放在最下层以免再有下坠之苦),这些都是非凡的美意的行为,让那些更坚定更倔强的天性连同他们隐居的一隅也由之显赫而成为模范吧。

> 当我贫困无聊,
>
> 啊!我多么乐意过那俭朴寒微的生活:
>
> 什么富贵荣华都不能把我诱惑!
>
> 可是当命运带着昌盛来临照,

① 昆体良(约35—96),又译昆提利安,古罗马修辞学家与教师。

我将声言世上惟一的福乐明哲
是购置田地和成家立业。

——贺拉斯

用不着走那么远，我已经觉得够难了，我只求，在命运的恩宠之下，准备看它翻脸，而且在我舒适的时候，依照我想象之所及去模拟那未来的厄运：如同我们在太平之际用竞技和比武来模拟战争一样。

我并不因为哲学家阿凯西劳斯①按照他的家境使用金银的器皿就把他看得没有那么贤德；我甚至把他看得更高，因为他慷慨而且得当地使用它们，远胜于完全摒弃它们。

我知道我们自然的需要扩大到什么程度；当我看见门外的叫花子往往比我更快活更健康，我便设身处地，试依照他的尺度去装扮我的灵魂。我还这样比较过其他种种榜样，我可以想象死亡、贫穷、轻蔑和疾病已经近在眉睫，毫不费力地说服自己不要害怕那连一个比我卑贱的人也那么安闲地接受的东西。我绝不相信一个低下的理解力比那高强的更能干，不相信理性能和习惯达到同样的效果。我知道外来的福泽是多么无常，所以我总禁不住，在最洋洋得意的时候，对上帝做这无上的祷告，求他让我为自己和我自己的善行而快乐。我看见许多青年虽然非常壮健，却仍准备了一大堆药丸在他们的衣箱里，以便伤风时服用，因为有药在手，便不会那么害怕生病。我们也应该这样做；而且，假如自己觉得容易患某种更严重的病症，就应该带些可以使患处麻醉和使自己沉睡的药品。

我们为了安逸所应该选择的事业，必定是既不辛苦又不

① 阿凯西劳斯（前316/前315—前241），古希腊哲学家。

厌烦的,否则隐居的目的就完全落空了。这全在于各人的特殊兴趣:我自己就丝毫不宜于农作。那些爱好农事的自应该和缓从事。

> 要使财产为我奴,
> 毋使我为财产奴。
>
> ——贺拉斯

耕种原是一种奴隶干的工作,这是萨卢斯特对它的称呼。但它有些部分则是比较可人的,譬如园艺,据色诺芬说,那是居鲁士平生最爱好的;我们并且可以在这里找到一种折中,介乎我们常在那些完全埋没在艰苦劳作中的人们身上看见的卑贱的悬念和紧张的焦虑,和我们在另一种人身上看见的那放任一切的深固的极端的疏忽之间。

> 德谟克利特①的灵魂远游于云天,
> 一任羊群恣意嚼食他的麦田。
>
> ——贺拉斯

我们试听那小普林尼给他的朋友鲁弗斯关于隐逸的劝告:"我劝你,在你目前享受的丰满的隐逸生活当中,把料理产业的琐屑事务完全交给仆人,自己专心致志去研究文艺,以便从那里取得属于你的东西。"他的意思是指名誉。他和西塞罗一个鼻孔出气,西塞罗说,他要卸去一切公务归隐,以便从著作之途臻于永生,

> 君之学问等于零,

---

① 德谟克利特(约前460—约前370),在宇宙原子论的发展方面占重要地位的希腊哲学家。

藏之深闺谁知晓？

　　既然说要遗世隐逸，似乎应该瞩目于世外才合理；这些人其实只走了一半路。他们小心安排他们的一切大小事务，以备他们将来一旦离去；但是由于一种可笑的矛盾，他们工作的成果，却希望在他们已经遗弃的世界里来采摘。那些由宗教的虔诚求隐逸，确信圣灵的期许将在来生应验的人的想象合理得多了。他们把上帝放在眼前，当做一个慈爱与权能都无限的对象，在那里灵魂可以任意满足他的欲望。痛苦与悲愁之来临是一种利益，借此可以获得永久的健康与欢乐；死亡是一件切盼的事，是超度到这美满的境界的过程。他们的戒条的苛刻马上就给这逆来顺受的习惯所铲平；性欲也由于遭到拒绝而渐趋冷淡、蛰伏，因为只有常思常用才能保持它的活力。单是这未来的福乐永生的展望便值得我们抛弃现世一切安逸与甘美了。谁能够确切而且有恒地用这强烈的信仰与希望的火焰燃烧他的灵魂，他就会在隐逸里度过美妙而且愉快的一生，超越其他一切生命的方式。

　　所以小普林尼这忠告的目的与方法都不能使我满意，这不过是永远由疟疾转为发烧罢了。啃噬书籍的生涯也和别的一样辛苦，一样是我们健康的大敌，而健康却是我们应该最先顾及的。我们应当留神不要被某一事的快乐弄得昏昏欲睡，拖累那些经济家、贪夫、色鬼和野心家的就是这种快乐。许多哲人已经一再教诲我们提防我们自己嗜欲的险恶，和辨认那真正纯粹的快乐与那些混着许多痛苦的斑斓的快乐。因为我们大部分的快乐，他们说，依偎和拥抱我们只是为要置我们于死地，和那些埃及人称之为菲力斯的强盗无异。如果头疼在我们醉酒之前,我们也许会留心不再贪杯。可是愉快,为了欺骗我们,往往走在前头,把跟着它来的不幸给掩住了。

书籍是可爱的伴侣;但是如果与它们的接触使我们丧失了快乐与健康——我们最宝贵的财产,那就离开它们吧。许多人认为那样得不偿失,我也这样想。正如那久病的人身体日渐衰残,完全听任医生摆布,要遵守许多规定的起居规律;同样,遗世的人,既然厌倦了一般的世俗生活,就得依照理性的法则去策划,由深思熟虑去安排他的隐逸。他要辞退各种工作,无论它戴着什么面具;逃避一切可以妨碍身心安宁的情感和选择那最合他脾气的路径。

> 各人选择最适宜自己的路吧。
>
> ——普洛佩提乌斯

我们应该读书、行猎,以及从事种种活动,以换取最后一滴快乐;可是留神不要再越雷池,从那里起快乐将渐渐变成痛苦。我们应该保留相当的事业与工作,又要适度地活动,以免流入极端的懒惰与闲散的恶果。

有些学问是乏味而多刺的,大部分系为公共服役而设;我们应该让给那些献身于公务的人去做。至于我,我所爱的事要不是容易、富于兴趣和足以引起我的幻想的,便是些可以慰藉我和指导我去调理我的生死的,

> 独自消遥在静谧的林里,
> 追怀着贤人哲士的幽思。
>
> ——贺拉斯

比较明哲的人可以为自己创造一种纯粹精神的宁静,因为他们有强劲的灵魂。至于我,有着一颗平凡的灵魂,就得求

助于肉体上的舒适；年龄既剥夺了那些比较合我脾胃的愉乐，我便训练和磨锐我的胃口去消受那剩下来较适合这晚景的事物。我们要抓住那些年光从我们手里一一夺去的生命的愉乐：

> 及时采撷生命的甜蜜；明天呀，
>
> 你将是一堆灰、一个影、几句谰言。
>
> ——佩尔西乌斯

至于把光荣作为我们的目标，如普林尼和西塞罗给我们的献议，却离我的计划甚远。与隐逸最相反的脾气，就是野心。光荣和无为是两件不能同睡一床的东西。据我的观察，这两个人只有臂和腿离开群众，他们的灵魂和企图却比什么时候都更往人群里钻。

> 龙钟的老朽，
>
> 你活着是为取悦人家的耳吗？
>
> ——佩尔西乌斯

他们往后退只是为了跳得更远，为了更猛力地投入人丛里去。你们愿意知道他们怎样差之毫厘吗？试把两个派别极不相同的哲学家的劝告和他们对称，两个人的劝告都是写给他们的好友的，一个（伊壁鸠鲁）给伊多墨纽斯，另一个（塞内加）给卢齐利乌斯①，为了劝他们放弃要职与高位，去过隐逸的生活。"他们说你一直到现在都是浮游着；现在来港口死吧。你已经把前半生献给光明了，把剩下的一半献给阴影吧。如果你不放弃事业的成果，想放弃你的事业是不可能的；因

①　卢齐利乌斯(前180—约前103/前102)，古罗马讽刺诗文的首创者。

此，不要为光荣与名誉操心了。恐怕你过去的功业将你炫耀得太厉害，会一直追随你到墓穴里。把那由别人的赞赏得来的愉快和其他愉快一起抛弃吧；至于你的学问与才能，别为它们挂虑，只要你觉得拥有它们更值得，它们是不会失掉其效力的。有个人，当人家问他为什么把许多心血花费在一种只有几个人可以了解的艺术上，他答道：'几个于我已经够了；一个，不，比一个还要少也够了。'他说的真对，愿你记住。你和一个同伴，甚或自己和自己，便够表演一台戏了。让群众于你等于一个人，让一个人对于你就是整个群众。想从暇豫和隐逸中取得荣名实在是极可哀的野心。我们应该像野兽一样，在它们的穴口把爪印抹掉。你所应当关心的，不是社会怎样说你，而是你怎样对自己说。归隐在你的自身里；可是先要准备好在那里迎接你自己。如果你不能自治便信赖自己，那是疯狂的举动。独处和群居都有失足的机会。除非你已经变成了一个使你不敢在自己面前轻举妄动的人，除非你对自己羞惭和尊重——让高尚的思想充满你的心灵（西塞罗）。——你得常常在心里记住加图，福基翁①和阿里斯提得斯②，在他们面前连疯子也要藏起他们的过错的。你要把他们当做你一些思欲的管理人；假如你的思欲逸出了常轨，你对这些人的尊敬会引它们归正。他们会扶助你走那自足之路，使你无论什么都只向自己索取，使你的心灵归宿在那些有涯际的思想上，在那上面心灵可以自娱；于是，在认识了真正的幸福——愈认识也愈能享受——之后，使你因而心满意足，不再希望延长你

①　福基翁（前402—前318），古希腊雅典政治家和将军，后成为雅典的实际统治者（前322—前318）。
②　阿里斯提得斯（前540—前468），古希腊雅典政治家和将军。

的生命和名誉。"

　　这是真正而且自然的哲学的忠告，而不是如前面两位的炫耀和空言的哲学。

论　教　育

　　我小时候看见意大利的喜剧老是把学究或教师作为笑柄，而"夫子"这称呼在我们当中也不见得被看重多少，就常常生气。因为既然被交托给他们指导，我怎能不爱惜他们的荣誉呢？我曾试为解释，以为这完全由于一般俗人和那少数见识超卓的学者之间的自然分界，因为他们的人生道途完全相反。但是"我可忘掉我的拉丁文"①了，我发觉那最看不起他们的，就是那些最贤智的人；试看我们的好人杜贝莱②怎么说：

　　　　我特别憎恶学究们的学问。

　　而这习惯自古已然，因为普鲁塔克告诉我们，在罗马人当中，"希腊人"与"学者"同是诟骂和蔑视的名词。

　　自从我年事渐长，我觉得这样做非常合理，而"最大的学者并不是最贤智的"③。但是为什么一颗学识那么丰富的灵魂竟缺乏更活跃更清醒的头脑，而一个粗鄙的心灵居然能够容纳世界上最优越的心灵的言论和意见而毫不见改进呢？我至今还疑惑。

---

① 即"莫明其妙"的意思。——原注
② 杜贝莱（1522—1560），法国诗人。
③ 中世纪的格言。

既然接受了许多外来的那么强又那么伟大的思想(一位闺秀,我们第一个公主,谈及某人的时候,这样对我说),他自己的就不能不收缩和折叠起来,以让位给别人。

我很愿意这样说,正如草木因太潮湿疯长而郁闭,灯儿因油上得太满而窒塞:心灵的活动也胶滞于过多的智识与钻研,因为既受这许多繁杂的事物所占据和羁绊,它必定失掉自由行动的能力,而这些事物的重量也必定使它弯曲和伛偻起来。但事实也有相反的:我们的心灵接受得越多也就越开阔;由古代的榜样我们可以见到许多善于处置公务的人和许多伟大的将军和宰相同时也是极渊博的学问家。

至于那些远避一切公共职务的哲学家们,他们诚然有时也被他们同时代的孟浪的喜剧所轻视,他们的生活方式和意见都使他们显得可笑。你请他们判断一件案情的曲直或一个人的行为吗?他们随时都愿意,他们并且还要问:有没有生命,有没有运动,人是否和牛一样,行动及受苦是什么,法律和裁判是怎样一类的事物?他们能及于官长或能和他平等说话吗?他们会带着一种不恭敬和无礼貌的自由?他们听说人家赞美他们的王子或国王吗?对于他们国王如同一个牧人一样的懒惰,只知道挤奶和剪毛,但比牧人还来得粗暴。你把一个人看得更大,是因为他拥有二千亩田地吗?他们会觉得这个想法好笑,因为他们已经习惯了把全世界看做他们的产业。你夸耀你的显贵,因为你可以数到六代富贵的祖宗,是吗?他们会看不起你,因为你不能体会万物一体,以及我们每人都有同样多的祖宗:贫、富、王公、侍役,希腊人和野蛮人。即使你是赫剌克勒斯①的五十世孙,他们也觉得你这么看重这命运

① 赫剌克勒斯,希腊神话中主神宙斯之子,力大无穷。

的赋予是多事。因此那些鄙俗的人轻蔑他们为不懂世俗和傲慢不恭。

但是柏拉图这幅肖像和我们的学究相差得太远了。前者被人艳羡为超出俗流,轻视公共的活动,树立一种特殊的不可学步的生命,给确定的崇高卓越的理想驾驭着。后者却被蔑视为在俗流之下,不能胜任公共的职务,在一般人后面拽着卑鄙的生命和习惯,

> 这样的人多讨厌,
>
> 行为卑鄙,却满口格言!
>
> ——帕库维乌斯①

至于那些哲学家呢?我说,无论在学问上多么伟大,在各种行为上更要伟大。正如那锡拉库萨的几何学家②为了捍卫国土不得不放下他的沉思去使用他一部分心思,马上造出一些骇人的武器,他们的效果超出一切人类的想象,他自己却丝毫看不起这些制造品,反而觉得贬抑了他的艺术的尊严,因为他的工作不过是这尊严的练习与游戏而已!哲学家们也是这样,当他们间或被驱使去作行为上的试验,我们看见他们展开崇高的翅膀飞腾起来,似乎他们的灵魂和心都因对于事物的透彻领悟,很奇妙地扩大和润泽。

但也有些人,看见政治的地位被一些庸碌的人占据着,便归隐起来。一个人问克拉特斯③,要研究哲学多少时候,得到

---

① 帕库维乌斯(约前220—约前130),古罗马最杰出的悲剧作家之一。

② 指的是阿基米德(约前287—约前212),古希腊数学家、科学家和发明家。罗马人围攻锡拉库萨城时,他设计了守城器械。

③ 克拉特斯(活动时期为公元前四世纪后期),古希腊犬儒学派哲学家,第欧根尼(?—约前320)的学生。

这样的答复："直到我们的军队不是被一些驴夫领导时为止。"赫拉克利特①禅位给他的兄弟,回答那责备他浪费光阴去和一些小童在庙门口游戏的以弗所②人道:"这不比与你为伍去掌握枢要事务好吗?"

别的呢? 他们的思想既超出了一切世间的命运,觉得法官的位置甚至王座都是卑贱可鄙的。恩培多克勒③拒绝阿格里真托④的人民献给他王位。泰勒斯不时痛责一般人备尝辛苦去致富。有人反驳他说这是狐狸的行径⑤,因为他自己在这方面无所成功。他忽然试图去消遣;于是暂时贬抑他的学问,而去为利益所驱使。他建立一个贸易,在一年内获得很多的赢利,就是那些最富于商业经验的人终其一生也很难做到。

虽然亚里士多德曾经说过有些人称泰勒斯和安那克萨哥拉⑥和他们的侪辈为贤智而不谨慎,因为他们不肯治理那比较有用的东西(除了我不能完全消化这两个字的区别以外),这并不能恕宥我的学究朋友们,眼见他们受困于这么一个卑微和拮据的财产,我们还不如说他们既不贤智也不谨慎。

我放弃这第一个理由,宁可说那坏处由于他们误解了学问,而且,看我们的教育方法,无怪乎学者和教师们并不显得更聪明,虽然他们变得更博学。真的,我们家长为我们的教育所花费的金钱和心血,除了用智识来武装我们的头脑,并没有

---

① 赫拉克利特(约前540—约前480),古希腊哲学家。
② 以弗所,古希腊殖民城市,哲学家赫拉克利特生长于此。
③ 恩培多克勒(约前490—前430),古希腊哲学家、政治家、诗人。
④ 阿格里真托,意大利近西西里岛南岸一城市,公元前约581年由希腊殖民者建立。
⑤ 见伊索寓言"狐狸与葡萄"的典故。
⑥ 安那克萨哥拉(约前500—约前428),古希腊自然哲学家。

别的目的;关于判断力和德行,一字都不提！试从我们的百姓中喊一个过路的,说道:"啊,多么博学的人!"又喊着另一个人:"啊,多么善良的人!"人们一定把他们的视线和尊敬一齐转向第一个人。得要有个第三者喊道:"啊,这个蠢材!"我们或问:"他懂希腊文或拉丁文吗？他写诗或散文吗?"但他是否贤慧(这才是主要的东西),却并没有人问及。我们应该问,谁知得最好,而不是谁知得最多。

我们只是孜孜不倦地去充塞我们的记忆,任我们的悟性和良心空虚。正如有些鸟间或出外寻觅谷物,未经尝过便用嘴带回去喂哺小鸟。同样,我们的学究们到书里去拾取知识,把它带在唇端,只为要吐出来使其散布于空中。

我自己就是这愚行的一个多么奇妙和合适的例证。在这著述的大部分,我可不是正做着这样的蠢事吗？我跑到书里去,这里嗅嗅,那里嗅嗅,寻觅那些中意的句子,并非为了把它们藏起来,因为我没有贮藏室,而是把它们移植到我这本书里来。在这里面,老实说吧,它们并不比从前更属于我自己。我相信我们只能够知道现在发生的事;至于那过去的,我们并不知道得比未来的多。

但是更糟糕的,就是他们的学生和孩子也并不由这知识哺养,这些知识只是从一手转过另一手,惟一的目的就是卖弄给人看,在人前高谈阔论,和把它编成故事。像一个赝币在商业上毫无价值,只能用来计算和投掷一样。

> 他们只学来和别人议论,
> 并不是要和自己谈心。

——西塞罗

问题并不在于说话，

而在于怎样驾驭。

——塞内加

大自然，为要表示她行事没有丝毫粗野，常常在那些文化比较落后的国家产生一些心灵的作品，可以和那些最艺术的物品媲美。一句出自一支笛歌的加斯科涅地方的格言和这个问题是多么巧合：我们尽可以吹了又吹，但当我们要运用手指的时候，又怎么办呢？（西塞罗）

我们可以说："西塞罗曾经这样说；这是柏拉图的伦理学；这是亚里士多德的话。"但我们自己说什么呢？我们判断什么呢？我们干什么呢？一只鹦鹉也可以这样夸耀。这样看待知识，令我想起一位罗马的富翁，他聘请了每种学问的专家，要他们常在他左右，为的是当他的朋友中偶然谈起这事或那事时，这些学者可以替他出面，或随时按其所长提供他一篇文章，或一句荷马的诗，等等，以装点成他自己的"学问"，因为那是藏在他所雇用的人的脑袋里。那些把他们的智力藏在他们的辉煌的书室里的人正是一样。

我认识一个人，当我问他知道什么的时候，他向我要一本书来指给我看；他不敢对我说他的臀部发痒，如果他不马上从字典里找着什么是"发痒"，什么是"臀部"的话。

我们把别人的学问和见解保存下来，便算完事了吗？我们必须把它们变为自己的。准确地说，我们像一个需要火的人到邻家取火，但在那里看见一堆熊熊的火焰，便留下来取暖，忘记了带回家去。即使我们腹部充满了肥肉，于我们有什么益处？（如果我们不能把它消化，如果我们不能把它变成我们的，如果它不能增长我们的发育和力量。）难道我们以

129

为那没有经验,完全由读书而变成一个伟大军人的卢库卢斯①会和我们取同样的态度吗?

我们那么沉重地靠在别人手臂上,以致我们自己的力量消失了。想要鼓起勇气去抵抗畏惧吗?向塞内加去借。想要为自己或别人找慰藉吗?向西塞罗去借。我也许可以自己想出安慰的话来,如果我从前被这样训练过。我真不喜欢这依赖性的和乞丐式的才能。

纵使我们可以靠别人的学问而达成博学,最低限度也要靠自己的智慧才终能成为明哲。

> 我憎恶这样的哲人:
>
> 他为自己计,从不见高明。
>
> ——欧里庇得斯

所以恩尼乌斯②说:哲人的智慧是徒然的,如果他自己不能利用(西塞罗)。

> 如果他又贪婪又狂妄,
>
> 柔懦得像欧加内平原的绵羊。
>
> ——尤维纳利斯

因为智慧并不是单为你去求取,还得要你实行(西塞罗)。

狄奥尼西奥斯嘲笑那些文法学家是只知道研究尤利西斯③的痛苦,却丝毫不知道他们自己的痛苦的思想家;只知道

---

① 卢库卢斯(约前117—前58/前56),古罗马大将。

② 恩尼乌斯(前239—前169),古罗马叙事诗人、戏剧家兼讽刺作家。早期拉丁诗人中最有影响者,公认为罗马文学之父。

③ 尤利西斯,罗马神话中的英雄,即希腊神话中的奥德修斯。

调协他们的箫,却不知调协他们的德行的音乐家;研究正义专为谈论而不是为实行的演说家。

如果我们灵魂的步履不怎么安详,如果我们的判断力不怎么健全,我宁愿我的学生把工夫用在打网球上,那样至少他的身体会比较灵活些。试看他"研究"了十五六年学问回来,却再没有比他更不会干事的了。你发觉他惟一的长进,就是他的希腊文和拉丁文使他变得比离家时更骄矜,更傲慢了。他应该带一颗丰盈的灵魂回来,却只带回一颗膨胀的灵魂——他并非把它扩大,而只是把它吹胀。

这些教师,正如柏拉图对他们的堂兄弟诡辩家所说的,是人们中自诩为最有益于人类的人;而在一切人中,只有他们不仅没有把人家交托给他们的学生予以改善、提高,如木匠和瓦匠做艺那样,反而把人给带坏了,并且还要人酬报他们的毁坏。

如果我们要履行普罗塔哥拉①对他的学生提出的这条规律:他们要不是照他所要求的纳费,便要到庙里去起誓,赞颂他们从他那里获得了多少教益,以此来酬谢他的辛劳。那么我的教师们就要糟糕了,如果他们受我的经验宣誓的处分。

我的佩里戈尔②的方言很诙谐地称这些自作聪明的人为"lettreférits",依照你们的说法是"lettre-férus",就是说,这是些被文字斧头劈了一下的人。真的,他们大多数连常识也够不上。你们看见农夫和鞋匠简单而且自然地赶他们的路,只谈他们所知之者;而这些人呢?为了那浮在他们脑海表面的

①　普罗塔哥拉(约前485—约前410),古希腊思想家和教师,希腊第一个最有名的诡辩学家。
②　佩里戈尔,法国历史和文化大区。

知识而高视阔步，不断地颠踬和绊倒他们自己。他们脱口说出一些至理名言，但需要等别人把它们配置。他们的确认识盖仑[1]，但丝毫不懂得病人；他们已经把你的头塞满了法律，可是连案情的关键在哪里也不知道；他们知道一切事物的原理，但要找一个人来把它实施。

我曾经看见一个朋友在我家里和一个这样的人辩论，他戏造出一些无意识的术语，东补西缀，毫无伦次，除了在里面插入一些适合他们争辩的字眼。就这样他和那蠢汉辩论了一整天，那蠢汉老是以为他在答复人家对他的抗议；而他却是一个有名望的文人，身穿一件漂亮的长袍。

> 伟大的贵人，你不愿看
> 那在你后面发生的事，
> 当心那掷在你背上的嘲讽！

> ——佩尔西乌斯

无论谁逼近去观察这些散布在远处的人，都会同意我说的，他们既不了解他人也不了解自己，而且，虽然他们的记性颇充实，他们的判断力却完全空虚，除了他们的禀赋把它造成两样。譬如我在图纳布斯[2]身上所见到的，他惟一的职业就是笔墨生活（据我的私见，他是这职业中一千年来最伟大的人物），可是他丝毫没有学究气味，除了他的长袍和一些对于朝臣不能算文雅的外貌，但这是无足轻重的（我讨厌那些容忍不端整的灵魂易于不端整的衣冠，而只依照礼貌、风度和靴子来相人的人）。因为他的内心有世界上最修整的灵魂。我

---

① 盖仑(129—199)，古罗马医学家。
② 图纳布斯(1512—1565)，法国人文主义者。

常常有意引他谈论那些离他的职业最远的事物,他看得那么清楚,体会得那么快当,判断得那么中肯,你简直以为他除了主持军务和政事以外不曾做过别的职业。这是些优美而强健的天性,

> 由上帝温和的手,
> 用较优质的泥土塑就。
>
> ——尤维纳利斯

他们接受不好的教育,却不为坏教育所沾染。然而教育的目的并不仅仅是不教坏人们,还得要把人们教好。

我们有些最高法院,当他们选择新官吏的时候,只检验他们的学识;另外一些则还要检验他们的判断力,让他们去判决一些案子。我觉得后者的方法比较好,而且,虽然两种才能都是必需的,不能缺其一,无论如何判断力总比学识重要。前者可以不具备后者,后者却不能不具备前者。因为,正如这句希腊格言所说的:

> 没有心灵去支使,
> 知识又有何用途?

愿上帝祝福我们的司法,使这些裁判官具有的理解力和良心均不亚于学识! 现在我们不能光是把知识贴附在外表上,而要融进心灵里去;不单是要洒在上面,还要把它濡染;如果这还不能改善我们自己那不完全的境况,还不如任其自然好得多。一把可以伤害它的主人的危险的利剑,如果被一个不知道怎样使用它的弱手所掌握;还不如根本不会使剑的好(西塞罗)。

或者这就是为什么我们和神学都不要求妇女有很大的学

问,而布列塔尼公爵弗朗索瓦,让第五的儿子,当人家对他为苏格兰的公主伊莎博议亲,并声明她所受的家教很简单,缺乏文艺教育的时候,他回答说他宁愿这样,一个女人只要能够分辨她丈夫的衬衣和紧身衣便够博学了。

所以,我们的祖先不看重文艺,这并没有什么稀奇,决不像现在人们所大声疾呼的;而且就是今天,它们也不过是偶然存在于我们国王的主要评议中而已。如果一个人要由法律、物理、教育,甚至神学来致富,你就无疑地会看见他在一个和从前一样卑贱的境况中了。有什么损失呢,如果它既不教我们善思,又不教我们善行? 自从博学之士一天天多,善人就一天天少了(塞内加)。对于那没有道德而有知识的人,一切知识都是有害的。

但我刚才所要找的理由,说不定也可以在这上面找到:就是学习在法国的惟一目的是谋生,如果我们除开那些生来就是为荣耀的职务多于为谋生的职务的人,他们致力于学习的时间是那么短(对于书还没有读上劲,便去从事于一个和书籍毫无关系的职业),于是那专门研究学问的,一般就只剩下那家境贫苦,要靠学问谋生的人了。而这些人的灵魂,由天性,由家庭教育,由榜样,既然都是极卑下的混合物,便生出一些知识谬误之果来。因为知识并不能把光赐给一个原来没有光的灵魂,或者令盲人可以看见;它的职务并非供给他视觉,而是指导他、调节他的步伐,只要他自己有脚和健全敏捷的腿。

知识是良药,但没有哪种药能够不因那贮藏它的器皿污秽而变质腐化的。有些人视觉清楚,但不能直看;所以见善不能从,见知识而不能用。柏拉图在他的《理想国》中认为一个主要法则便是"公民的责任得视他们的天性所定"。大自然能做一切,而且也做了一切。跛者不宜于做体力运动,正如残废的灵魂不适宜心灵的运动一样;虚伪和粗俗的灵魂是不配研究哲学的。当我们看见一个人穿破鞋,我们总认为这并没有什么稀奇,即使他是个鞋匠。同样,经验似乎常常贡献给我们一个比旁人更不会讲究卫生的医生,更不道德的神学家,更不通文字的学者。

希俄斯岛的阿里斯顿①说得很有道理:哲学家对于听众有害,因为大多数的灵魂都不适宜于从这样的教训获益;而这教训如果无益,就必有害:"许多浪荡子出自亚里斯提卜②的学校;许多暴徒出自芝诺③的学校。"

色诺芬认为波斯人的教育方法很好。我们发现他们教育儿童以道德,正如别的国家教授文化知识一样。柏拉图说波斯人承继王位的太子就是这样教育起来的。他出世后,人们不把他交给女人,而交给国王身边那权威最高的太监们,为了他们的德行。他们负责使他的身体发育美好和强健,七岁时他们教他骑猎,到十四岁时他们把他交托给国内四个最贤明、最公正、最有节度,又最勇敢的人。第一个教他宗教;第二个教他真诚;第三个教他控制欲望;第四个教他无所畏惧。

这是值得深思的事:在利库尔戈斯④的优越的政府组织大纲里(这大纲的确尽善尽美到一个反常的程度,虽然它把儿童教育看做最重要的责任),就是在关于艺术女神一部分也很少提及文学:似乎这些高贵的少年,既然看轻道德以外的一切束缚,并不像我们一样,需要有学问的教师,而只需要勇

①②③　三人均为古希腊哲学家。
④　利库尔戈斯(前390—前324),古希腊政治家和演说家。

敢、谨慎和正义的教师。柏拉图在他的《法律》一书里便仿效这榜样。波斯人的教学方法便是问学生许多关于人类的判断力及行为的问题；如果他们对这些人与事作出褒贬，他们得说出其论断的理由；这样，他们磨锐了他们的机智，同时又学会了辨别是非与善恶。在色诺芬的《居鲁士的教育》一书里，阿斯提亚格[①]要居鲁士叙述他的最后一课。"那就是，"他说，"在我们学校里，一个年纪大的学生把他那太小的外衣交给他一个较小的同伴，又把这后者的大衣拿走。我们的老师要我裁判这一纠纷时，我判断这事应该维持现状，因为这样于双方都有利。谁知他责备我裁判得不对，因为我只考虑到适合与否的问题，而我首先却应该体察这件事是否公正，那就是不容许任何人强夺他人所有。"他接着说他因此被鞭打，正如我们在我们村学里为了忘记某一个词的"不定过去式"时一样挨了打。

我的老师要先做一篇雄辩演说词，然后才能够说服我他的学校可以和居鲁士的学校相比拟。波斯人要走捷径。既然各种科学，即使我们直接研究它们，也只能够教我们以智慧、诚实和决断力，他们宁愿一开头就使他们的儿童直接获致此一效果，不用别人启发、传授，而用行动的实际体验来教导他们；不仅用言语和训条，尤要用榜样和工作来活活泼泼地陶铸他们，以便他们的学问不单是心领神会得来的知识，而是从事物的本质和习惯中获取的；不是得来的东西，而是自然的禀赋。有人问斯巴达国王阿格西劳斯儿童应该学什么，他答道："他们长成大人的时候应该做的事。"无怪乎这样的教育获得

---

① 阿斯提亚格，波斯著名国王居鲁士的祖父。

惊人的效果了。

据说有人常常到希腊别的城邦去寻聘修辞学家、画家、音乐家；却到斯巴达去找立法委员、司法官和将军。在雅典他们学习怎样说得好，在这里学习怎样做得好；在那里，学习怎样摆脱诡辩理论的羁绊，和揭发那狡诈地交织的巧言的欺骗；在这里，学怎样拆除逸乐的网，和勇敢地摧折命运和无常的恫吓；前者崇于空言，后者崇于实物；前者不断地操练他的口舌，后者不断地操练他们的灵魂。据说当安提帕特①问波斯人要五十个儿童作为人质时，和我们正相反，他们回答说宁可拿两倍于此数的成人来替换。他们认为让孩子当人质是对国家教育的损失！阿格西劳斯要色诺芬送他的儿子到斯巴达去受教育，并非为学修辞学和辩证法，“而是，”他说，“学那最优良的科学，就是说，那服从和命令的科学。”

看一看苏格拉底取笑他的学生希庇亚斯②的故事是非常有趣的。后者对苏格拉底叙述他在西西里岛许多小城教书如何如何赚了大钱，在斯巴达却分文未获，又说那些人是蠢汉，不知量度和计算，不注重文法和音节，只浪费他们的时间去学习王位的承继、立国和败亡，以及许多同样无用的故事。苏格拉底等他说完后，一步步地使他认识到该政府组织的优良，他们个人生活的幸福和道德，让他们自己得出他们的艺术是怎样无用的结论。

无论是在这尚武的政府或其他和这类似的国家里，事实都教训我们，学术的研习与其说使我们的胆量坚强和勇武，毋宁说使它柔弱和女性化。现在全世界显得最强的国家要算土

---

① 安提帕特（前397—前319），马其顿将军。
② 希庇亚斯（活动时期为公元前五世纪），古希腊多才多艺的著名学者。

耳其了：他们被训练去轻文，正不亚于重武。我觉得罗马人在学术未昌明前比较勇敢。我们今天最善战的也就是那些最粗钝、最没文化的国家。斯基泰人，帕提亚人和帖木儿便是最好的例证。当哥特人蹂躏希腊的时候，那些图书馆所以得免于火灾者，完全因为其中一个哥特人散播这意见："应该把这类足以引诱他们不务军事，而以一些次要的闲业为戏的用具留给我们的敌人。"当我们的查理八世剑不拔，弩不张就征服了那不勒斯王国和托斯卡纳大部分国土，他的诸侯们都把意外的胜利归功于意大利王王侯们平日不尚勇武，不习兵事，而只乐于研究学术，以求精博。

是否可以凭人们的见识来
评定真假之狂妄

　　我们把轻信和容易被人说服归咎为愚昧和头脑简单，也许不是没有理由的；因为我从前似乎听说过，所谓轻信，就是一种刻在我们灵魂上的标记，灵魂越软弱越少抵抗力，接受外来的印象也越容易。正如天平的底盘承受了重量必定下坠，我们的心灵也让步给明显的事实（西塞罗）。灵魂越空虚越缺乏平衡力，越容易在受了第一次劝导的重量时降下来。这就是为什么小孩、民众、妇女和病人的耳朵最软，最易被人播弄了。但是，在另一方面，贸贸然把那些我们觉得未必然的事物轻蔑和判定为虚假，也是一个愚蠢的傲慢。这是一般自以为比常人高明的人的普通毛病。

　　我从前就是这样：一听到人家谈起回魂、预兆、魔术、巫觋，或一些我听了也不上当的故事，

　　　　梦幻、符咒、奇迹、魔法，
　　　　夜游的鬼和铁沙腊的恫吓。

——贺拉斯

便马上悲悯那些为妖言所迷惑的人。现在呢？我觉得自己至少也和他们一样可悲悯；并不是我的切身经验超越了我最初

的信念,也不是缺少好奇心,而是理性启迪我,这样武断地判定一件事为虚假和不可能,就等于我们知道了上帝的意志和我们大自然母亲力量的限度;而世界上再没有比这要用见识和能力的法则来绳度这些事物更狂妄、更昭彰的了。如果我们把"怪诞"和"奇迹"一类的名词加在那些超越我们理性的事物上,那么,就该会有多少这样的事物不断地显现在我们眼前!我们试想经过了多少的云雾和怎样的摸索,智者们才把我们牵引到我们现有的事物知识阶梯上来。我们还会发觉那去掉它们的奇怪的不可知的面目的,与其说是知识,毋宁说是多见和习惯:

> 我们厌倦了的眼睛,
> 不再惊羡天上光明的殿宇。

——卢克莱修

如果这些事物再次呈现在我们面前,我们将觉得它们和别的陌生的事物一样,甚或更加不可思议,

> 如果它们今天方苏止,
> 如果它们的存在骤然
> 在凡夫们的眼前显现,
> 我们将觉得没有什么更神奇,
> 或有什么更不合常理。

——卢克莱修

一个从未看见过河流的人,初次遇到一条河,会以为是海。我们会把自己所见到的最大的东西,断定为大自然在这方面所能做到的之最:

> 一条河无论怎样小,对于那

未见过更大的河的人便显得大；

人和树也一样；每件东西

如果凡夫看见它出类拔萃，

便想象它是浩荡无比。

——卢克莱修

眼睛看惯了，心灵也习以为常。我们不赞美我们所常见的东西，也不去寻求它们的究竟（西塞罗）。

鼓励我们去寻求事物的个中就里的，与其说是它们的伟大，毋宁说是它们的新奇。

我们必须带着对于大自然的无边法力的更大虔敬和对于我们的愚昧和弱点的更深切的自惭去评判。多少可能性极少的事物，为一些忠厚可靠的人所证实，即使我们仍不信服，至少也得把它们暂且当做结论。因为，断定它们不可能，便等于带着鲁莽的臆断去自命知道一切可能。如果我们认清那一般可能的和非常可能的，那反自然普通程序和反常人的一般见解之间的差异，不鲁莽地相信也不轻易不信，我们应该遵守奇隆①这句格言："没有什么是过分的。"

当我们在傅华萨②的《纪年》里读到富瓦克斯伯爵在比安第二天便知道卡斯蒂利亚国王让在朱贝罗特吃了败仗，和他自述得到这消息的方法，我们可以嘲笑他。另一件事：《纪年》告诉我们洪诺留教皇在菲利浦·奥古斯特死于芒特的当天，公开举行他的殡礼，并命令全意大利同时举行，这也不可信。因为这些证人的权威不足以使我们信服。但怎么！如果

---

① 奇隆，古希腊七贤之一。

② 傅华萨（1333—1400），法国诗人和宫廷史官。

普鲁塔克除了引用几个古代榜样以外,还很有把握地告诉我们在图密善①统治时代,安东尼乌斯在那距离数日路程之外的战场上传来在德国战败的消息,当天便在罗马公布并传播于全世界,如果恺撒坚持说这种报告常常早于事实,难道我们会说他这种人像俗人一般受了骗,说他们没有我们那么明察吗?还有比普林尼的判断力(如果他喜欢运用它,那会更清楚,更锋锐,更明察秋毫)距离虚荣心更远的吗?且别提他的过人的知识,我并不看重这个,在上述的两方面,我们有什么比他强的呢?可是没有一个学生(无论怎样年轻)不能指出他的荒诞,都想给他上一堂自然进步史课程。

当我们在布歇的书里读到那关于圣希拉里遗骨的种种奇迹,会哑然失笑,因为作者的名望并不足以阻止我们不信他。但是把那些相类的故事全盘否认,我觉得也未免太鲁莽了。那伟大的圣奥古斯丁证实他亲眼看见一个瞎了眼的小孩在米兰的圣热尔韦和普鲁泰的圣骨前恢复了他的视觉;在迦太基,一个患癌症的女人因为一个新受洗礼的女人在她的患处画了一个十字而得痊愈;圣奥古斯丁的知交赫斯珀里乌斯用了我们主耶稣墓上一撮土便把那骚扰他家的鬼赶跑,而这撮土后来被移到礼拜堂去,一个风瘫的人马上被治好了;一个在进香队里的女人,用手里的鲜花触了触圣艾蒂安的遗骨盒,然后拿来擦她的眼,便恢复了她那失去已久的光明;以及许多他说亲眼所见的奇迹。我们将控告他和那两个请来作证的圣洁的主教(奥雷利乌斯和马克西米努斯)什么呢?难道说他们愚昧、头脑简单、轻信、恶意或欺诈吗?我们今天没有人冒昧到以

---

① 图密善(51—96),古罗马皇帝(81—96 在位)。

为：无论是在德行和虔敬上，或在学问、判断和见识上可以和他们相比？这些人，即使他们不陈述什么理由，单是他们的权威便足以说服我了（西塞罗）。

轻视我们所不能拟想的事物，实在是一个极危险、影响极大的傲慢，且别提它所包含的可笑的冒昧，因为你既用你的优美的理解力来划定真假的界限之后，你发觉你不得不相信那些比你所否认的事物更奇怪的东西，你已经逼你去打破这些界限了。现在，在这宗教纠纷的时代，那把许多不宁带给我们良心的，我觉得就是那些天主教徒们对于他们信仰的局部的放弃。当他们把争执的一部分条目让步给他们的敌人的时候，他们自以为和平及开明。但是，除了他们不知道当你开始让步和退后的时候，这于进攻的人有什么利益以及他将怎样受了这一鼓励而步步进逼之外，他们所放弃的被视为最无关大体的条目有时竟极端重要。我们是不是完全抛弃它，也并非由我们主观能够决定。

不仅我们，我还可以根据我的经验来说。从前我曾经滥用过同样的自由来为自己挑选，忽略了我们宗教仪式里那似乎太奇怪或太无意义的某几点。当我偶然和一些学者谈及的时候，我发现这些事物实在有着一个确定和牢固的基础，只因为我们愚昧和孤陋才把它们看得没有别的那么重要罢了。我们为什么说在我们的判断力方面也有不少矛盾呢？有多少事物昨天还是我们信仰的核心，今天已变成了无稽之谈了呢？虚荣心和好奇心是我们灵魂的两条鞭子。后者驱赶我们把鼻子放在一切东西上面，前者禁止我们犯游移不决的毛病。

我们怎样为同一事物哭笑

我们在历史书上读到安提柯对他儿子不满，因为他儿子把他的敌人皮洛斯国王的头献给了他，那是他刚才在战场上砍下来的，安提柯一看见这头便呜呜地痛哭起来。勒内·德洛林公爵哀哭那刚才被他打败的查理·勃艮第公爵之死，并且为他戴起孝来。在奥雷战役中，蒙福尔伯爵战胜了那和他争夺布列塔尼公爵爵位的查理·德布鲁瓦之后，那胜利者瞧见他敌人的尸首竟禁不住悲伤起来。这一切，我们用不着马上喊道：

> 就是这样，我们的灵魂用种种
> 不同的帷幕蒙住它内在的冲动：
> 悲哀时倒显得快乐，快乐时反而悲哀。

史书上说，当人把庞培的头献给恺撒的时候，他把头回过去，仿佛看见了一件丑恶不堪的东西。他们两者之间曾经有过一个长期的结盟，又有那么多的共同的患难与安乐，那么多的互助与同盟，我们决不要以为这表情完全是虚伪和造作，像另一位诗人所说的：

> 当他自知从此可以高枕无忧，
> 便任他的眼泪尽情畅流，
> 又从那充满了快乐的心，

迸出了一声呜咽与呻吟。

——卢卡努斯

因为,虽然我们大部分的行为的确只是粉饰和面具,并且

财产继承人的欢笑隐藏在眼泪里。

——西鲁斯

这句话很对,我们在评判这些情节的时候总不能不考虑到我们灵魂怎样常常给各种不同的感情所激荡。据说我们的身体里面藏着无数相反的气质,其中那依照我们的禀赋最常占优势的当然是主要的。同样,我们的灵魂虽然为各种冲动所震撼,其中必有一个常常主宰着这一领域。但是由于我们灵魂的柔顺善变,那些柔弱的感情间或也会施行一次猛攻。因此我们常常看见那些天真烂漫的顺着天性的孩子常常为了同一件事又哭又笑;其实不仅仅是孩子,就是我们这些大人,也没有一个人敢夸口,无论他想去旅行的心情怎样殷切,在离别家人和朋友时不感到他的勇气多少有点摇动;即使他并不真正哭出来,他上马的时候总不免带着一些忧郁和沮丧。

无论那燃烧着一个大家闺秀的心的火焰是怎么温和,人们总得硬把她母亲的颈脖拉开去,以便将她交给她的丈夫,任凭这位好伴侣怎么说:

新婚的妇人难道讨厌维纳斯?
还是她们想骗得父母的欢心,
在洞房的前夕假装泪流满襟?
不,我敢指着一切神明发誓,
这绝望,这眼泪,一切都是虚情!

——卡图卢斯

所以哀哭那我们并不想他生存的人的死没有什么可稀奇的。

当我骂仆人的时候,我使尽我的劲去骂他。我的咒骂是真实而非矫饰的;但当怒气过去之后,如果他需要我帮助,我很愿意帮助他;我马上就翻过这一页了。当我们称他为蠢材、笨蛋的时候,我没有把这些标签永远贴在他身上的意思;当我一刻钟后称他为"老实人"时,也并不以为我在自相矛盾。

没有一种品性纯粹地普遍地盖过我们的。如果不因为自言自语令我们看来像一个疯子的话,我就承认几乎没有一天我不听见自己呼喝自己道:"可恶的傻子!"但我并不以为这是我的定义。

谁看见我对待我的老婆时而冷淡,时而殷勤,想象其中一个态度必定是假的,而他就是个蠢材。尼禄打发他母亲去投河,但当他和母亲告别的时候,依然受这母性的辞别所感动,激起一种恐怖与悲悯的情绪。

据说太阳的光并不是一片的,但它不断地放射出一束一束浓厚的光线在我们身上,以致我们不能将它们的光束分辨出来:

> 滔滔不竭的光明的源泉,
> 太阳用它的新生的光华
> 不断地泛照着万里长天,
> 分分秒秒在交换着璀璨的光线。
>
> ——卢克莱修

同样,我们的灵魂也如此纷繁地不知不觉地吐射着它的光辉。

阿尔塔巴努突然抓住他的侄子泽尔士,骂他为什么突然间变了脸色。泽尔士正在观看他的军队渡过赫莱斯蓬托①去讨伐希腊。他最先看见这几千万人马都受他指挥，不禁引起了一阵快乐的战栗，并且在他那充满了喜悦和得意的眼里透露出来，但他同时忽然想起这许多生命至多也不过在半个百年内相继死去，又皱起眉头，感动得潸然泪下。

我们曾经用坚强的意志去雪耻，并且在胜利的时候感到一种特殊的满足，但这时候我们竟禁不住哭起来。我们并非为了雪耻而哭，情势并没有丝毫改变；只不过我们的心灵在用另一种眼光观察事物，并且想象它是在另一种面目之下罢了；因为每事每物都有几个棱角放射出几道光来。亲情、旧交和友谊都会影响我们的想象，都会依照它们的景况影响我们的想象；但转变得那么快，我们又无从捉摸它：

> 当我们的心灵运筹和施行，
> 有什么能够比它更神速？
> 所以它的移动、转易和变更
> 也远胜一切肉眼可见的事物。

——卢克莱修

为了这缘故，我们想把这种种相承续的感情联为一体，实在是个大错误。当蒂莫莱昂②哀哭他那经过了深思熟虑、掂量再三才下手的暗杀时，他并非哭他的国家重新获得了自由，也不是哭那专制魔王，而是哭他的兄弟。他已经尽了他拯民于水火的义务了；我们也让他尽其为人弟者的义务吧。

---

① 赫莱斯蓬托，即今达达尼尔海峡。
② 蒂莫莱昂(前410—前337)，古希腊政治家。他的兄弟是一个暴君，他为国家重新获得自由而将暴君暗杀。

论 友 谊

    当我看见我家里一个画家工作时,我便立心要模仿他。他挑选每面墙的中心点和最美丽的地方,在那上面安置一幅精心结撰的油画;又在它四周的空白处填满了许多怪诞的,充满幻想的画,它们惟一的美处就是变幻和离奇。

    其实,我这些随笔是什么呢?不过是一些离奇怪诞的、无定形、无秩序、无连贯、无分寸的躯体?

> 像一个女人梦一般的美,
> 却有一条讨厌的鱼尾。
>
> ——贺拉斯

    在第二点上诚然我可以和我的画家并驾齐驱,但在那较好的另一点上,我却相形见绌了:因为我有限的才能不允许我画一幅丰富、完整、符合艺术标准的画。我很想借用一幅艾蒂安·德·拉博埃西的画,它将使我作品的其余部分都辉耀起来。那是一篇他题为《自愿的奴役》的论文;但有些人不知道这层,后来曾经很确切地把它改称为《反独夫论》。他把它当做习作去写它的,在他很年轻的时候,以颂扬自由而反对暴君。这篇文章久已传诵于有真知灼见的人们当中,获得很大的却是应得的赞许,因为文笔极优雅,并且丰盈到极点。可是,说这已经尽他所长却差得很远。如果在他比较成熟的年龄,就在我认识他的时候,他肯接受我的建议,把他的思想写下来,我们就会见到许多几乎可以和古代的杰作媲美的难得的作品了;因为特别是天赋,我说不出还有谁可以和他相比。但是他什么都没有留下来,除了这篇论文(而且连这也是偶然保存的,我也不相信他脱手以后还曾看见过它),和几篇关于那因为我们的内战而出名的正月的谕令①的备忘录,它们也许还在别处找着了它们应有的地位。这些就是我在他的遗物中所能保留的(他在死的爪牙下,曾经带着这么挚爱的委托,遗嘱把他的藏书和遗稿赠给我),除了我已经印行的他那一小本作品。我特别感激《自愿的奴役》,因为它是我们最初认识的媒介。在我未认识他以前,已经有人把它拿给我看,使我知道了他的名字,就这样铺好了那条通往友谊之路,——这友谊,上帝允许多么久,我们便珍爱多么久,是这么尽善和完美。我们在别的书上一定很少见过,而在当今的人们中简直连影儿也看不着。这需要那么多的机缘把它树立起来,三百年内成就一次已经算很幸运了。

大自然诱导我们去做的,似乎再没有什么更甚于社会了。亚里士多德曾说好的法官把友谊比正义看得更重。现在,它的美的最高点就是这个。因为,概括地说,那一切由娱乐或利益、由公共或私人的需要所结合和滋养的,他们愈把其他原因、目的和效果混在友谊之内,愈不见其那么美丽和高贵,也愈不成其为友谊了。

自古友谊有四种:血缘的、世交的、慈善的和男女情爱的,

---

① 指 1562 年的谕旨,批准新教徒可以公开实行他们的信仰。

无论是单独的还是加在一起的,都够不上理想的友谊。

儿童对父亲的其实只是尊敬。友谊以传达为养料,而传达却不能存在于他们之间;为了太大的差异,也许会和天然的义务冲突。因为父亲不可能把所有秘密的思想告诉给儿子听,以免产生不适当的亲昵;儿子也不能对父亲加以责备和规劝,二者却都是友谊的最重要的职务。曾经有许多国度,那里的风俗是子杀父,父杀子,为的是避免互相妨碍;一个依靠另一个的毁灭而生存。我们知道古代有些哲学家就蔑视这种天然的亲情关系:亚里斯卜提被人苦劝他应该爱他的孩子,因为是他把他们生出来的。他鄙夷地说,就是虱子或蠕虫,他也会把他们生下来的。而另一个人,普鲁塔克,有人劝他和他兄弟和解,说道:"我并不是因为他和你一母所生,而要你把他看得更重。"

兄弟是一个美丽和充满了挚爱的字眼。并且就是为了这缘故我们有的结拜为兄弟。但是财产的聚与分,以及一个人富有而另一个贫乏,这些对于软化和溶解兄弟间的钎药都有极大的效力。弟兄们既要把他们的事业用同一的速率在同一的途径上推进,便不得不常常互相倾轧和冲撞。而且,那产生真正完美的友谊的契合和关系,往往不会在天生的兄弟之间。父和子的性格可以完全不同;兄弟亦然。是我儿子,是我父亲,然而却可能是一个乖戾、凶恶或愚蠢的人。不仅这样,这些友谊越是由法律和义务强加给我们,我们自幼的选择和自由也就越少。而自由所产生的东西,是挚爱和友谊。这并非因为我在这方面不曾应有尽有地经验过,我有一个最好的最宽容的父亲,直至他垂暮之年都是如此,在父子情深,在兄弟和好这方面我的家庭都是有名的,堪称模范的家庭。

> 远近皆知
>
> 我以父亲的爱
>
> 来待我的兄弟。

——贺拉斯

至于用友谊来和我们对女人的爱情相比，虽然这后者出自我们的选择，我们实在不能放在一个位置上，并且也不能把它归入同一类感情。爱情的火焰，我承认，

> 对于那把苦甜的欢欣
>
> 混在我们痛苦里的女神，
>
> 我并不是一个陌生人。

——贺拉斯

爱情之火更活跃、更凶猛、更热烈。但那只是一堆匆促和浮躁的火，飘忽和变幻，热病的火，容易过度和复发，而且只抓住我们的一隅。

在友谊里却是一片普遍的温热，均匀而且有节度，一片安静有恒的温热，全是温柔和平滑，没有锐利的刺蜇。更甚者，在爱情里，那只是一个狂妄的欲望追随着那逃避我们的东西。

> 像猎人追逐那狂奔的野兔，
>
> 不论寒和暑，也不论山和谷；
>
> 一旦到手便看得如同敝屣，
>
> 因为只有奔逃才引起追逐。

——阿里奥斯托

一进到友谊的领域，就是说，在意志的合同里，它便松弛和消灭了。享受把它毁坏，因为它有着一个肉感的目的，受制于餍足；反之，友谊是按其被想念的程度来计算享受的：享受适足

以产生和滋养、增长它,因为它是精神的,灵魂由于实用而愈优美。在这完美的友谊期间,那些易逝的爱情曾一度在我这里找到一个位置,上面那几句诗已经很清楚地自白了。这样,我蕴藏着这两种热情,二者都互相渗透,但要比较,却永不能!前者很坚定地在一个骄矜高傲的飞翔里升起来,带着轻蔑去眺望后者在老远老远的下面怎样蠕行。

至于结婚,它是一种交易(既然它的延续是强迫的,依靠我们意志以外的东西),并且往往是一种含有别的动机的交易,其间插入无数的纠纷需要解除,足以截断一个活生生的感情的绳结,扰乱它的进程;而友谊却除了它自己,没有别的附带的经营或交易。不仅这样,老实说,普通女人都不能感应这些会晤和密契,二者都是这神圣的维系的乳娘;她们的灵魂也不够坚定来忍受一个这么持久和坚实的束缚。真的,如果不是这样,如果这样一个自由和自动的亲昵能够成立,在那里不独灵魂可以有完全的享受,就是肉体也分享这结合,在那里整个人都参加进去,那么,友谊一定会更丰盈更完美。但是女性一直到现在还不能达到这点,而且,根据古代各派学说的见解,完全被关在门外。

还有另一种希腊的自由为我们的风俗所憎恶。根据他们的习惯,情人之间既然需要一个不同的年龄和职务,便不见得比其他一种爱更能充分适应我们这里所要求的完全合体与和谐:因为,这友谊的爱情究竟是什么?为什么我们不爱一个难看的少年或一个漂亮的老人(西塞罗)?因为我相信就是学院所描写的也不能否认我,当我这样说:这由维纳斯的儿子给情人的心最初播下的狂热,当他看见一个正开着娇柔的花的少年时(对于这朵花他们允许一切由一种无节制的火焰产生出来的无礼和热烈的举动），只是建立在一个外在的美，肉体的生殖的幻影上。因为它断不能建立在精神上，既然精神的表征还未显露出来，而正在初生，在萌芽的年龄之际。如果这狂热抓住一颗卑鄙的心，它的手段便是金钱、馈赠、荣升等恩宠，以及其他类似的为人们所贬弃的商品。如果它降临在一颗比较高贵的心上，贿赂的称号也比较高贵：哲学的教授对宗教的崇敬，服从法律和为国捐躯的训条，勇敢、智慧和正义的榜样；情人的肉体美既已凋谢，要研究学问以使自己由灵魂的妩媚与娇美而得受欢迎①，希望由这精神上的伴侣可以建立一个更坚固更持久的友谊合同。

当这种追求在适当的时期达到它的效果时（因为他们虽然不要求情人把空闲和谨慎带给他，对于被爱者却要求得很严格，既然他所要判断的是内在的美，难于认识，又因为隐微的缘故，难于发现），在被爱者里面便产生一种由精神美的媒介获得一种精神概念满足了的愿望。在这里，精神美是主要的，肉体美是偶然和次要的。在情人方面却正相反。为了这缘故他们偏爱那被爱者，并且证实了就是神也要爱；他们强烈地指责埃斯库罗斯②，为的是关于阿喀琉斯③和帕特洛克罗斯④两人的爱的描写，他把情人的那一部分加于那时候正在青春年少而且无须的韶华之中的希腊最美的男子的阿喀琉斯身上。

最普通的交情既成立之后，如果那主要和比较有价值的

① 这里所讨论的是希腊盛行的同性爱；请看柏拉图《盛宴》一书。
② 埃斯库罗斯（前525/前524—前456/前455），古希腊三大悲剧作家中的第一位。
③④ 阿喀琉斯，帕特洛克罗斯，希腊神话中的英雄。

伴侣履行其朋友职务,而且占了优势,便可以产生许多有裨于个人和公共幸福的果;以造成那接受这一风习的国家的力量,形成自由正义的重要藩篱。试看哈莫狄奥斯①和阿里斯托吉顿②两人之间的有益的爱吧,他们称之为神圣。而且,在他们看来,只有暴君的专横和人民的怯懦才仇恨它。总之,正如一句赞许的评语说的:"这是一种以友谊为归宿的爱。"这定义和斯多噶学派的定义颇相同:爱是一种要获得那由美丽(的心灵)吸引着双方的友谊的企图(西塞罗)。

我回到我的关于一种比较端正的友谊的叙述上。如西塞罗所说:"只有年龄和性格相当的才配称为友谊。"大抵我们普通人称为朋友和友谊的只是由某种机会结合的认识和亲昵,我们的灵魂借以聚拢在一起。在我所说的友谊里,我们的灵魂融混得那么完全,简直无分彼此。如果我被逼着说出为什么我爱他,我觉得我只能这样回答以表白我自己:"因为这是他,因为这是我。"

超过我能说出的理由,超过我所特别能加以解释的,还有一种我也不知是什么的不可知的命定的力量成了我和拉博埃西之间友谊的媒介。我们在未见面之前便互相寻找,因为我们常听别人谈起对方。我们是通过名字互相拥抱的。我们第一次会面,是在一个城市重大节日上,我们感到我们互相那么倾倒,那么相知,那么投合,以致从那一刻起,再没有比他和我更亲近的了。他写了一首极优美的拉丁文诗(已经发表过的),在那里面他叙述我们相知之匆促,这么快便达到完美,开始得那么晚,以致保持的时日已为数不多(因为我们俩都

---

①② 哈莫狄奥斯,阿里斯托吉顿,雅典青年,两人是生死朋友,因共同反对雅典暴君被杀死。

已经成年,他比我还长几岁),我们的友谊再不能蹉跎时光,去遵照普通柔懦的友谊的模式,那是需要许多开启友谊之扉的长长的谈话的。这种友谊从来没有样板,只能和自身比较。这并不是一个两个、三个四个,或者一千个特殊的考虑,而是这一切因素的纯精抓住了我的意志,引导我去没入我的意志里,带着同样的饥饿和猎取之心。我真可以说失去了自己,因为我们不保留什么自己的东西,已分不清他的还是我的。

当莱利乌斯,当着许多罗马执政官(这些执政官在提比略·格拉库斯①被处死刑之后,迫害所有曾经和他有密切来往的人),问他的朋友布洛修斯,如若任其选择,他会替格拉库斯干什么,他答道:"一切。""怎么一切?"莱利乌斯接着说,"如果他要你放火烧我们的庙宇呢?""他断不会要我做这个。""假如他要你这样做呢?""我就会照办,"布洛修斯答道。如果他像历史学家所说的是格拉库斯的一个完完全全的朋友,他本用不着用这种大胆的极端的自白去冒犯那些执政官们,不应该放弃他对于格拉库斯的意旨的把握。但是,那些控告他的言词含有煽动性,人们并不了解这神秘,也预料不到(这是事实)。他无论在力量上和认识上都好似怀有格拉库斯的遗嘱。他们首先是朋友,其次是国民同胞,他们互为朋友多于是国家之友与敌,或者说是在野心与谋反上的朋友。既然互为依托,他们便绝对互相操纵他们的意向的缰;试设想这一对为道德所指导及为理性所牵引(没有这二者要把它匹配成对是不可能的)的人,布洛修斯回答的可谓恰如其分。如果他们的行为无此因素,他们既不是(依照我的标准)相互之

① 提比略·格拉库斯(前162—前133),古罗马护民官。

间的朋友,也不是他们自己的朋友。

除此以外,这答复并不比我下面的答复更真切。假如有人问我:"如果你的意志要杀你女儿,你会杀她吗?"我答应会的。因为这丝毫不能证明我主观答应这样做,为的是我对于我的意志没有丝毫怀疑,对于我朋友的意志亦复如此。全世界的辩论也不能推翻我对于我朋友的意向和判断力的确认。他的所作所为没有一个传到我耳朵里时,无论措词是什么,我不是立即发现它的动机。我们的灵魂这么一致地同行,它们带着这么热烈的挚爱相对而视,又带着同样的挚爱透进心坎处,以致我不仅像我的心一样认识他的心,并且信赖他比信赖我自己更胜一筹。

我不许人家把其他普通的友谊和我们的友谊相提并论;我和别人一样理解友谊,并且在他们当中是理解得最好的,但不劝任何人用同样的尺来量度。如果这样,他会大错特错。在普通的友谊里,我们得要手执着马的缰绳小心翼翼地走着;那缰绳结扣并没打得紧到足以叫我们不必担心什么的。"爱他,"奇隆这样说,"像你终有一天恨他;恨他,像你终有一天会爱他一样。"这种训条用在至尊无二的友谊上是多么可憎,用在那寻常的友谊却非常有益。对于后者我们必须引用亚里士多德常挂在嘴边的一句话:"啊,我的朋友们,世上并没有朋友。"

在这高贵的交往里,周旋和恩惠,其他友谊的养料,简直没有一提的价值,基于我们意志的完全的混合。因为,正如我对我自己的友谊并不因为我在需要时给我的救助而有所增加(无论斯多噶派的哲人怎样说),也不因为我对自己的服役而感激自己;同样,这样的朋友的结合既然真是融洽无间,简直不存在那些义务感,并厌恶和排斥这些有分歧和区别的字眼:

恩惠、义务、感激、祈求、感谢等等。既然实际上一切对于他们都是共同的，意志、思想、意见、财产、妻子、尊荣和生命，而且他们的契合又只是一个灵魂在两个身躯里，依照亚里士多德的恰当的定义，他们之间便不能互相索取什么。这就是为什么那些立法者，为要用这神圣的结合来褒奖婚姻，禁止夫妇间互相馈赠；想借此暗示一切都属于他们俩，他们没有什么可以分开或各自享受的东西。

如果在我所说的友谊里，其中一个能够对另一个有所赠与，那令他的朋友感激的，就会是那接受赠品的人。因为，既然两个人考虑的首先都是怎样去使朋友获益，那提供这一获益机会的才是慷慨的施主：他赐给他朋友实现他的最大的愿望。

当哲学家第欧根尼急需钱的时候，他不是向他的朋友要钱，而是讨还钱。我将叙述一个奇怪的例子，来证明这件事：

科林斯人欧达米达斯有两个朋友：一个是卡里塞努斯，西锡安人；一个是阿雷特斯，科林斯人。他很穷，而他两个朋友却十分富有，当他卧病床榻的时候，他把遗嘱这样写道：“我给阿雷特斯的遗产是：他要扶养我母亲，抚慰她的暮年；给卡里塞努斯的是：他要把我女儿出嫁，并且照他的力量供给她一份丰富的嫁奁；若其中一个死去，我任命那剩下的一个替代他。”那些最先看见这遗嘱的人觉得好笑；但他的嘱托人得到通知之后，异常满足地接受了。其中一个，卡里塞努斯，在五日后死去，阿雷特斯替代他的义务，他果然极为细心地扶养那母亲，又在他所有的五个“达兰”①的财产中，用两个半“达

---

① 希腊货币名，有金银两种：银的约值五千六百金佛郎，金的约值五万六千金佛郎。

兰"做他自己独女的嫁奁，两个半赐给欧达米达斯女儿；并且两个女儿的婚礼同日举行。

这例子可以说极其完美，除了一点，就是朋友的数目。因为我所说的完美的友谊是不可分的：每个人把自己那么完全地献给他的朋友，以致他再没有什么分给另一个人；反之，他会遗憾他不是两重、三重或四重的，不能有几个灵魂和几个意志来完全献给他的几个朋友。

普通的友谊，我们可以把它区别开：我们可以爱这个，为他的美貌；爱另一个，为他的风流；爱第三个，为他的慷慨；爱第四个，为他的兄弟一般的情谊；爱第五个，为他那慈父一般的挚爱，以及其他种种；但是这任何一个都占据了整个灵魂并且以绝对的权力统治着它的全部情感，使我无论如何也不能有两重性。如果两个朋友同时要你救助，你将奔向哪一个呢？如果他们要你所做的事性质正相反，你将怎样处置呢？如果一个把一件事交托给你并让你保密，而这事有必要让另一个知道，你又将怎样解决呢？

独一无二的至高的友谊压倒一切别的义务。我发誓不告诉别人的秘密，我可以毫不违反我的誓言去把它传给一个并非"别人"的人，因为他就是我自己。把自己一分为二已经是够奇特的了，那些说可以把自己一分为三的，简直不知道它何其伟大。一切极端的东西都是没有匹配的。那个想象我能够同样爱两个人，而他们能够像我爱他们一样互相爱及爱我的人，把一件最惟一的和最一体的东西（而且这东西就是一件在这世上也极难找到的）变为无数的个体了。

这故事的结局和我所说的正符合，因为欧达米达斯把"用他的朋友来弥足他的需要"，当做赐给他们的恩惠和仁慈。他让他们做他的慷慨的承继人,这慷慨就是把那为他谋利益的方法放在他们手里。而且,无疑地,友谊的力量在他的行为上比在阿雷特斯的行为上显得更为丰富。

总之,这些美妙的滋味没有尝过的人是断不能想象出来的,所以我极推崇一个年轻的兵士回答居鲁士的话。居鲁士问他要多少代价才肯出让一匹刚才使他在赛马中获得头奖的马,他愿不愿拿它和一个王国相换。他答道:"决不,先生,但我很愿意放弃它去获得一个朋友,如果我找得到一个人值得这样结交的话。"

他说得不错:"如果我找得到";因为找一个泛泛之交的人是很容易的。但是在另一种友谊里,在那里面我们袒露我们心的深处,没有丝毫隐匿,的确,一切行为的出发点都完全袒露在人前。

在那只有一个目标的结合里,我们只需设法弥补那特别关系这目标的短处。我的医生或律师信仰什么宗教于我并没多大关系。这考虑完全无涉于他们对我应尽的义务。对于那在我和那些服侍我的家庭之间的关系亦然。我并不特别要知道我的仆人是否贞洁;我只求他做事勤谨。我怕用一个好赌的驴夫而宁用一个傻瓜;我怕用一个出口伤人的厨子而宁用一个蠢一点的人,因为傻和蠢实在没有什么可怕。我并不要干预别人应该做什么(这样的人已经很多了),我只说我自己要做的。

> 我做我所喜欢的,
> 你也这样做吧。

——泰伦斯

要和餐桌上的亲昵配合的是娱乐而非智慧;在床上,美丽先于良善;在学术的谈话里,首要是才能,即使缺乏真诚;对于其他亦是一样。正如那个被人撞见骑在竹竿上和别的儿童游戏的人求那撞见的人等到他自己做了父亲时再发表议论,因为他相信那是在他心里自然产生的情感就会自然令他有这种行为的公正裁判;同样,我希望对那些曾经体验过我的话的人也这么说。但是真正认识这样一个友谊多么不寻常,不,多难得,我并不期望找到一个适当的裁判。因为甚至古代作家所留下来的关于这题目的论文和我自己的情感比较起来,我也觉得贫弱和无味。而在这一点上,现实简直超过哲学的任何训条。

> 对于理性清明的人,
> 什么都比不上一个知心朋友!
>
> ——贺拉斯

古代诗人米南德说,一个人只要能够碰见一个朋友的影子便堪称幸福了。他说得真对,尤其他是根据经验说的。因为,真的,当我把毕生其余的日子,虽然由上帝的恩惠在安乐与逸豫中度过,而且,除了丧失一个这么亲爱的朋友,没有什么深切的忧痛,充满了心灵的宁静。并且,用不着找别的,我的天生的原始的优点已经得到了充分的酬报;当我把这些日子和那天赐给我去享受这个人的温甜的陪伴和交情的四年比较起来,不过是烟,是黑暗无聊的长夜而已。自从我丢掉他那天,

> 这一天,上天要它永远圣洁,
> 对于我却永远是悲苦。
>
> ——维吉尔

我的生命苟延残喘；就是它所供献给我的快乐，不仅不能抚慰我，反而因为丧失了他而使我加倍地忧伤。我们从前无论什么事都是情投意合的，我觉得我似乎在霸占他的份儿，

> 我不愿再尝识什么快乐，
> 直到他安然归来和我分享。
>
> ——泰伦斯

我已经那么习惯随时随地做他的第二个自我，以致我觉得自己只是半个人：

> 唉！既然夭亡已把你带走，
> 你，我灵魂的一部分，
> 我为什么还在这里滞留，
> 　带着一颗死灰的心，
> 像一座破碎的神龛的残片？
> 不，同一天看见我们共赴阴冥！
>
> ——贺拉斯

　　无论在行为或梦中我都想念他，正如他会想念我一样。因为，正如他在一切别的才能和德行上都远远超过我，对于友谊的义务也是一样。

> 为什么我悲痛害羞？
> 为什么我不敢尽情哀哭
> 一个这么亲的心腹朋友？
> 兄弟呵，丧失你于我是多么痛苦！
> 你的死捣碎了我一切欢娱。
> 你的友谊所孕育的幸福，
> 刹那间全和你一同消逝！

坟墓把我的灵魂和你的一切带去！

自从你去后，我早已

和一切艺术女神永远告辞：

思想的快乐，研究的晏豫，

以及一切生命的乐趣，

于我皆索然无味！

你的声音难道已永远消沉？

兄弟呵，我的生命！我的灵魂！

难道我将永远不能再见到你？

呀！难道我只能在我心里

像往日一般爱你？

——卡图卢斯

让我们来听一听这十六岁少年的心声吧。

我发现那篇文章①后来被那些想扰乱和改变（却不考虑能否改善）我们政府的现状的人发表，而且带着恶意，把它混同他们的文章一起汇编成书，我便取消了要把它穿插在这里的意图。为了使那些没有机会认识拉博埃西的人对他不抱任何成见，我要告诉他们他写这篇文章时年纪还很轻，只是一篇练习，一个已经被别的作家写烂了的题目。我并不怀疑他相信他所写的，因为他太诚恳了，即使在闹玩笑的时候也不会说谎的。而且我还知道，如果他有权选择，就宁可生在威尼斯而不愿生在萨尔拉，并且有很充分的理由。但他另有一个原则至高无上地印在他灵魂上，那就是虔诚地服从和遵守他本国

①　即《自愿的奴役》一文。

的法律。再没有一个比他更好的国民,或更关心他那国家的治安,或更仇恨他那时代的骚乱和革新了。他会宁可用他的才能把它们制止,断不愿供给一些增加混乱的机会。他的心灵是依照别的时代的模型铸就的。

现在,我要用他的另一部作品①来替代这严肃的作品。那部作品产生在同一时期,但比较轻松快活。

<hr />

① 指拉博埃西的另一部作品《商籁》。

第 二 部 分

黄建华　译

第 一 卷

不同方法达到同样目的

我们触犯过的人，掌握了报复的手段，对我们操生杀予夺之权，这时候，感化他们心灵的最常见的办法，便是以我们的恭顺，唤起他们的同情和怜悯。然而，用相反的方法，即凭勇敢和刚毅，有时候也收到同样的效果。

威尔斯亲王爱德华，曾长期在我们的吉耶纳掌政，此人地位显赫，鸿运久长。他曾深受利摩日人的冒犯，便以武力攻取其城池。在屠刀下无助的民众妇孺，痛哭哀号，求饶下跪，都未能令他罢手。他继续深入城中，直至看到三名法国贵族，单枪匹马，以非凡的勇气迎击他所率的胜利之师的时候，他才停了下来。他面对如此过人的勇敢，不胜敬佩；冲天的怒火，首先受到抑制。于是，他因这三个人而赦免了全城居民。

伊庇鲁斯君主斯坎德培，曾追逐部下一名士兵，要把他杀掉。那士兵先是低三下四，苦苦哀求，试图用一切办法令君王息怒，可无补于事；在走投无路的情况下，他横下心来，举剑去迎候君王。这一果敢的决定顿时震住了主人的暴怒；他看到士兵下了这如此值得钦佩的决心，也就宽恕了他。那些并不了解这位君主的神奇力量和非凡勇敢的人，或许会对这一事例,作出别的解释。

康拉德三世皇帝,曾包围了巴伐利亚公爵盖尔夫,对于受包围者所提出的优厚条件,委琐的曲意迎合都不屑一顾,而只允许同公爵一道被围的贵妇们徒步出城,保全其贞节,并让她们随身能带什么就把它带走。这些重情尚义的贵妇竟然想到背起自己的丈夫、孩子和公爵本人出城。皇帝眼见她们如此高尚勇敢,竟致高兴得流下泪来;他对公爵不共戴天的刻骨仇怨遂告消解;从此,他便仁慈地对待公爵及其臣民。

上述两种方法都极容易打动我,因为我的心地不可思议地趋向于仁爱、宽容。不过,就本人而言,我的天性更倾向于同情,而不是敬佩。然而,对于斯多噶派来说,怜悯倒不是一种美德;他们主张救助受苦难之人,而认为无须屈就他们,也不必对他们的苦痛感同身受。

(选译自第 1 章)

轻哀多言，大哀静默

　　的确，痛苦到了极点，其力量就会摇撼整个心灵，使其失却活动自由；正如我们有时会发生这样的情况：骤然得知一个坏消息，惊得落魄失魂，呆若木鸡，到后来才放声痛哭，发出哀诉，心灵似乎才得到排解，觉得较为舒缓、轻松。

　　　　痛苦终于迸发出哭声。

　　　　　　　　　　　　　　　　　　——维吉尔

　　斐迪南国王在布达附近对匈牙利国王遗孀作战的年代，德国将领拉伊斯亚克看见运回了一名骑士的尸体；大家都知道这骑士在阵上的表现出众，为他的丧生深表惋惜。那位将领像其他人一样，出于好奇心，要看看死者到底是谁；当尸首被卸下盔甲之后，他才认出，原来是自己的儿子。在场的人都洒下了眼泪，惟有他，呆然地站立在众人当中，无泪、无声，眼神凝滞，一个劲地盯着儿子的尸体，到后来，悲伤过度，血脉冰凉，僵直地倒在地上。

　　　　能说出灼烧得如何的人，
　　　　他所受的就不是烈火。

　　　　　　　　　　　　　　　　　　——彼特拉克

　　恋人们就是这样表达无法忍受的激情的：

我啊,多么可怜!
五官全不听使唤。
莉丝碧,我才见你,
就已经神迷意乱。
舌头麻木而不成声,
爱火将我全身燃遍。
双耳嗡鸣而失聪,
眼前黑糊糊一片。

——卡图卢斯

因此,情感到了最激烈、最炽热的时刻,也不宜于表达我们的幽怨和感受;其实心灵受着沉重思绪的压抑,躯体则因情爱而弄得疲惫不堪,有气无力。

于是,有时候就突然产生像恋人们所感受的那种不期而至的眩晕;由于激烈过甚,就在欢乐的高潮中,一阵冰冷突然袭击全身。这种事情,我是有所知闻的。凡是容许品味和慢慢消受的激情都不过是一般的激情。

轻哀多言,大哀静默。

——塞内加

意想不到的快乐同样也会使我们大为震惊:

她看着我走来,认出是特洛伊队伍,
骤然一惊,仿佛是眼见幽灵出现;
她顿时目光凝滞,全身上下凉遍,
昏倒在地,许久许久才再张口开言。

——维吉尔

(选译自第2章)

我们的意欲超越我们自身

　　有人谴责世人总是追求未来事物,而教导我们要抓住眼前的好处,安享其成;他们认为,未来之事我们无法掌握,甚至不比过去之事更易把捉。这些人对人类最普遍的谬误,真是一语中的(如果他们敢于把我们的天性所向称为谬误的话)。我们的本性趋向于为事业的延续出力,更注重于行动而不是真知;天性引发我们产生虚妄的想法以及其他许多假象。我们从来不安于本分,总是要超越自身。担心,欲求,希望,把我们推向将来,令我们对目前的事物缺乏感受或重视不够,而对未来之事、甚至对身后的事物却过于热衷。

　　　　为未来而操心的人真是不幸。

　　　　　　　　　　　　　　　　　　——塞内加

　　"做自己之事,求自知之明",这一伟大格言常常被认为是出自柏拉图之手。格言的两个部分概括了我们的全部责任,而似乎每个部分又互相包容。谁要做自己的事,就得首先认识自己的状况,了解自己宜于做什么。有了自知之明,就不会把他人之事作为己事,首先就会自爱、自重,不做多余之功,不作无谓之想,也不提无用之议。

　　　　愚人达到了愿望所求,犹未知足;智者却满足于现时所有,悠然自得。

——西塞罗

伊壁鸠鲁就不要智者预测未来,为未来操心。

(选译自第 3 章)

激情转注于虚假的对象上

我们的一位绅士,得了严重的痛风症;当医生督促他完全戒吃腌肉时,他通常都风趣地回答说:他痛得厉害的时候,总想抓点什么发泄;他嚷叫着,一会儿诅咒香肠,一会儿诅咒牛舌和火腿,就感到舒服得多。

的确,正如我们举手打什么,如果打不中,落了空,我们就会觉得疼痛。同样,要想视觉舒畅,就别让视线消散在茫茫的空间,而要让它有一个目标,落在适当的距离上。

> 像风那样,如无浓密的森林阻拦,
> 其威力就会消失在茫茫的空间。
>
> ——卢卡努斯

同样,激动、震撼的心灵,如果抓不到什么东西,也会迷失自己。因此,应该为它提供支撑和发泄的目标。普卢塔克谈及那些宠爱猴子和小狗的人时说道:我们的天性之爱,如果缺乏正当目标,就会另造虚浮、浅薄的对象,而不愿无所寄托。我们也看到,沉湎于激情的心灵,会造出假想的、虚幻的对象以欺骗自己,甚至违背自己的信仰,也不愿意完全无所作为。

动物也是这样,它们在狂怒中会猛击那令其受伤的石器和铁器,还会因为感到疼痛而狠咬自己,以图报复:

即如潘诺尼的母熊被标枪击中，
标枪还系着细带，母熊显得更凶，
它带伤打滚，要咬枪头，狂怒不已，
追逐着那和它一道滚动的兵器。

——卢卡努斯

当我们身遭不幸时，什么原因臆造不出来？为了有对象可发泄，无论对与不对，我们有什么不去怪罪？你不必猛扯你金发的辫子，也不必狠狠捶击你那白皙的胸脯，你那可怜的弟兄饮弹丧生与此无关，请去责怪别的方面吧。

（选译自第4章）

谈判时刻危险

最近,我得知,我住处附近的米斯当镇①被我们部队攻下;那些被逐的人还有其他站在他们那一边的人大呼这是背信弃义的行为,因为双方正谋求和解,协议的谈判还在继续,就对他们进行突袭,整垮他们。这倒像是另一个时代发生的事情。不过,正如我刚才所说②,我们的做法离这些规矩相去十万八千里。最后规约的大印未盖,在此之前,别指望可以互相信任,我们还得十分警觉。

…………

有人说:

胜利,总是带来荣耀,

无论凭运气还是靠取巧。

——阿里奥斯托③

但哲学家克吕西波斯④不同意这种看法,我也不大赞同。克吕西波斯认为,那些比试谁跑得快的人,就应用尽全力去争

---

① 米斯当镇,此镇距离蒙田古堡约二十公里,事件发生在 1569 年 4 月。
② 本文是接第五章(《如被围要塞将领要出来谈判》)而写的,故有此语。
③ 阿里奥斯托(1474—1533),意大利诗人,引文原文为拉丁语。
④ 克吕西波斯(约前 280—前 206),古希腊哲学家,斯多噶派的主要人物之一。

取最快速度,而不得伸手阻拦对方,或伸腿把对手绊倒。

亚历山大更加宽怀大度;当波利佩贡建议他乘黑夜之便攻打波斯王大流士时,他回答道:"不行,取巧获胜,非吾所为。我宁可抱怨命运,也不愿意为自己的胜利而感到羞愧。"

> 他不屑乘奥罗德①逃遁时打他,
> 也不肯向他背后发暗箭袭击,
> 他跑到前头去与他迎面较量,
> 宁愿凭武力而不靠奸计克敌。
>
> ——维吉尔

(选译自第 6 章)

---

① 奥罗德,此处指奥罗德二世(? —前 37/前 36),安息国王(前 57—前 37/前 36 在位)。

谈 闲 散

　　我们看到,闲置的土地如果肥沃、富饶,就长满千万种无用的野草;而为了令土地发挥其效能,就得加以清理,播上种子,使之为我所用。我们也看见,妇女自个儿就生出不成形的肉团、肉块;为了获得良好的、正常的后代,就必须让她们有另外的关系受孕。心灵的情况也一样。如果不让一定的念头占据,使之受到限制、约束,它就会在想象的荒野中四处胡乱奔驰。

　　　　正如铜盆里颤动的盛水,
　　　　映出阳光或明月的影像;
　　　　飘忽的光线在空中飞旋,
　　　　直达那高高的天花板上。

　　　　　　　　　　　　　　　　——维吉尔

　　在这种骚动的心灵中,什么痴念、妄想都可以产生出来。

　　　　他们心造幻影,
　　　　如同病人做梦。

　　　　　　　　　　　　　　　　——贺拉斯

　　心灵缺乏预定目标,就会迷失方向。常言道,无所不在,就等于无所在。

四处为家者，也就是无处为家。

——马尔提阿利斯①

最近我退隐在家②，决意尽可能不理旁事，悠闲独处，以度余生。我以为，让心灵安闲自得，自我倾诉，憩息退避，随其所喜，这是对它最大的照顾了。我指望，从此心灵的活动更为自如，随着时间推移，益发稳健，也愈加成熟。然而，我却感到——

闲散令心灵不专，飘忽无定。

——卢卡努斯

它像脱缰的野马，为自己思虑的事比为他人的多出一百倍；脑子里幻影丛生，怪象迭现，杂乱无章，无一定主意。为了从容审视这些怪诞不经的念头，我开始将其记录下来，希望日后令自身感到羞愧。

（第 8 章全译）

<hr>

① 马尔提阿利斯(约40—104)，古罗马诗人，以铭辞著称于世，此引语即出自他的铭辞。
② 蒙田于 1571 年初隐居于他自己的古堡中。

谈撒谎者

　　有人说，自觉记性不好的人，别公然撒谎，这话说得有道理。我知道，语法学者把"说假"和"撒谎"作了区分。他们指出，"说假"是讲一段假话，人家竟信以为真；而拉丁语"撒谎"一词的定义（法语即起源于拉丁语），则包含"违背良心"的意思；因此，这仅仅涉及那些言与心违的人。我现在谈的正是这种人。

　　他们这些人，要么就彻头彻尾凭空捏造，要么就掩饰或歪曲主要真相。他们进行掩饰或篡改时，倘若常常要他们复述，他们就难保不露出马脚；因为，真实的情况最先进入记忆之中，通过认知的途径打下了印记，于是它就很容易呈现在我们的脑海里，挤掉那种没有基础或根基不稳的虚构；而原先了解到的情形，也会时常潜进脑子里，不难把那些添枝加叶、胡编乱造的东西从记忆中消除。

　　至于他们整个儿捏造的东西，由于没有任何相反的印象去动摇他们的虚假，似乎他们不大担心露馅儿。然而，就是这种无中生有的东西，由于是子虚乌有之物，无根无据，如果并非确有把握，也很容易记不起来。在这方面，我常常有所体会；有趣的是，那些说话只看是否对自己所处理的事情有利，是否讨大人物喜欢的人倒并不得益。因为，他们要把自己的信义和良知加以屈就的那些情况也发生种种变化,他们的措辞就得随之而变;于是,同一事物,他们一会儿说灰,一会儿说黄,对这个人这么说,对另一个人又那样说。如果他们偶尔把那些学得的自相矛盾的话合在一起来说说,这种巧妙的伎俩又成了什么东西!且不说,稍一不慎,就常常露出破绽;因为,他们要记住为同一事情所编造出来的如此多种形式的谎话,该有多好的记性才行!我见到现时有好几个人正追求这种漂亮技巧的声誉,他们却不了解,名声可求,而效果却不可得。

事实上,撒谎是可恶的陋习。我们是人,全靠语言来维持彼此间的关系。如果我们了解撒谎的丑恶和严重危害,我们就会像对待其他罪过那样,对此更为严加追究。我发现,人们常常为孩子们的无知小过而极不恰当地大费功夫去惩罚他们,为他们的一些不留痕迹、不致造成后果的轻率举动而对其大加折磨。在我看来,惟有撒谎和稍次的固执己见,才是我们急待防止其萌生和滋长的陋习。这种陋习随孩子们的成长而发展。令人吃惊的是,一旦说出了谎言,要收回去就不可能了。于是,我们看到一些在其他方面可说是诚实的人,却陷于这种陋习之中而无法自拔。我有一名很不错的裁缝伙计,我就从未听他说过一句真话,即便说真话对他有利的时候也是如此。

假如谎言和真话一样,只有一副面孔,那我们的情况会好得多,因为我们对撒谎者的话反其意去理解就行了。可谎言却呈现千百种面貌,其范围无边无际。

(选译自第9章)

谈吐的快慢

看来,行动迅速、敏捷,更多的是性情所致;而处事缓慢、稳重,更多的是判断力使然。有的人,如果没工夫作准备,就会木讷无言;有的人,花功夫准备了,却不见得讲得好一些;二者都同样叫人不可思议。

据说,卡斯尤斯①事前不假思索讲得更加精彩,他与其说是靠用功,倒不如说是靠临场发挥。他谈话时被打断反而有利,对手就不敢刺激他,怕他被激怒后益发能言善辩。我凭经验知道,这种天性忍受不了事前周密、紧张的思考。如果不让其欢欢快快地自由发挥,就做不出什么有价值的事情。我们谈起某些作品,说它带有臭油灯的气味,就因为过事雕琢使作品显得板滞而生涩。而除此之外,力求完善的焦虑,对所从事的事情过于在意和紧张的精神专注,都会使天性拘束,受阻,崩溃,就像汹涌、充沛的激流,被挤到狭窄的出口处,不能通过。

我所谈及的这种天性,它还有这样的特点:不求强烈情绪的推动和刺激,例如无须像卡斯尤斯那样被激怒(这种震动

---

① 卡斯尤斯(? —前33),古罗马雄辩家、历史学家,同时也是讽刺作家,曾被奥古斯都皇帝流放。

太强烈了）。它不愿受强烈的摇撼，而只需适当的激励。它愿意受即时的、偶然的外部情况所激发和唤醒。如果它单独自处，就会拖拖沓沓，萎靡不振。振奋是它的生命和魅力。

我本人无法很好地控制和掌握自己。偶然因素对我有更大的支配力。情境、伙伴，乃至自身嗓音的颤动都能激发我的心灵，比起我独自探测和运用它的时候所获得的东西还多。

因此，如果硬要对没有多少价值的事物作出选择的话，那么我的言谈要比我的文章更有分量。

有时我也遇到这样的情况：在探索自己的地方却找不到自我，我认识自己，更多的是因偶然的机遇，而不是出于刻意寻求。写作时，我可能写出一些难以捉摸的东西（我想说的是：别人看来我欠琢磨，而在我看来已经够雕琢的了。抛开一切客套话吧。这些事情说起来，各人有各人的分量）。这种微妙之处，我已经遗忘，连自己也不知道当时想说什么。有时局外人比我更先发现其意义。如果发生这种情况的场合我都带备刮刀，那么我整卷书就可能会给去掉。有时，偶然的感触会令我心里透亮，其光芒胜似正午的阳光，使我对自己的犹疑感到惊讶。

（选译自第 10 章）

面 对 死 亡

我们把死亡、贫困和痛苦视作是我们的主要敌手。

一些人称死亡为恐怖中之最恐怖者,而殊不知另一些人却称之为人生苦难的惟一避风港、自然之至善者、人生解脱的惟一依靠,也是治疗百病的通用而速效的良方。有些人,面临死亡,惊恐万状;另一些人承受死比忍受生更轻松。

有人抱怨死神太随和:

> 死神哪! 但愿你拒绝懦夫,
>
> 而仅仅把自己献给勇士!
>
> ——卢卡努斯

不过,暂且不谈这些充满傲气的勇敢者吧。狄奥多罗斯面对那威胁他,要把他杀死的利斯马科斯①,回答道:"你只需有斑蝥②之力,就能完成此暴举!"大多数哲人,或是为自己的死亡着意预作安排,或是加速和促成死亡的到来。

我们见过多少赴死的普通民众(面临的不是自然的死亡,而是带有羞辱、有时是充满痛苦折磨的死亡),他们一些

~~~~~~~~~~~~~~

① 利斯马科斯(前361—前281),马其顿将军,亚历山大大帝的将领之一,亚历山大死后,成为色雷斯国王。

② 斑蝥为鞘翅目昆虫,有毒性,用它制成的粉末,可引起发疱,导致剧痛。

人是由于坚忍,一些人是出于自然的单纯心态,都显得十分从容镇定,看不出与平常的举止有什么异样。他们照样处理家事,求助朋友,唱歌,讲道,向民众说话,有时还开上几句玩笑,而且还为朋友的健康干杯,表现与苏格拉底无异。

某人被拉往绞刑架,还提出不要打从某条街经过,说是由于旧债未还,可能会有一名商人对他揪住不放。另一个人竟向刽子手说,不要碰他的喉部,以免他笑得不可开交,因为他怕痒痒怕得厉害。再有一个人,对来听忏悔的神甫说道(那神甫对他许诺说,他死的当天将与天主共进晚餐):"你自己去好了,我嘛,我要守斋。"还有一个人向刽子手要水喝,那刽子手先喝了再给他,他拒绝跟在后面喝,说怕染上梅毒。大家都听说那庇卡底人的故事:他已被置于绞刑台上,人们将一名妓女带来给他,跟他说道,如果他肯娶她,可以饶他一命(我们的法律有时允许这样做)。他对这女子端详了半晌,发现她拐脚走路,便说道:"捆吧,把我捆牢吧,她是个瘸腿女人!"

(选译自第 14 章)

愿水手只谈风向

我旅行的时候保持这样的习惯：总是让那些我与之交谈的人谈论自己最熟悉的事情，为的是，通过与别人接触，学到一些东西（这可能是最好的学校之一）。

> 就让
> 水手谈风向，
> 农人谈耕牛，
> 武士谈负伤，
> 牧人谈群羊。
>
> ——普洛佩提乌斯

因为，通常的情况正好相反，人人都宁愿谈论不属于自己职业的事，认为这样可以博得新的声誉。试看阿斯达莫斯对佩里安德的责备，说他放弃良医的美誉，去博取蹩脚诗人的虚名。

你看，恺撒大帝提及他的建桥、造械的新创造时何其侃侃而谈，而说到自己的职责之事，谈到自己的勇武和用兵之法，相比起来，却只有寥寥数语。

他的功绩已证明他是一名杰出的将领，他还想显示他也是一位出色的工程师，后一种才能与前者并没有多大关系。

一名法律界人士,前几天被领去看一个事务所,那里摆满了法律书籍和其他书籍,他却找不到交谈的话题。可是他却偏偏停下来,对装设在事务所螺旋楼梯上的栏杆,煞有介事地横加指摘;而许多官兵天天都见到栏杆,却并未提出意见,也没有感到不快。

老狄奥尼西奥斯是一位伟大的军事首领,这正与他的地位相符;但他却一个劲地想叫人家赏识他的诗才,而他对诗却一窍不通。

> 耕牛想马鞍,战马想犁田。
>
> ——贺拉斯

这样做,是绝对做不出什么好事来的。

因此,应当让建筑师、画家、鞋匠以及其他人都各干自己的分内事。关于这方面,我在读历史故事(各种人都写)的时候,一向习惯于看看作者是谁;如果作者是专业文人,那么我主要从中学习文风和语言;如果是医生,那么更乐意相信他说的关于影响身体的气候,关于王侯的健康和体质,关于伤痛和疾病;如果是法学家,那么就该从中了解法律上的争拗、各种法规、政治机构以及类似的事情;如果是神学家,就留意教堂事务、教会的告诫、宽免和婚礼;如果是朝臣,就注意习俗和仪式;如果是军人,就了解其军职之事,尤其是他们亲自参与其事的有关战功的描述;如果是使节,就留心用计、密谋、谈判以及如何进行的步骤。

(选译自第 17 章)

学 会 死

我们旅程的终点,就是死亡,这是我们无可回避的目标。如果我们害怕死亡,每往前走一步又怎能不感到焦灼不安?庸人的对策是不去想它。可是如此拙劣的盲目无视,又是出自什么样不开窍的头脑呢?他得把笼头套在驴尾巴上倒着走的了。

他一心想倒着前行。

——卢克莱修

庸人常常误入陷阱,不足为奇。只要一提到死,人们便惊惶不安;大多数人如同听到魔鬼的名字一样,竟画起十字来。由于遗嘱要提及死亡,因此医生尚未下最后判决之前,你别指望他们会着手此事;而当他们陷于痛苦和极度惊恐的时候,又天晓得他们凭怎样恰当的判断,给你弄出个遗嘱来。

因为"死"这个词儿太刺耳,"死"这个声音显得太不吉利,罗马人便学会了以委婉或转弯抹角的方式来表达。他们不说"他死了",而说"他的生命终止了"、"他曾经活过"。只要是"生",哪怕是过去了的,就能借此聊以自慰。我们的"某某先人"的说法,就是从这里学过来的。

也许正如俗话所说的,延迟大限值千金。按现行历法计算,一年从一月份开始①,那我就是 1533 年 2 月最后一天十一至十二时之间出生的。我三十九岁刚过十五天,起码我还得再活这么长时间,现在就为如此遥远的事情操心,岂不荒唐! 可这怎么会是荒唐的呢? 年轻的,年老的都一样离开人间。没有人离世时不像他刚刚降生时那样。再说,不管如何老弱,面对玛土撒拉②,没有谁不以为自己还能多活二十年的。而且,你这可怜的傻瓜,谁给你定出过生命的期限? 你根据的是医生的说法? 不如看看事实和经历吧。按照事物的常规,你活到现在,早已是特受恩宠的了。你已经超过常人的寿数。如果你对此有所怀疑的话,就请数一数你所认识的人当中,有多少尚未到你的年龄就死去,比活到你这个岁数的人多多少。连那些一生声名卓著的人,你也来列个名单看看,我敢打赌,三十五岁前死去的要比三十五岁后去世的多。我们都应当恭恭敬敬地效法耶稣基督的仁爱之心,可耶稣基督辞世时不过三十五岁。亚历山大是凡人中最伟大的人物,他去世时也是这个岁数。

死亡突袭我们的方式何止一端?

> 死亡危险时刻存在,
>
> 无人能够充分预防。

——贺拉斯

你会说,只要我们不难受,死亡怎么来,那又有什么要紧呢? 我同意这种看法。不管用什么方法,只要能够避过重大

---

① 从前以复活节为一年的第一天。

② 玛土撒拉,《圣经》人物,亚当的后代,生育子女众多,活到九百六十九岁。

打击,哪怕是要躲进牛犊皮里,我也不会退缩,我能够舒舒坦坦过日子就行了。我可能采取的最佳度日方式我都采用,也许在你看来,很不光彩,更不足效法。

> 我宁愿被人看做是疯子和白痴,
> 只要我不觉察的缺陷令我惬意,
> 也不愿成为智者而又痛苦难持。
>
> ——贺拉斯

不过,以为可借此方法来达到目的,那是荒唐的。

人们来来往往,忙忙碌碌,跳跳唱唱;死亡的迹象全无。一切都十分美好。可是,死亡突然降临,或落到他们自己头上,或落到他们的妻子、儿女、亲友的头上,出其不意,攻其无备,这时他们又是怎样地悲恸、哀号、狂怒、痛不欲生啊!你可曾见过如此沮丧,如此失态,如此丢魂落魄的样子?应该为此尽早做好准备。那种牲畜般的浑噩态度,纵然在一个有理性的人的脑子里扎下根来(我认为完全不可能),要我们付出的代价也未免太大了。如果死亡是个可以规避的敌人,那我就会劝人使用怯懦这个武器。无奈死亡是无可回避的,不论你是逃兵、懦夫抑或是勇士,它一样逮住你。

> 死亡紧追奔逃的懦夫,
> 也不宽免畏怯的青年,
> 不怜惜其背部和腿弯。
>
> ——贺拉斯

任何坚硬的盔甲都不能保护你。

> 他小心地藏在甲胄之内也全无用处,

死神会令他伸出那严加保护的头颅。

——普洛佩提乌斯

我们就学习以坚定的态度迎候死神并且与之作斗争吧。为了一开始就使之失去凌驾于我们的优势,让我们采取与常人迥然不同的方式。我们摘除它的怪异面具,常常跟它打交道,让自己习惯与它为伴。我们来经常想象死亡的各种情形:坐骑失蹄摔下,屋瓦掉下砸着,别针扎到刺伤。于是我们转而思量:"那么,死亡会在什么时候来到?"就这样,我们坚强起来,自己给自己鼓劲。在节庆欢乐中,让我们记住自身的状况,不要过分纵乐而忘乎所以。我们要回想一下,我们兴高采烈的时候有时竟以不同方式成为死神的目标,而死神则以多种办法来压抑我们的欢乐。埃及人就是这样做的:他们在筵席进行中,在美味佳肴中间,抬出一副死人的骨骼,以此来警醒宾客。

设想每一天都是你临终的一天,
你就会感谢那意外得到的时间。

——贺拉斯

死神在什么地方等候我们,没有定准,那么我们就随处迎候它吧。对死亡的及早思考也就是对自由的预先思考。谁学懂了死亡谁就不再受奴役。认识死亡就使我们摆脱一切束缚和限制。丧生并不是坏事,谁领悟了这点在生活中就没有任何痛苦可言。

(选译自第 20 章)

此得益，则彼受损

雅典人狄马德斯①，宣告一名以出售殡仪用品为业的市民有罪，说他牟利太甚，要不是死亡人数众多，他是无法获得如此丰厚的利润的。这一判断看来并不正确，因为他的获利并不损害他人，而如果照此办理，那就任何盈利都应受谴责的了。

商人生意兴旺靠年轻人挥霍；农民靠小麦价格高昂；司法人员靠诉讼和民事纠纷；建筑师靠房屋倒塌；神职人员的尊严和职责有赖于我们的死亡和罪过。有一名古希腊喜剧家这么说：没有任何医生为别人乃至为自己的朋友的健康而高兴，也没有任何军人为本土的太平而欢欣，如此等等。更有甚者，如果每个人都来探测一下自己的内心，就会发现，我们所萌发和孕育的愿望，大多是不利于他人的。

有鉴于此，我脑子里便产生这样的想法：在这方面，大自然不会违背自身的总规则；自然科学家断定，每一事物的产生、增长和发展，即意味着另一事物的变质和衰败：

某一事物的演化和质变，

① 狄马德斯（前384—前320），雅典演说家、政治家，以词锋犀利而著称，未见留下著作。

原先事物即随之而消亡。

——卢克莱修

（选译自第 22 章）

谈 习 惯

　　柏拉图责备一个玩掷色子的孩子。孩子应声说:"你为这点小事骂我!"柏拉图反驳道:"习惯可不是小事。"

　　我觉得,我们的主要恶习自小养成,我们的性格倾向主要由乳娘一手造就。母亲看着孩子拧鸡脖子,伤害猫狗取乐,竟以此作为消遣。有那么一位蠢得可以的父亲,看见自己的儿子无理地殴打不作自卫的农民或仆人,竟以为这是尚武精神的良好预兆;看见儿子以恶意的奸诈手段愚弄同伴,却以为是精明的表现。然而,这已种下了残酷、专横、反叛的真正祸根,它在那里发芽,随后便在习惯的巨手支配下蓬勃滋长。

　　因年纪尚幼或事情不大便原谅这种不良倾向,这是十分危险的教育方法。首先,这是天性的声音,这声音正因其尖细而愈发清纯和响亮。其次,欺骗的丑恶性不在于那是金币或是别针之间的差别,而在于欺骗本身。我认为,正确的结论应该是:"既然他在别针上进行欺骗,为什么在金币方面就不会呢?"而家长们却认为:"只是拿别针行骗罢了,在金币方面他是不会那样做的。"前者比后者要正确得多。应该教育孩子要从恶习的本质去憎恶恶习,要让孩子了解恶习的天然丑陋性,使之不仅在行动上,而尤其是从心底里远离恶习;不管罪恶披上怎样的伪装,只要心里想到它就非常反感。

我从小培养自己走正路，早就极端厌恶游戏时弄虚作假（其实应当指出，孩子们的游戏并非单纯的游戏，而理应把它视作是他们最认真的行为）；为此，我晓得，无论什么微不足道的消遣活动，我都把心放进去，极其憎恶作弊，天性如此，并非刻意为之。

（选译自第 23 章）

我们只能靠自己的智慧

　　我们会说:"西塞罗如何讲;这是柏拉图的道德箴言;那是亚里士多德的说法。"但我们自己呢?我们说些什么?我们作何判断?我们做什么事情?鹦鹉也会照样学舌。这种做法令我想起罗马那位富翁。他花大量钱财费神请来各门学科的一些高才人士,让他们紧随左右。这样,他在朋友当中,一旦有机会谈起什么问题时,他们就可以替代他;各人根据自己的所长,随时向他提供材料,这个给他一段说词,那个告诉他荷马一句诗。他认为,学问装在他手下人的脑袋里,也就是他自己的了。就像有些人的学识寄托在其豪华的书房里一样。

　　我认识一个人,我问他懂得什么时,他就向我要过一部辞书,指给我看;如果他不马上从词典中查查什么是疥疮,什么是臀部,他就不敢跟我说:他屁股长了疥疮。

　　我们照搬别人的见解和学识,如此而已。可得把他人的东西变成我们自己的才行。我们活像那个取火人:他要用火,便往邻家去借,到那里见到炉火熊熊,就留下来取暖,竟忘记了取火回家。肚子里塞满了食物,如果消化不了,无法变为我们的养料,不能令我们强壮起来,那对我们又有什么作用呢?

卢库卢斯①缺乏作战经验,靠读书而成为伟大的将领,难道能够认为,他是按我们的方式去学习的?

我们靠别人的胳臂搀扶着走路,我们的力气也就消磨完了。想要武装自己去抵御对死亡的害怕心理?那就引用塞内加。想要为自己或向别人说些安慰的话?那就借助西塞罗。如果我在这方面有了训练,我自己就会想出安慰的言词来的。对于这种乞讨而来的有限的本事,我可一点儿也不稀罕。

即便我们可以凭借别人的学识而成为学者,但要成为哲人,我们只能靠自己的智慧。

　　我憎恶对自己并不明智的智者。

——欧里庇得斯②

(选译自第25章)

---

① 卢库卢斯(前106—前56,另一说为前109—前57),古罗马将领。据说,他在穿越意大利至亚洲的过程中,因阅读史书并请教军官而学会了兵法。
② 欧里庇得斯(前485—前406),古希腊著名悲剧诗人。原文为希腊语,蒙田已把这一诗句译成法语。

谈教育孩子

为您的儿子选怎样的家庭教师，决定着他受教育的整个成效。教师的职责包含着好几个重要部分，但我不谈这个，因为我知道谈不出道道来。本文想向家庭教师提点忠告，他看出有点儿道理，就会对我更加相信。作为贵族子弟，追求学问，不是为了图利（因为如此卑微的目标不配受缪斯女神的恩宠和垂顾；再说，利益之事也牵涉他人并取决于他人），既不为身外的好处，也不为自身的好处，而是为了丰富自己，美化自己的内心。对于这样的子弟，我更想把他培养成为会独立思考的能人，而不是造就成博学之士。我也希望人家着意为他物色一名头脑清晰精密而不只是塞满知识的教师，要求他二者兼备固然好，但品德和智慧比学识更重要。我宁愿教师以新的方式从事工作。

人们在我们的耳旁喋喋不休，就像往漏斗里灌东西，我们的任务竟是复述别人跟我们说过的话。我希望教师改变这样的教法，一开始就按受教的孩子的状况，进行训练培养，教他自己去领略、选择、鉴别事物，有时为他引路，有时则要他自己开路。我不主张教师独个儿自编、自讲，而希望他也听听学生的讲法。苏格拉底以及后来的阿凯西劳斯都是让学生先讲，然后自己才讲的。教师的威严常常有碍学生的学习。①

教师最好是让学生在自己面前跑跑看,以此判断其步态,从而断定如何放慢进度以适应他的能力。彼此不相适应,就会坏事。善于选择适当的进度,并与之紧密协调,这是我所知道的艰辛工作之一。一个高尚、宽广的心灵,懂得配合孩子的幼稚步伐,进行引导。我自己上坡的步子就比下坡的步子走得更稳、更踏实。

教师通常的做法是:对许多智力不同,情况各异的学生,却以同样的课程、同样的方式施教。无怪乎他们在一大批学生中才遇上两三个能从其教诲中受益的人。

教师不应只要求学生重述功课的词语,而应要求他讲述其意义和实质。老师判断学生的成绩并非看他记性如何,而是凭他在实际生活中的表现。学生学到什么,老师都要求他举一反三,从多方面来加以应用,看看他是否真正懂得,是否已经变为自己的东西,同时按柏拉图的教学法来调整进度。吞进去什么,就吐出什么,这是胃纳不佳,无法吸收的表现。如果肠胃对吸纳之物改变不了其形态和外表,那肠胃就不起作用了。

(选译自第 26 章)

---

① 西塞罗语。

世界——学童的大书

通过与世界的频繁接触，人提高了判断力，令自己明察秋毫。我们都紧缩在一处，极受局限，只看见鼻子尖前的事情。有人问苏格拉底是哪里人。他不说是"雅典人"，而回答说："世界人"。他把宇宙作为自己的家乡，想象力何等丰富，视野何等开阔！他将学识、关怀、爱心投向全人类，可不像我们那样，只注视眼皮底下的事情。

这个大千世界，有人认为具有多元成分，各个部分正层叠倍增。它是一面镜子，我们都应该对镜自照，以便正确地认识自身。总之，我希望世界是我自己学生的必读书。世界上有如此多的性情、派别、主张、意见、法律、习俗，我们可以从中学会正确地判断自己，培养我们的判断力认识本身的缺陷和先天弱点。这并不是无足轻重的学习。世界上存在如此多的政治动乱、社会剧变，教我们认识到，不管我们如何历经变迁，都不会为此感到太惊讶。多少英名，多少胜利，多少占领都湮没在遗忘中，而我们却希望凭抓住十名弓箭手、攻下一个鸡窝般的工事就能名垂千古，这种念头是多么的可笑。多少令人感到骄傲并引以为荣的外国的排场仪式，多少雄伟壮丽、傲视一切的宫廷、官邸，令我们的目光受到锻炼，坚定起来，能够直视自己的豪华光彩，而不必眨眼。多少人在我们之前已经长眠地下,令我们勇气倍添,而不害怕到另一个世界去寻找良伴。其余的,可照此类推。

毕达哥拉斯说,我们的生活就像庞大的、人员众多的奥林匹克运动会。有些人在那里锻炼身体,为的是参加比赛,博取名次。另一些人运商品到那儿出售,为的是挣钱。还有一些人(他们不是最坏的),并不谋求什么,而只是旁观每件事如何进行,为什么会这样进行;他们只作为他人生活的观众,以便作出判断,调整自己的生活。

(选译自第 26 章)

按自己判断力来定真伪之荒唐

我们把轻信和听话归结为单纯无知，这或许不无道理。因为我从前似乎听说过：信仰，可以说是刻在我们心灵上的印记；心灵软弱，抵抗力愈小，就愈容易留下印痕。"正如天平往加砝码那一边倾斜，心灵也会倒向于明显的压力。"①内心空空，缺乏抗衡之力，就越容易被人一说即服。为什么儿童、庶民、妇女、病人的耳根特软，受人摆弄，原因就在于此。但是，另一方面，对那些我们以为未必真实的事物，加以蔑视，斥之为非，那是愚蠢的狂妄自大。这是那些自以为比常人高明一筹的人的通病。

我从前也一样。倘若听到有人谈及回魂、预卜、施魔法、弄巫术或讲一些我认为不可置信的故事，

> 梦幻，凶煞，奇迹，巫女；
> 夜间幽灵，塞萨利②的怪事。
>
> ——贺拉斯

我就对受此等荒唐事迷惑的人起怜悯之心。可现在，我觉得

---

① 西塞罗语。
② 塞萨利，希腊北部地区，古代因环境闭塞和民族特点不同，因而呈现出极大的差异。

那时自己起码也一样可怜:倒不是后来的经历令我看到某些超越我原先信念的东西(可并非由于过去缺乏好奇心的关系),而是理性告诉我,如此武断地判定一件事物为虚假,视之为不可能,这无异于自认为有权利在自己的头脑中为上帝的意志和大自然母亲的威力定出边界和限度;而按照我们的见识和能力来规范上帝的意志和大自然的威力,世界上最大的蠢事,莫过于此了。如果我们把理性不可及的事物都称为怪诞或奇迹,那么,会有多少怪诞和奇迹不断出现在我们眼前啊!我们想一下:我们已经掌握的大部分事物,是穿过怎样的迷雾,经过多少摸索才让我们认识的。诚然,我们会发觉,为我们揭掉这些事物的怪异外表的,与其说是学识,倒不如说是习以为常。

> 我们已看厌了天上的景象,
> 再无人远眺这光辉的殿堂。

——卢克莱修

(选译自第27章)

契　合

"只有年龄增长、心智成熟之时才能充分判断友谊。"①

我们平常所称的"朋友"与"交谊"无非是因某种机缘或出于一定利益,彼此心灵相通而形成的亲密往来和友善关系。而我这里要说的友谊,则是两颗心灵叠合,我中有你,你中有我,浑然成为一体,令二者联结起来的纽带已消隐其中,再也无从辨认。倘若有人硬要我说出为什么我爱他,我会感到不知如何表达,而只好这样回答:"因为那是他;因为这是我。"

这种结合出于某种我无法解释的必然如此的媒介力量,超乎我的一切推论,也不是我的任何言辞所能够表达。我们未谋面之前,仅仅因为彼此听到别人谈及对方,就已经渴望相见。别人的话对我们的感情产生了巨大的影响。我们光听说对方的名字就已经心心相印。按常理来说,那是不可能产生这种效果的。我想,大概是天意注定的吧。一次重大的喜庆节日,我们偶然在市会上相会了。初次晤面,我们便发觉我俩彼此倾慕,互相了解,十分投契;从此以后,两人便成了莫逆之交。他用拉丁语写了一篇出色的诗作,已经发表,内中道出了我们很快交好的原因。此种结交迅速达到了完美的程度。

〰〰〰〰〰〰

①　西塞罗语。

我们两人都上了年纪，他还比我大几岁，未来交往的日子屈指可数，我们的交情开始得太晚了。因此务须抓紧时间，而不能按通常平淡之交的规矩行事，那是需要长时间的谨慎接触的。像我们这样的友情，别无其他榜样效法，自己本身就是理想的榜样，它只能与自己相比。既非出于某种特殊的敬重之情，也不是由于三几方面乃至许多方面的敬意。那是一种无以名之的混为一体的精华之物，它控制我的全部意愿，使之与对方的意愿融合在一起，消失到对方的意愿中去。同样的热望，同样的追求，也支配着他的全部意愿，使之与我的意愿融合在一起，消失在我的意愿之中。我说"消失"，那的确如此，因为我们两人没有保留自己任何东西，只属于他的或者只属于我的，都没有。

（选译自第 28 章）

谈 友 谊

不要把普通友谊与我所指的友谊相提并论；我和别人一样都十分了解那种友谊，甚至是其中最完美的类型，但我劝大家别把两种尺度混为一谈，否则是会出错的。在一般友谊中，前进时需要紧握缰绳，小心翼翼，彼此的关系并未达到可完全信赖的程度。奇隆就说过，"爱他时，要想到有一天会恨他；恨他时，要想到将来会爱他。"这一箴言，用于我所说的那种崇高圣洁的友情，令人鄙夷，但用于一般的平常友谊，却又十分有益。对于后一种友谊，倒用得着亚里士多德常说的话："朋友们啊，世上并没有真正的知己！"

效劳和利益照顾是普通友谊的养料，在这种高尚的交往中，那简直不值得一提。我们的意愿密切地融会在一起，这是互相帮忙、照顾的原因。不管斯多噶派的人士怎样说，正如我内心的友情并不因需要时自己替自己出力而有所增加，也不会因为自我效劳而感激自己；融洽无间的真正知己朋友也一样，他们已不存在此种义务感，他们厌恶和排斥在他们之间造成差别和分歧的字眼：恩惠，义务，感激，祈求，感谢，如此等等。事实上，他们之间凡事无不相通：意欲，思想，见解，财产，女人，孩子，荣誉和生命。他们的契合，按照亚里士多德的贴切说法，是两个躯体共同拥有一个灵魂。他们无所谓彼此亏欠什么或施予什么。正因为如此,立法者们禁止夫妻之间彼此施赠,视婚姻与这种神圣的结合有某些相似之处而加以推崇,想由此断定,一切都该属于夫妇双方,他们没有东西可以分开来各占一份。

(选译自第 28 章)

谈 适 度

　　我们触摸东西的手似乎中了邪，本来美好的事物一经我们摆弄就变质。如果我们以过分苛求的强烈欲望来维护道德，我们所坚持的德行就可能变成恶行。有人说，德行是绝不会过分的，因为如果过分，就不成其为德行了。他们嘲弄下面的说法：

　　　　德行操守如果超越限度，失去分寸，
　　　　智者该唤做疯子，君子则成为小人。

——贺拉斯

　　这是微妙的哲理思考。爱护道德有可能过头，做正义之事也可能失度。这里正用得上圣徒的名言："不可过分聪明，而只可聪明适度。"

　　我见过一位大人物，为了显示自己比同辈更虔诚，却损害了本人所信奉的宗教的名声。

　　我喜爱平和执中的性情。不知节制地求善，即便不致令我反感，也令我十分惶惑，我对此真是无以名之。在我看来，波萨尼亚斯①的母亲也罢，独裁官波斯图缪斯②也罢，他们与

---

①　波萨尼亚斯（？—约前470），斯巴达将领，治军极其严厉，曾多次立战功，后手下人反叛，被囚至死。
②　波斯图缪斯，公元前496年的古罗马独裁官。

其说是维护正义,倒不如说是莫名其妙。那做母亲的第一个发号施令,带头扔石,要置儿子于死地;而独裁官则处死自己的亲子,就因为儿子少年气盛,稍稍先于自己的部队,成功地扑向了敌人。这种如此野蛮而又代价如此高昂的道德,我是既不乐意提倡,也不愿意仿效的。

　　超越目标的射手与不到射程的射手一样,都不算命中。骤然迎上强光与一下子步入暗处,都同样令我的视线模糊。在柏拉图的《对话集》里,加里克莱说过:过分的哲理推究,带来害处。他劝人不可深陷于此,而致超越功用的界限。适度的探求,显得有趣而又有益,但过了头最后就会把人弄得蛮横、乖戾,藐视宗教,蔑视常规,不爱社会交往,厌恶人间欢娱,无法管理任何公务,不能助人,也不能自助,只配接受几记狠狠的耳光。他说的是实话,因为过度的探求,限制了我们的自由天性,以令人生厌的玄奥,引导我们偏离造化所划定的美好坦途。

（选译自第 30 章）

我们因何为同一事物亦哭亦笑

据说，我们的身体里汇集着足以形成不同气质的体液，其中按我们的性情在我们身上最常占优势的，便是主导者。心灵的情形也完全一样，虽然承受着各种冲动，但必然有一种情绪成为始终的主宰。不过，它并未到统率一切的程度，由于我们的心灵柔弱易变，有时最弱势的情绪，也会涌上心头，发起短暂的冲击。因此，我们不仅看见那些天真烂漫凭着本性行事的小孩，常常为同一件事又笑又哭，就是我们当中的任何人，无论他是怎样按照自己的意愿作出远行的决定，在告别家人及朋友的时候，谁也不能夸口，他的决心丝毫不为所动。即使泪水并未完全掉下来，但他把脚伸进马镫的时候，起码也流露出阴沉、忧伤的神情。

无论出身高贵的少女之心燃烧着怎样的爱火，人们总得将她们从其母亲的颈项上硬拉开来才交给其夫婿，任凭这好伙伴①说什么：

> 是维纳斯爱神招致新娘子厌恶？
> 还是新娘以假泪蒙蔽快乐的父母？
> 她们在新房门前哭到泪流满面，

---

① 好伙伴，指古罗马抒情诗人卡图卢斯。

我敢指天起誓,这泪水包含欺骗。

——卡图卢斯

因此,一个人家恨不得他去死的人,死时仍有人惋惜,那就不足为奇了。

当我痛骂仆人的时候,我使尽力气去咒骂他,这是真心实意的诅咒,而并非装模作样。但乌云散后,他需要我时,我会十分乐意地帮助他。我随即把那一页翻了过去。我骂他蠢材、笨猪,并未打算给他永远加上这样的称号。过后不久,我称他为正派人,也并不自认为出尔反尔。

任何一种品性都无法把我们完完整整地概括在其中。如果不是因为自言自语属疯子行为的话,人们就会没有哪一天听不到我自己骂自己:"他妈的蠢货!"不过,我并不认为,这就是我对自己的结论。

倘若有人看见我对妻子时而脸色冷淡,时而饱含爱意,便以为其中的一种表现必假,那他就是个大傻瓜。

(选译自第38章)

谈 退 隐

现在来谈谈退隐的目的,我想无非是一个:那就是生活得更悠闲,更自在。但是,人们并非都能找到正途。往往以为抛开了各种事务,其实只是变换一下而已。管家的烦恼并不比治国的轻多少。心有牵挂,便会整个儿放在上面。家务事情虽然没有那么重要,但麻烦并不因而减轻。再说,虽然我们放开了政事、商务,却并未摆脱生活中的主要烦恼。

消除烦恼的是智慧和理性,
而不是宽旷浩瀚的海滨。

——贺拉斯

野心、贪婪、犹疑、恐惧、淫欲,并不因为我们换了地方就离开我们。

忧愁踏上马鞍紧贴骑士背后。

——贺拉斯

它们紧随我们,直至修道院,直至哲学讲堂;沙漠、岩洞、苦行、守斋,都不能使我们解脱。

他腰间依然插着致命的利箭。

——维吉尔

有人跟苏格拉底说,某人在旅行中毫无改进。苏格拉底答道:"这我相信,他是原封不动地出行的。"

　　为什么要去远寻异国的住地?

　　离乡的人,有谁放得下自己?

——贺拉斯

　　如果不是首先卸下压在心灵的重负,那么行动起来,更会增加心灵的压力。正如装货的船只,船停稳的时候,重载也显得妨碍不大。您挪动病人,对他的害处比好处要多。您对他的折腾,会使病痛加深,如同木桩,受到撞击震动,就愈扎愈深,愈扎愈牢靠。因此,远离众人,并不足够,更换地方,也不足够,必须排除我们所习惯的一般人的生存方式,隐居起来,重新拥有自我。

(选译自第39章)

享受引退生活的乐趣

咱们来听听小普林尼①关于退隐问题给他的友人卢夫斯的忠告:"我劝你,在这种充实、宽裕的退隐生活中,把卑微的、令人厌烦的家政之事,留给手下人去做,而你则专心致志研究学问,从中获得一些完全属于你本人的东西。"他这里指的是声誉。他和西塞罗的性情相似。西塞罗说过,他愿意利用退隐及离开公务的空闲时间从事著述,以博取不朽的名声。

你有学问却不被人知晓,

你的知识岂不就湮没了?

——佩尔西乌斯

既然谈到要从社会引退,那么,留意自己身外的情况,看来就不无道理。有些人只做了一半。他们为将来自己不在的日子作了安排,但却从一种可笑的矛盾逻辑出发,还要从自己将要引退的社会中获取自己设计的成果。有些人出于虔诚之心,寻求隐退,内心充满着寄希望于圣洁的彼岸生活的坚定信念;这种人的想法要健康得多。……

----

① 小普林尼(61—112),老普林尼的养子,古罗马作家,曾任执政官。

因此，小普林尼忠告所提的目的和方法，我都不赞同。我们总是从某种糟糕的处境落入更糟糕的境地。埋头读书跟其他事情一样费力，也同样不利于健康，而健康是首先要考虑的。不要被读书所感受的乐趣弄糊涂了：爱财如命的持家人，吝啬鬼，享乐狂，野心家，就是被这样的乐趣所断送的。

先哲多次教导我们，要谨防欲念害人；要我们学会把真正而完整的乐趣与夹杂许多痛苦的乐趣区分开来。他们说，大多数乐趣，就像埃及人所称的腓利斯强盗那样，迎合我们，拥抱我们，为的是把我们掐死。如果我们醉酒之前已感到头痛，就会避免多喝。可那快感，为了蒙蔽我们，自己却走在前头，而把恶果隐藏在身后。

书籍可给人带来乐趣。但是，啃得太多，最后便兴味索然，还要损害身体，而快乐和健康却是我们最可宝贵的。倘若结果竟弄到有损身心的地步，那么我们就抛开书本吧。有人认为，从书上所得的弥补不了所失的，我是同意这种想法的。长期以来感到身体不适、健康欠佳的人到头来只好听从医生的吩咐，请大夫规定一定的生活方式，不复逾越；退隐的人也是如此，他对社交生活失去兴趣，乃至深感厌烦，他只得按理性的要求设计隐居生活，通过深思熟虑凭自己的见解好好地加以安排。他应当排除一切劳累困扰，不论它以何种形式呈现；他也应当摆脱有碍于身心宁静的世俗之欲，而选择最符合自己性情的生活之途。

各人都要选择适合自己的途径。

——普洛佩提乌斯

无论主持家政、钻研学问、外出行猎或处理其他事务,都应当以不失其乐趣为限度,要注意不要超过这个极限,不然苦便会开始掺进乐中来。

从事学习,处理事务是我们保持良好状态的需要,也是避免另一极端(即慵懒、怠惰)所引起的不适的需要;我们的用功、处事就只应以此为度。

有些学科没有成效而且艰深难懂,那多半是为群氓而设的。就让那些媚俗的人去探讨它们吧!我嘛,我只喜欢有趣而且易读的书本,它能调剂我的精神。我也喜欢那些给我带来慰藉、教导我很好处理生死问题的书籍。

> 我默默地漫步于幽林之中,
> 思考那值得圣哲探究的问题。

> ——贺拉斯

智慧在我之上的人们,由于具有刚强的、充满活力的心灵,可以为自己安排纯粹精神上的休息生活。至于我,我只具备常人的心灵,我得借助肉体之乐来维持自己。年事已高,与我原先口味相符的乐趣已离我而去。此刻我正培养和激发自己的欲望,使之能领受比较适合我这个年龄的欢乐。我们务须全力抓紧去享受生活的乐趣,消逝的岁月正将我们恋栈的欢乐逐一夺走。

> 尽情享乐吧,我们只此一生。
> 明天你只留下余灰,化作幽灵,一无所剩。

> ——佩尔西乌斯

至于小普林尼和西塞罗提出的追求声誉的目标,这与我的想法相去甚远。同引退最为相左的精神状态,莫过于勃勃野心。声望和安宁是互不相容的两回事。在我看来,他们两人只把双臂和两腿伸出尘世之外,而他们的心灵和思绪却比任何时候都更深深地扎进尘世当中。

（选译自第 39 章）

荣誉不可分享

在世上千万种蠢事中,最为人接受的,最普遍的,就是对名声和荣誉的操心,我们不惜为此放弃财产,安宁,生命与健康,丢开这些实在的、富有内涵的东西而去追求虚无缥缈的幻象,追求无影无形、不可捉摸的空言。

> 自负的世人迷恋美好的名声,
> 这甜美的声音显得多么动听,
> 我说它其实只是幻觉或回声,
> 来一阵轻风,便告无踪无影。
>
> ——塔索①

在人类的各种不合理的倾向中,这一倾向,看来哲学家比其他人摆脱得更迟,也更为勉强。

这是最根深蒂固的倾向。"因为它不断发出诱惑,甚至迷惑先进的心灵。"②

如此明确地凭理性谴责虚荣心的人并不多,这虚荣心在我们身上已深深扎根,我不知道有谁曾经彻底摆脱过。为了否定它,你什么都说了,而且也相信全都能做到,可过后,不管

---

① 塔索(1544—1595),意大利诗人,本节诗句引自《解放了的耶路撒冷》。
② 圣奥古斯丁语。

你有什么道理,这虚荣心却引发你的内心倾向,令你无法抗拒。

因为,正如西塞罗所说的,即便是抨击虚荣的人,也愿意在自己所写的书的扉页上印上自己的名字,愿意凭自己鄙视声誉这一点来博得声誉。其他一切都可以交换分享,朋友需要的时候,我们可以拿出财产,付出生命;但和别人分享荣誉,把自己的名声赠与他人,却并不多见。

(选译自第 41 章)

谈人与人的差别

　　谈起对人的评价，十分奇怪的是，没有任何事物不以其本身的品质来衡量，惟独人是例外。我们赞扬一匹马，是因为它矫健有力，

> 我们夸奖快马，是因为它连连获胜，
> 它的胜利赢得赛场上阵阵的喝彩声。
> ——尤维纳利斯①

而不是因为它的鞍鞯；赞赏一头猎犬，是因为它的敏捷，而不是因为它的项圈；欣赏一只鸟儿，是看它的翅膀，而不是看它的牵绳和铃铛。对于人，为什么不同样以其自身的价值去衡量他呢？他有大量的随从，豪华的宫殿，极大的权势，丰厚的年金。这些统统都是他身外之物，而不是他固有的本质。你不会去买一只装在袋子里的见不着的猫。如果你要买马，你就会把鞍具卸去，让它无遮无盖地供你细看。或者，若是像古代给王侯挑马那样将马遮盖，盖住的也只是非常次要的部位，为的是不让你多费时间去看美丽的毛色和宽大的臀部，而让你留神察看腿部、眼睛、四蹄这些最起作用的器官。

---

① 尤维纳利斯(55—140)，古罗马讽刺诗人。

君王相马,通常让它盖住,

以免受它美丽的毛色迷惑,

只看它宽臀,细头,高胸,

而不知它的四蹄往往柔弱。

——贺拉斯

你估量人的时候,为什么让他把自己裹得严严实实呢?他着意展示的是他非本质的部分,而却把可资正确评价的方面掩盖起来。你追求的是宝剑的价值,而不是剑鞘:一旦把剑从鞘中拔出,你有可能认为它一文不值。看人要看人的自身,而不是他的装扮。有位古人①的话说得很风趣:"你知道为什么你觉得他长得高大?因为你连他的木屐也算上了。"雕像的基座不属于雕像本身。量度人可别算他的高跷。把人的财富、荣衔都去掉吧,让他只穿着衬衣出现。他的体格能胜任他的职务吗?他是不是健康而且劲头十足?他的心灵如何?美好吗?高尚吗?是不是各种品质都齐备?他是靠自己的财产抑或靠他人的财产而致富?运气对此有没有任何关系?他是不是镇定地直面出鞘的利剑?他是否不在乎如何离开人间,不管是老死还是暴毙?他宁静、平和、知足常乐吗?这些都是必须要察看的,借此便判断出人与人之间的极大差别来。

(选译自第 42 章)

---

① 指的是塞内加。

尝 试 判 断

判断是对付一切问题的工具,而且处处用它。为此,我在这里利用各种机会尝试运用自己的判断力。倘若是我完全不熟悉的问题,我就试着去应用,像是远远探测徒步涉水渡河,后来发现那地方太深,以我的身高蹚不过去,那我就在岸边待着;认识到自己过不去,就是判断的成功,而且是最为得意的成就之一。

有时候,我在微不足道、无关紧要的问题上,试着运用判断,看看能否使问题具体化,并为之提供支持和根据。有时候,我运用判断去转而探讨经人家反复琢磨过的重大问题;在这方面发现不了什么个人的东西,因为大路子已经开辟出来,只能踏着别人的路径走。这时候,判断力就来挑选它认为最好的途径;在千万条小径中,它认定这一条或那一条是最佳的选择。我先碰到什么问题就抓什么问题。我觉得所有问题都不错。不过,我从未打算将其完整地展现出来,因为我见不到全貌。那些许诺给我们窥全豹的人,也并未做到这点①。

每一事物都由各部分构成,都有其方方面面;有时候我抓住一部分轻轻尝试,有时候我接触一下表面,有时候,我却深

①　原文也可以理解为:那些许诺给我们窥全豹的人,自己也见不到全貌。

入其中,直至骨子里。我往里面扎下去,不是尽量扎得宽,而是尽可能往深处扎。我抓问题常常喜欢从别人未接触的方面着手。如果某些事情我不大熟悉,我就冒着风险,探究下去,我在这儿写上一句话,那儿留下另一句,那是整体中的散件,既无一定意图,也不作任何承诺,我不担保其正确无误,也不肯定自己就坚持下去,觉得合适时也不作变动。我可能一直犹疑不定,缺乏把握,陷入我常处的愚昧无知的状态中。

(选译自第 50 章)

关于恺撒的一句话

　　如果我们偶尔费神去察看我们自己，把花在考察身外事物的时间来考察我们本身，我们就不难感到，我们自身的构造并不强壮，也不完善。我们对任何事情都不能始终称心如意，这不是有缺陷的突出表现？就连按自己的愿望和想象去挑选事物也无法做到，这不也是个明证？哲学家们寻求人类尽善尽美的重大争论一直存在着，而且还将永远存在下去，没有结论，达不到一致意见，这也是很好的证明。

　　　　渴求之物显得比什么都重要，
　　　　一旦到手，我们却转而他求，
　　　　人的欲壑，没有填满的时候。

　　　　　　　　　　　　——卢克莱修

　　不管我们认识到什么，享受到什么，我们都会感到不满足于此，我们还会起劲地追求未来的、未知的事物，因为现存之物无法令我们满足。我认为，倒不是由于它缺乏足以令我们满意的东西，而是由于我们以病态的、失常的方式去把捉现在。

　　　　他看到，维生的必需，
　　　　世人几乎都有了保障，

有人享尽了荣华富贵，
还因儿女声誉而增光。
可众人依然心烦意乱，
连声抱怨，充满忧伤。
他明白全坏在容器上，
器皿肮脏，盛物变质，
哪怕你灌进玉液琼浆。

　　　　　　　　　——卢克莱修

　　我们的意愿犹疑不定，不知道留住什么，什么也不懂得好好享用。有人认为，那都是已有的东西存在缺陷的缘故，于是追求并醉心于他并未认识也不了解的其他事物，把意愿和希望都寄托在上面，对之大加赞赏，顶礼膜拜。这正如恺撒所说的："对陌生事物，信赖更深或恐惧更甚，乃人之本性缺陷使然。"

　　　　　　　　　　　　　　（第53章全译）

谈 年 龄

至于我,我认为人到二十岁,心灵的成熟程度该展露的已经展露出来,可以预示他将来的作为如何如何了。过去到了这个年龄还没有显示出自己力量的人,后来也从未曾显示过什么。在这个时期,人的天生素质和品德,正展现其活力和美好的地方,不然就永远也不会展现了。

> 初出的刺儿不扎人,
> 日后就永远扎不了。①

多菲内②的人这样说。

就我已知道的人类的所有丰功伟业,不管属何种类,据我的看法,大部分是在三十岁之前而不是三十岁之后完成的,古代和现代都一样,而这点还往往体现在人们的一生当中。对于汉尼拔和他的死敌西庇阿③的一生,不是足可以这样说吗?

他们光辉的半生,是借青年时期所赢得的荣耀而度过的;他们作为伟大人物,是跟他人比较而言,而不是跟自己本身相

---

① 这是一句民间谚语。
② 多菲内,法国旧省份名,靠南部。
③ 西庇阿(前235—前183),古罗马统帅,二十九岁时征服西班牙,他在扎玛战役打垮汉尼拔时只有三十三岁。

比。说到我本人,我肯定地说:这个年龄过后,我的思维和体格就缩多长少,退多进少的了。那些善于利用时间的人,其学识与经验有可能随年岁而增长;但朝气、敏捷、毅力以及其他一些我们固有的更为重要的基本品质,都要减退并且衰弱下去。

> 年岁的重负压弯了我们的身躯,
> 四肢日渐无力,脑筋不听调遣,
> 说起话来啰唆,思索起来混乱。
>
> ——卢克莱修

有时是身躯先行衰老,有时则是心灵首先衰老。我见过不少人,他们脑子的衰退比肠胃和腿脚都来得早。由于得这种毛病的人自我感觉不明显,而且病兆也不大显露,因此就越发危险。这次我倒抱怨起法律来,并不是因为它规定我们参与工作的时间太长,而是让我们从事工作的时间太晚。考虑到生命的脆弱,也考虑到人生面临多少常遇的天然暗礁,依我看来,童年、悠闲和学习不应占去那么多的光阴。

(选译自第 57 章)

第 二 卷

看看哪种原动力起作用

我们的行为，不过由各个零散的举动组合而成，他们鄙弃欢愉，却怯于受苦；他们轻视声誉，却抵受不了恶名。① 我们总愿意博取虚有其表的荣誉。追求美德只能追求其自身，如果戴上美德的面具而另有他求，我们马上就会露出真相。这是一种烈性染料，灵魂一旦沾上了它，要将其除去就不能不受伤害。因此，要判断一个人，就得长期而又认真地紧随他的踪迹。如果坚定性并非仅仅建立在自身的基础上（经过深思熟虑才选定要走的路线②），如果环境的不同令其变换步伐（我想说的是改变路线，因为步伐可快可慢），那就由他去吧。这样的人，正如咱们的塔尔博特③在箴言里说的，只会随风转舵。

一位古人说，我们的生活既然离不开偶然，偶然对我们产生如此重大的影响也就不足为奇了。一个人对自己的一生没有预先定出个大致的目标，要很好地安排自己的具体行动，那

①② 西塞罗语。
③ 塔尔博特(1373—1453)，英军将领，曾在法国的省份统治了一段时间，故有"咱们的塔尔博特"的说法。

是不可能的。在脑海里缺乏总体的设想，就不可能把散片归类排好。如果不知道要画什么，置备颜料又有什么用呢？没有任何人会为自己的一生描绘出确定无疑的蓝图，我们只能一小部分、一小部分地去构想。弓箭手首先要知道要瞄准的地方，然后才按目标调整手、弓、弦、箭以及动作。我们的计划落空，是因为没有目标和方向。没有要抵达的港口，再好的风向也是枉然。

…………

我们完全由散件构成，结构不规则，形状多样，每一散片时时刻刻都在起作用。我们自身的前后不同不亚于跟他人的差异。"请想想，做一个始终如一的人多么不容易。"[1]勃勃雄心可以令人学会勇敢、节制、慷慨，甚至正义感；求财欲念可以促使出身寒微、无所事事的小店伙计满怀信心远离家园，驾上小舟，去搏击外面世界的大风浪，而且还使他学会辨别是非，通晓事理；维纳斯爱神把决心和勇气交给了尚在受教育、受管束的年轻人；她竟使一些犹在母亲膝下的少女们的温柔心灵充满斗志；

> 少女受爱神指引，偷偷越过熟睡的看守，
>
> 独自一人投身黑夜里，去会自己的情郎。
>
> ——提布卢斯[2]

既然如此，仅凭表面行为来判断我们自己就不是明智的做法；应该直探内心深处，看看是哪种原动力在起作用。

[1] 塞内加语。

[2] 提布卢斯（前54/前50—前19/前18），古罗马诗人，多用格律哀歌体写作。

但这是一件带有风险的艰巨工作，我不希望很多人从事于此。

（选译自第 1 章）

谈酗酒

对罪恶的程度和轻重不加区分,那是危险的。在这方面,杀人凶手、叛徒、暴君太占便宜了。他们因为别人懒惰、好色或不够虔诚,良心上竟觉得好受一些,那是没有道理的。人人都强调旁人的罪过,而对自己的罪过则轻轻带过。我觉得,就是教育者,也常常混淆罪恶的类别。

苏格拉底说,智慧的主要功能是辨别善恶。我们这些人,就是最好的行为也包含罪过的成分;我们对于学问,同样应该这样说:学问在于区别不同的恶习。倘没有精确的学识作区分,好人和坏人就混淆不清,无从识别。

说到酗酒,我认为是一种鄙陋、粗野的恶习。酗酒者的神志不能自守。有些恶习,如果可以这样说的话,包含着某些高贵的成分。有的罪过就掺杂着学识、勤奋、勇敢、审慎、灵巧和精妙;而酗酒则完全是肉体的、俗气的。因此,今天的诸国中,最崇尚酒的国家就是最粗鲁的国家①。其他恶习损害智力,而酗酒则摧垮智力,糟蹋身体。

> 酒力渗透我们全身的时候,
>
> 四肢沉沉,两腿蹒跚发抖,

---

① 暗指德国。

神志模糊,双目游移无定,

随后就喊叫,打嗝,争斗。

——卢克莱修

最糟糕的情况是当人失却理智,无法自我控制之时。

有人这样说:葡萄液汁发酵的时候会使全部桶底之物往上漂浮,酒也一样,它使多饮的人尽吐隐秘。

(选译自第 2 章)

轻 生 可 笑

　　轻生的观念是可笑的。因为说到底,我们的存在就是我们的一切。那些活得比我们高贵、比我们丰富的造物,倒可以指责我们的存在;而我们自己鄙薄自己,自己轻视自己,则是违反天性的。这是一种特殊的病症,为人类所独有,在任何其他生物中都看不到这种自我憎恨、自我鄙视的情况。

　　我们现成是这个样子,却希望成为别的什么,这也是幼稚的妄想。这种愿望对我们没有任何好处,因为它自相矛盾,不可能实现。谁想从人变为天使,都不会给自己带来什么,也绝不会提高自身的价值。因为他本人既已不存在,谁会为这种转变感到欢欣,谁又会替他感受这种转变呢?

　　　　谁要体验未来的痛苦和磨难,
　　　　苦难来临时他必须活在人间。

——卢克莱修

　　我们以死为代价换回来的这一生的安全、无苦、无痛、免于灾害,这一切都不会给我们带来任何好处。不能享受太平的人,避过了战事也是枉然。无法领略安闲的人,远避劳苦也是徒费力气。

　　持自尽见解的人,对于下面这一点倒犹疑不定,即:什么场合是一个人拿定主意自杀的适当时机？他们称这个为"合理出路"。他们说，既然令我们生存在世上的理由并不十分充分，死，也必然常常基于一些微不足道的理由；虽然如此，但在这方面，总得要有某种尺度。

有一些怪诞的非理性的情绪不但促使个人，而且推动整群人寻死。我前面举过几个例子，这里我们还提一下米利都①的少女。她们经过一番荒唐的密谋之后，竟一批接一批地上吊自尽，直到法官到场制止此事为止。法官下令说，那些还要这样上吊的女人，用一根绳子把她们串连起来，剥光衣服游街。

（选译自第 3 章）

---

① 米利都，古希腊城市名。

刑　讯

　　刑讯是一项危险的创造。我觉得,这与其说是追查真相,倒不如说是考验体力。因此,能够顶得住刑讯的人便可隐瞒真情,而受不住刑罚的人则会胡乱供认。的确,因受刑而承认过错,或因受刑而被迫说出莫须有的事情,这两种情况,何以见得前者一定多于后者呢? 反过来说,倘若没有犯下被告之罪的人,能相当坚强地顶住了刑罚,犯罪者为什么就做不到呢? 他换回的酬报是可免一死啊。

　　我想,刑讯的做法,其根据是重视良心的力量。因为,似乎良心与刑罚结合能促进犯罪者供认过失,削弱他的抵抗心理。另一方面良心也能给无辜者以力量,使之不屈服于肉刑。但是说真的,这种办法并不可靠,而且十分危险。

　　为了躲避难熬的痛苦,什么话不会说,什么事情做不出来呢?

　　　　屈打成招,无辜受苦。

　　　　　　　　　　　　　　　　　　——西鲁斯①

　　这种做法的后果是:法官为免无辜者一死而用刑,却使无

---

　　①　西鲁斯,生平不详,留有《格言集》。

辜者备受折磨丧生。千千万万的人，由于不堪受刑竟胡乱招认。在这些人当中，我认为菲洛塔斯①就是其中的一个。我想起亚历山大对他的指控情形以及他身受的种种折磨。

总而言之，人类因自身弱点而制造的种种祸害中，据说这还算是最微不足道的。

然而，在我看来，这多么不人道，多么徒劳无用啊！许多国家，希腊和罗马都给了它们以野蛮之国的称号，它们尚且认为：当一个人的罪行尚未确定的时候，便使用严刑对其进行肢解，这种举动是恶劣的、残酷的。其实，在这方面，它们还不如希腊和罗马那么野蛮哩。您对被告的案情毫无所知，他有什么责任可言？您不想无缘无故地处死他，而却让他饱尝比死亡还要难受的折磨，您这样做公正吗？事情十分明显：您想想，多少被告人宁愿含冤一死，而不愿意经受比死还要难熬的审讯。那种审讯极端凶残，被告人常常不待判决，便已经在刑具下死去。

有那么一则小故事，我不知道是从哪里听来的，它却正好说明我们的司法公正意识。有一名村妇在将军面前控诉一名士兵抢了她留下喂孩子用的一点面糊。证据嘛，一点也没有。当时那支军队蹂躏了那里的一带村庄。那将军真是一名大法官。他警告那妇人要注意自己的说话，如果她撒谎，那是要犯诬告罪的。妇人一口咬定自己所说的不假，将军便下令将士兵剖腹以弄清真相。那妇人说的果然是真情。预审和判决就这样合而为一了。

（选译自第 5 章）

①　菲洛塔斯，亚历山大的武官，被控犯叛君之罪。

把自己摆出来

　　我要描绘的不是我的行为，而是我自己，我的本质。我认为，估量自己要审慎，提供证明要认真，无论是抑是扬，都始终如一。如果我觉得自己善良、聪慧或接近于此，我会高声说出来；说得比实在情况低，那是愚蠢，而不是谦逊。按照亚里士多德的说法，对自己低估，就是懦弱和胆怯。任何美德都不靠虚伪承托；而真实则绝对成不了错误的材料。过高估计自己，并不总是自大表现，常常是由于愚蠢所致。自得自足，过分沾沾自喜，乃至对自己迷恋起来，我认为，这才是自负的恶习的实质。

　　消除此恶习的最佳药方，就是对某些人的主张反其道而行之；他们禁止人家谈论自己，从而不许人家去想自己。骄傲寓寄于思维之中；语言只能起小部分作用。那些人以为，照料自己就是自我赏识，自己跟自己多打交道，就是自恋行为。这有可能发生。但此种极端情况只会出现在这样人的身上：他们对自己不作深入探索，事后才认识自己，而把幻想和悠闲视作是自我照料；他们认为，丰富自己的思维，塑造自己的性格，不过是建造空中楼阁。总之，他们把自己看做是和其本人并不相干的外在之物。

　　倘若有谁陶醉于自己的学识，居高临下地傲视一切，那就让他抬起眼睛,转而看看过去的年代,他会发现可以把他踩在脚下的高才何止千千万万,他会为此自惭形秽。如果他因自己的勇猛而自鸣得意,那就请他想想两位西庇阿①的生平,想想许许多多军队和民族的历史,他们都远远地把他抛在后边。那种同时记住自身的其他许多缺陷和弱点乃至人生境况之虚妄的人,是不会因任何出众的品质而骄傲起来的。

只有苏格拉底认真考究过他的上帝的告诫:人要有自知之明;经过研究,他达到了自我贬抑的境界;因而惟有他才配得上贤人的称号。谁有这样的自知之明,就通过自己的口毫不羞怯地把自己摆出来吧。

(选译自第 6 章)

---

① 指大西庇阿(前 235—前 183)和小西庇阿(前 185—前 129),均为古罗马统帅,前者曾在扎玛战役打垮汉尼拔;后者曾攻陷并摧毁迦太基城。后者是前者长子的养子。

父 慈 子 爱

　　一个父亲,获得孩子的爱(如果这也能称为爱的话),是因为孩子对他有所求,那他确实非常不幸。

　　应该以自己的美德和本领而赢得尊敬,以自己的仁慈和友善而博得爱戴。贵重物质成了灰烬仍有其价值;高贵人士的遗骸、遗物,我们素来敬重、尊崇。一个经历了光辉一生的人,到了暮年也不会因而衰朽;他们照样受到尊敬,尤其是子孙的尊敬;要以理性培养好儿孙的心灵,令其记住自己的责任,而不是以物质的强迫或引诱,也不靠粗野的方法和暴力。

　　　　如果以为,建筑在暴力之上的权威,

　　　　比之基于慈爱的权威更加牢固可靠,

　　　　那就大错特错了,起码我这样认为。

　　　　　　　　　　　　　　　　——泰伦斯①

　　在培育娇嫩心灵的方面,我谴责一切体罚。塑造心灵为的是荣誉与自由。强迫与压制有着说不出的奴性味儿。我想,凭理性、智慧、灵巧都做不到的事情,借武力也不会取得更大的效果。别人就是这样培养我的。大家说:我小时候只挨过两次皮

---

　　①　泰伦斯(前186/前185—前161),古罗马著名喜剧作家。

鞭,而且都打得非常轻。我对自己的孩子也坚持这样做。不过他们都很小就死去,只有莱奥诺尔,我惟一的女儿幸免于夭折。她长到六岁多,无论引导她或惩罚她的过失(母亲宽容孩子的过失是很自然的),也顶多是训斥一下,而且语气都很轻。我知道我的方法是正确的,合乎自然的。就是女儿令我大失所望的时候,也不能指摘我的方法,而一定另有原因。倘若我有儿子,我会更加慎重对待,因为男孩子不像女孩子那样生来要侍候他人,男子的身份要自由得多。我多想自己的儿子心中充满自由和独立的精神啊。皮鞭的教育只会使心灵更加怯懦,或越发促其坚持邪恶。我看不出有其他效果。

我们想得到孩子的爱吗?我们不愿意孩子有巴不得我们死掉的想法吧?(虽然孩子有这种可怕的心愿是不正当的,不可原谅的;任何罪恶都不以理性为基础①。)那么,我们就应当尽自己的可能让孩子们生活得愉快、合理。为此,我们不宜过早结婚,不然,我们的年龄就会与儿女的年龄相差不了多少。这种弊端会使我们遭遇极大的困难。我这话特别针对贵族而言。那是个悠闲自在的阶层,正如大家所说的,就靠年金过日子。其他社会阶层要靠赚钱为生,儿女众多,而且近在身旁,这是家计的好安排:子女是发家致富的新手段,新工具。

我三十三岁结婚,我赞同三十五岁成婚的意见,据说这也是亚里士多德的主张。

(选译自第8章)

---

① 泰特斯·里维厄斯语。泰特斯·里维厄斯(前64/前59—10),古罗马历史学家。

及 时 卸 套

请放明智一些吧,及时为你的老马卸套,

免它跑得气喘吁吁,失蹄倒地,成为笑料。

——贺拉斯

岁月不饶人,它自然而然地令身体与心灵极度衰退;我认为,这二者的衰退是同等的(如果心灵不是更厉害的话);不及早认识并感受到这点乃是个错误;这一错误使世界上许多伟人身败名裂。我从前见过而且十分熟悉一些声威赫赫的人物,他们在美好年华阶段赢得了盛名;不难发现,我从其声名而了解到的才干大部分早已不复存在。为了顾全他们的美誉,我多么希望,他们摆脱自己已经无法胜任的文治武功,归隐家中,悠游度日。

我从前常常出入一家贵族门第,主人鳏居,年事已高,但精神矍铄。他有好几个待字的女儿,还有一个已届踏足社会之龄的儿子。这样一来,他家的意外开支就很大,而且还有不少陌生来客。他对此的兴趣极低,不但要考虑节省支出,而且还因为年岁的关系,已经过着一种与我们的生活方式相差甚远的生活。有一天,我以平时说话的方式,大胆地跟他说:最好是让出位置来,把主屋(只有那屋家具齐全而且舒适)腾给儿子,而他则退隐到附近的属于他本人的庄园里,那里再没有任何人来打扰他的休息，因为，鉴于他儿女的情况，他不这样做就不可能避免干扰。他后来听了我的话，生活过得很好。

这不等于说，对儿女作了这样的承诺之后就不可以收回。我现时的情况正可以充当老者的角色，我也会给儿女享用我的居屋和财产，但是如果他们有理由让我反悔的话，我仍保留改变主意的自由。我会让他们享用这一切，是因为这种享用对我已经不合适。至于对总体事务的驾驭之权，只要我喜欢，我仍然保留着。我一向认为，让子女熟悉家业管理，在自己有生之年管束他们的行为，同时根据本人的经验向他们提供意见和建议，由自己把家庭的传统荣誉和规矩亲自交到承继者的手中，从而确保对他们将来作为所能寄予的期望得以实现，这对一个老父亲来说，该是多大的慰藉啊。

正因为如此，我不愿意离开子女的陪伴，我愿意就近指引他们，根据自己的年龄状况，分享他们的快乐和喜庆节日。

倘若我不在他们中间生活（因为年老多愁，病痛缠身，我的在场不能不令他们扫兴，也不能不使自己的生活起居方式受到限制），起码我也会生活在靠近他们房间的一处地方，不要外表好看的，而要起居舒适的处所。

（选译自第 8 章）

正当的消闲之法

我安排各个部分，只是随意为之，并未按一定的章法。随着各种奇异之想浮现，我便将它集中起来。我的想法有时纷至沓来，有时则依次第而至。我希望人家看到我自然的、常态的步调，虽然并不整齐划一。我按自己的心境，信笔写来；这里有些材料却不容忽视，倒是不允许信口开河，胡说八道的。

我希望对事物有更充分的了解，但我却不愿意付出高昂的代价。我的目的是悠闲地而不是劳碌地消度余生。任何东西我都不愿意为之费尽心血，就是做学问我也不愿意，不论其价值如何重要。我在书中寻找的是正当的消闲之法。如果要学习，也只是寻求关于认识自己的学问，关于教自己如何享受人生，如何从容辞世的学问。

　　这是我挥汗的马儿朝之飞奔的目标。

　　　　　　　　　　　　——普洛佩提乌斯

如果我阅读时遇到困难，我也不会为此费尽脑筋；经过一两番思索，我就会撂下来。

倘若我坚持不放，我就会糊涂起来，浪费时间；因为我是一个不善于思索的人。第一次思考，看不出问题，硬要坚持，越发不清楚。我没有喜悦情绪，就做不成任何事情。孜孜追求,极度紧张,令我判断不清,忧虑,厌倦。我的视觉模糊,迷失方向。我必须收回视线,多次向目标移注,就像判断红布的光泽,目光要在布面上移动,从各个角度,再三再四反复观看。

要是某本书引不起我的兴趣,我就另换一本。我只是在无所事事开始感到厌烦的时候才下功夫阅读。我很少读新书,因为我觉得古书更丰满、更充实;我也很少读希腊书,因为我对希腊文懂得不多,理解力还是个学童的水平,我的判断力无法满足于此。

(选译自第 10 章)

人——可怜的怪物

战争是人类最盛大、最有声势的活动。我真想知道:我们是否可以据此说明人类的长处,抑或相反,从中看出人类的软弱和缺陷。说实在的,我们相互厮打、彼此残杀的技能,看来远胜于没有掌握这种本领的禽兽。

> 几时曾见百兽之王,
> 残害过柔弱的幼狮?
> 何处森林里的野猪,
> 死于凶猛同类的獠齿?
>
> ——尤维纳利斯

不过,动物也并非完全没有这种本事。蜜蜂的疯狂搏斗,敌对蜂群的蜂王之间的彼此攻击都表明了这点。

> 蜂王两相争,
> 掀起大骚动,
> 联想战乱事,
> 百姓见兵戎。
>
> ——维吉尔

我只要读到这一神奇的描述,就仿佛看到了关于人类的愚蠢和虚荣的写照。这种引起我们极端厌恶和恐惧的敌对行

动,这种震天的喊杀声,真个是:

> 剑影凌霄汉,
> 刀光遍地闪,
> 兵骑震山岳,
> 杀声动九天!

——卢克莱修

可怕的千军万马,汇聚起来的狂怒、激情、骠勇,就凭某种虚妄的理由便激发起来,只因某种微不足道的原因便又平息下去,眼看这种现象令人不由感到可笑。

> 传说是帕里斯①的爱情之火,
> 惹来希腊与蛮族打仗的战祸②。

——贺拉斯

只因帕里斯的奸情,整个亚细亚竟在战火中沉沦、毁灭。一个人的欲念、一点怨恨、一阵快意、一种纯粹出于私心的嫉妒——连两个爱吵闹的妇人都不值得为之相争的理由,竟成为这一场大动乱的出发点。

············

然而这支庞大的队伍,尽管有万种形态、千般活动、似要揭地掀天,这个疯狂的千手百面怪物,它仍然是人啊,是软弱、可怜、微不足道的人构成的啊!它不过是一窝被搅动、受刺激的蚂蚁。

---

① 帕里斯,希腊神话中人物,因拐走斯巴达国王的妻子海伦而引起特洛伊战争。
② "战祸"指的是特洛伊战争。

黑压压的大军在平原上移动。

——维吉尔

一阵逆风，一只飞鸦的叫声，一匹马的失蹄，一只老鹰的偶然飞越，一个梦、一句话、一个信号、一片晨雾都足以将队伍摧垮，使之倒下。试让强烈的阳光直射众人的脸部吧，他们就会眩晕，昏厥。只要朝他们的眼睛刮一阵风沙，就像我们诗人①笔下的群蜂那样，军旗就会倒下，队伍就会溃散，即便是伟大的庞培来率领也无济于事。

（选译自第 12 章）

---

① 指维吉尔，下文引述到他所写的蜂群退敌的故事。

何 谓 美?

　　至于身材之美,在详谈前,我必须了解我们对美的定义是否有一致的意见。我们很可能不大知道自在的美、一般的美是什么,因为我们赋予人体美(即我们自己的美)以千百种不同的形态。如果具有某种特定的自然属性,我们对此就会有一致的认识,比如我们都认识火的炽热。现在我们却任凭自己的意愿去设想人体美的形态。

　　　　比利时人的肤色移于罗马人的脸上就变成丑。

　　　　　　　　　　　　　　　　　——普洛佩提乌斯

　　印度人所描绘美的是:黝黑的肤色,外突的厚嘴唇,扁而宽的鼻子。他们在鼻孔间的软骨处插上粗大的金环,一直挂到嘴边;下嘴唇也挂了宝石圆环,垂到下巴处;牙齿外露,直到牙根,也是他们的一种美态。在秘鲁,耳朵愈大愈美,他们人为地尽量把耳朵往下拉。今天有人说,他见过一个东方民族热衷于拉长耳朵,给耳朵戴上沉重的珠宝,把耳孔弄得非常非常大,连手臂带衣袖也能从耳孔穿过去。有的民族着意把牙齿涂黑,对白牙齿不屑一顾。有的地方却把牙齿染成红色。女子以剃平头为美的,不但在巴斯克如此,在其他许多地方据普林尼说,甚至在某些冰天雪地的地方,也是这样。墨西哥妇人以前额狭小为美，她们把身体其余部位的毛都拔去，而却在额前留发，并着意加以修整。她们还特别看重大乳房，追求把奶子提到肩上给孩子喂奶。这些，我们都觉得很丑。

意大利人以肥胖、大块头为美；西班牙人认为美的是干瘪、瘦削者。而我们自己，有人认为白净肤色美，有人认为褐色皮肤美；有人觉得温顺、纤弱美，有人觉得健康、强壮美；有人追求妩媚、温柔，有人追求威严、庄重。至于以什么形状为美，柏拉图偏爱的是球体，而伊壁鸠鲁学派则崇尚锥形或正方形；他们无法容忍神的形象呈球形之状。

不管怎样，在美的方面，大自然并未赋予我们更多的特权，它的一般规律怎样就怎样。如果说我们自认为不错，我们也发现，虽然某些动物不如我们，但也有另一些动物（其数量众多）超过我们，"在美的方面，我们比许多动物逊色"①，甚至不如一些陆地动物，我们的同类。至于海洋动物（且不谈体型，那完全是两码事，无法类比），从颜色、光泽、亮滑和匀称程度来说，我们都远远不如它们。我们各方面也不如空中动物。关于人类直立，能仰视作为人之本源的天空的特性，

> 其他动物都脸朝下看地上，
> 上帝却赐给人高仰的脸庞，
> 令他凝视上苍，远观星象。
>
> ——奥维德

这不过是带有诗意的说法。因为有多种动物，其目光也是朝向天空的。骆驼和鸵鸟的脖子，我看比我们伸得更长，

① 塞内加语。

248

更直。

哪种动物的脸不朝上、朝前？不像我们那样向前面看？在正常的姿势下，不跟人一样见到同等范围的天空和陆地？

柏拉图和西塞罗说到的我们体格上的优点，有哪些点不能同时应用在千千万万的动物身上？

而最像我们的动物，正是同族中最丑陋、最猥琐的。从外表和脸型来看，那是猕猴和狒狒：

猴子，这奇丑的动物，多像我们啊！

——西塞罗

从内脏和生殖部位而言，那是猪。说实在的，当我想到一丝不挂的男人时（就是姿色美丽的女性也如此），看到他的瑕疵、他的天性羁绊以及缺陷，我就觉得，我们比任何动物都更有理由用衣服遮盖自己。我们把大自然赐给动物的东西，毛皮，羊毛，兽毛，丝都借过来使用，靠它们的美来装饰自己，遮掩自己，这是情有可原的。

还得请注意：我们是惟一因自身的缺陷而令同伴不快的动物；我们是惟一在进行天性活动时要回避同类的动物。

（选译自第 12 章）

飘 忽 无 定

我密切地注视自己,眼睛不停地盯在自己身上,就像一个没有什么身外事要做的人那样。

> 不在乎北国谁家君主施威,
> 不问底里达特王①因何失势。

——贺拉斯

我发现自己的卑微和软弱,好不容易才敢于说出来。

我立足虚浮不稳,觉得会随时摇晃,失却平衡。我的目光无定,自感空腹、饭后都不一样。当我身强体壮或是风光明媚的时候,我便和颜悦色、喜气扬眉。但如果我的脚趾长了鸡眼,我就会愁眉苦脸,对人不予理睬。

同一匹马的步伐,有时我觉得沉重,有时则觉得轻快。同一段路,这一回我觉得很短,另一回我又觉得很长。同一样事物,有时觉得有趣,有时则感到乏味。某个时候我什么都能够做,换另一个时候我什么都做不了。今天我认为那是乐趣,明天也可能变成烦恼。

千种变化无常的行为,万般反复不定的思绪,集于我一人

---

① 底里达特王,亚美尼亚几代国王的称谓。

之身。我既郁郁寡欢又暴跳如雷。有时是愁肠百结,不能自已,有时却满怀欢畅。某一时候我捧起书本,读到某些段落,会觉得美妙之极,激起内心的波澜;换一个时候再读这些段落,不管我如何反复翻阅,如何琢磨,我总觉得晦涩难懂,兴味索然。

即便就我自己所写的东西来说吧,我也有许多时候体会不出原先的想法。我不知道自己想说的是什么。我费神去修改一下,要放进一点新意思,因为已失掉原来更有价值的含义。

我不断前进,复又折回,反反复复。我的思想总不能笔直前行,它飘忽无定,东游西串。

> 宛如大海上一叶扁舟,
> 在狂怒的风暴中漂流。

——卡图卢斯

多少回(有时我乐意这样做),我支持与自己的见解正相反的观点,以此作为练习或作为消遣;我的脑子开动起来,转向这个方面;我完全专注于此,竟觉得没有理由坚持原先的意见,于是干脆把它放弃。可以说,我是随自己的倾向行事的,不管是倾向哪一边,我自身的重力带我前进。

任何人只要像我那样观察自己,在谈及本人的时候,都会说出差不多类似的话来的。

(选译自第 12 章)

谈 感 官

在感官问题上,我第一个想法是:我怀疑人是不是具备大自然赋予的所有感官。我看见好些动物,有的没有视觉,有的缺乏听觉,照样活得完整、充实:谁晓得我们自己是不是也缺少一种、二种、三种乃至好几种感官呢?因为,即使缺了一种,靠思索推理也是无法发现的。感官的特长,是达到我们的感知官能的最高限度。超越于此,就没有任何东西能令我们发现感觉。甚至任何一种感觉也无助于我们去发现另一种感觉。

听觉能纠正视觉吗?
触觉可以矫正听觉?
味觉发现触觉错误?
嗅觉可混同于视觉?

——卢克莱修

它们一起构成我们认知官能的最终界限。

每一感官都有独特力量,
都具备自身的特殊功能。

——卢克莱修

一个天生的盲人,要他很好地理解自己的失明,那是不可能的;要他渴望获得视觉,并为这一缺陷而深感遗憾,那也不可能。

因此,我们不应该满有把握地认为:我们的心灵对现有的感官深感满意,因为,即使存在什么病态或缺陷,它也无法感觉出来。对于盲人,无法用推理、论证和比喻向他说明他脑海里的某件事物的光线、颜色和形象是怎么一回事。没有任何办法能促其感官获得视力。我们遇到天生的盲人希望能够看见东西,那不是因为他们理解自己要求什么,而是他们从我们那里知道缺了点什么,希望获得存在于我们身上的东西。这一东西,他们说得出来,其效应和结果都说得很好,但究竟为何物,他们却不晓得,无论远近,他们都不理解。

我见过一位名门绅士,生来失明,或者起码是自幼失明,不晓得什么叫视觉,他对自己所缺的并不理解,却跟我们一样使用关于“看”的词语,还用得挺有个人特色。有人把他的教子领到他面前,他把教子搂在怀里,说道:“上帝啊! 多漂亮的孩子! 看见他,叫人真高兴! 他的面容多快活!”他像我们一样地说:“这个客厅外观漂亮;光线好,阳光充足。”还不止于此,由于他听到我们从事诸如打猎、网球、射靶之类的活动,他极感兴趣,而且还热衷去做。他相信自己投身其中,跟我们并无两样;他为此兴高采烈,十分开心,而这些仅仅是通过耳朵来感受的。在平地上,他在策马而行时,有人朝他高喊:“瞧,一只兔子!”随后又跟他说:“兔子逮住了!”他听到其他人因捕获猎物而十分得意,他也为此而感到自豪。打球时,他左手拿球,挥拍打去;射箭时,他挽弓随意而射,满足于由手下人告诉他是射高了还是射偏了。

人类是不是也缺乏某种器官而正做着类似的蠢事,是不是由于有此缺陷以致事物的大部分形象我们并未见到,这又有谁晓得呢？又有谁知道我们对大自然的许多杰作所遇到的不解困难是不由此而来的？动物的不少动作超越我们的所能,是不是因为我们缺乏某种感觉官能而致？某些动物是不是由此生活得更充实、更完整？

（选译自第 12 章）

感觉之虚幻

诗人们描绘那喀索斯①疯狂地爱上自己的倒影,他们赋予感觉的力量是多么巨大!

> 他欣赏自身的迷人之处,不知不觉恋上了自己,
>
> 他赞赏的竟是他本人,渴望得到的也是他自己,
>
> 他点燃起来的炽烈情火,去燃烧的还是他自己。
>
> ——奥维德

皮格马利翁②看到自己所雕的象牙女像不禁神迷意乱,他宠爱她,伺候她,就像她是活人一样!

> 他不停地狂吻她,还以为得到了回吻,
>
> 他抓住她,紧抱她,感受到躯体的弹性,
>
> 他担心搂得太紧,至令玉体留下青痕。
>
> ——奥维德

请将一名哲学家放进铁丝网造的笼子里,并把笼子挂到巴黎圣母院塔楼的高处吧。哲学家清楚地看到,他是不可能

---

① 那喀索斯,神话人物,美少年,因拒绝回声女神的求爱而受到惩罚,死后化作水仙花。

② 皮格马利翁,神话人物,善雕刻,曾热恋自己所雕的少女像,感动爱神;后爱神赋予雕像以生命,让两人结为夫妇。

从笼子里掉下来的。可是，如果他不曾习惯于修屋顶的高空作业，他眼看这种高度而不担惊受怕，那是不大可能的。因为，尽管钟楼中的走廊用石砌成，要是做成空心的，要在上面走得很稳，也不容易。有些人只要想到这个高度就受不了。且让我们在两座塔楼之间来架一根梁吧。梁的宽度就像我们在其上散步所需要的宽度那样。那么，我们即便拥有毫不动摇的哲学智慧，我们也不可能具备这样的勇气：在梁上行走能如履平地。

　　我在本地的山坡上经常有此体验（而我还不是顶害怕这种事情的哩），我发现，尽管我离深渊还有相当于我身长的一段距离，而且如果我不是故意去冒险的话，我是不可能掉下去的，但是我眼看这种望不见底的深渊，还是禁不住害怕，我的小腿、大腿都颤抖了。

（选译自第 12 章）

谈 死 亡

　　死亡无疑是人生中最值得关注的事情。我们在评论他人面临死亡的镇定态度时,必须注意一件事:人们不易相信自己已到了大限。临死时,很少人坚信,这是自己的最后时刻。令我们受希望幻觉左右的莫过于在这一阶段。幻象在我们耳边絮絮叨叨:"其他人病得更重,却并未死去。事情并非如人们所想的那样毫无希望。在最坏的情况下,上帝也创造过其他奇迹。"

　　出现这种情况是由于我们过分看重自己。似乎我们的消亡,万物或多或少都会因之而受影响。似乎万物都在同情我们的境遇。由于我们的看法不正确,呈现出来的是扭曲了的事物;我们以为是事物有缺陷,而其实是我们的目光不正。犹如在海上航行的人那样,高山、田野、城镇、天空、陆地都跟他们一起同时移动。

　　　　我们驶出港口,大地和城市远远离去。

　　　　　　　　　　　　　　　　　　——维吉尔

　　谁曾见过老人,不称颂往昔的时光,不指责当前的境况,不把自己的贫困和忧伤归罪于当今世界和人们的时尚?

　　　　老农人摇头复叹息,
　　　　拿现在和过去相比,

他常赞父亲的运气，

诉说着前辈的仁慈。

——卢克莱修

我们把一切都和自己联系起来。

正因为这样，我们认为，自己的死是件重大的事情。未对星象作庄严观测得到肯定之前，我们不会轻易死去。"许多神祇围着一个人而忙碌。"①我们越是看重自己，就越会有这样的想法。怎么啦？许多学识将不复存在，带来如此重大的损失，却得不到命运之神的特别关注？一个如此罕见的堪作楷模的灵魂竟和平庸无用的灵魂一样消逝？这个保护着许多人生命的生命，其他生命有赖其维持的生命，使许多人为其效力，占据着许多位置，难道它就和仅仅靠它而存活的生命一样，轻易地被夺去？

我们谁都自以为是了不起的人物。

正因为如此，恺撒对其驾驶员说出了如下的一番话，这话比威胁着他生命的大海还要狂妄。

如果你畏惧苍天不愿开往意大利，

那你就依靠我的庇佑往前航行吧。

你惊恐的惟一缘由是还不认识我，

请相信，我便是那庇护你的神明，

你且迎击狂风暴雨，破浪向前吧。

——卢卡努斯

（选译自第 13 章）

---

① 塞内加语。

我们的思想如何自陷困境

设想人的思想在两种同等的欲望之间保持绝对的均衡，那是很有趣的事情。他肯定永远无法作出抉择，因为倾向和选择就意味着二者的价值不等。如果我们怀着同等强烈的饥渴之欲，被置于酒和火腿之间，那么我们就没有别的办法，只有渴死和饿死。

有人问及斯多噶派的学者：怎么我们的心灵会在两种无差别的事物中作出选择？比如说，在一大批的钱币中，个个都一样，没有任何理由令我们有所偏爱，为什么我们取这枚而不取另一枚？为了解释这个难题，斯多噶派学者回答说：心灵的冲动超越常规，不按准则运作，它受外来的、偶然的、意外的推动而作用于我们。

而在我看来，毋宁说是：任何呈现在我们面前的事物都不会没有某种差别，纵然这差别非常轻微；看上去或摸上去它总有些什么更吸引我们，虽说几乎觉察不出。同样，如果设想一根绳子的强度到处一样，那么这根绳子就绝对不可能断掉。你要它先从哪里断开来呢？而所有地方都同时截断，则是违背自然的事情。

我们还可以说说几何定理。有些定理以其确实无疑的证明作出结论：内盛物大于容器，圆心与圆周相等，两条彼此不断靠近的直线永远不相交;还有点金石、化圆为方的问题,此中的理性与经验正好截然相反。或许我们可以由此得出某种论据以支持普林尼这一大胆的言词:没有任何确定之物是惟一的确凿无疑,没有任何事物比人更为可怜,更为自傲。

(第14章全译)

我们的欲望因遇困难而增强

　　最有智慧的哲人说:任何论点都有其反面论调。不久前,我琢磨过一位古人引用的表示对死亡蔑视的妙语:"没有任何事物能令我们快乐,我们预备其失去的东西除外。"又说:"失去一件物品,与担心它可能失去,二者同样令人难受。"①他想借此说明:如果我们担心失去生命,生命的享有就不可能给我们真正带来快乐。然而,反过来也可以这样说:我们越是看见一件东西不稳靠,越是担心它被夺走,我们就越发紧紧抱住它不放,对它就愈加珍惜。因为,我们明显感觉到,就像火遇冷烧得更旺一样,我们的意欲也因遇到障碍而更加激发起来。

　　如果达娜厄②不曾被幽禁在铜塔里,
　　朱庇特就不会潜入令她怀孕生子。

　　　　　　　　　　　　　　　　——奥维德

　　没有什么比因易得而致烦腻更令我们倒胃;没有什么比

---

　　①　塞内加语。
　　②　达娜厄,阿耳戈斯王之女,因神曾预言她的儿子将要杀死外祖父,国王为防患于未然,便把她幽禁在铜塔里,主神宙斯化作黄金雨跟她幽会,她因而怀孕生子。儿子后来在掷铁饼时果然无意中把外祖父打死。

罕见而难得更激发我们的兴致。"任何事情,乐趣都因为存在风险而增加,而风险本该是要远避的。"①

> 噶拉,请拒绝我吧,如果欢乐没有夹杂痛苦的折磨,
> 爱情很快就会令人厌倦。
>
> ——马尔提阿利斯

为了使爱情持久,莱克格斯②只许斯巴达的夫妇偷偷交欢;他们如被发现同睡一起,就像跟别人同床一样可耻。幽会的困难,给人撞见的危险,翌日的耻辱,

> 情思熬煎静默无言,
> 还有出自内心的感叹。
>
> ——贺拉斯

都会令人兴味大增。多少有趣的色情嬉戏来自关于性事的诚实而婉转的谈论。肉欲本身也寻求借助痛苦来激发。它令人灼痛,损伤别人的时候,就愈加甜蜜。名妓弗萝拉说,她每次跟庞培睡觉,都非要在他身上留下咬痕不可。

> 他们紧紧压住自己所追求的躯体,
> 令她受痛,牙齿还常常狠咬芳唇,
> 莫名的刺激促其伤害可爱的尤物,
> 无论怎样,她引发其狂暴的激情。
>
> ——卢克莱修

(选译自第 15 章)

---

① 塞内加语。
② 莱克格斯,传说是斯巴达的法典制定者。

262

谈 荣 誉

美德,如果是为了从荣誉中博得好处,那它就是虚妄的、毫无意义的事情。我们努力让它享有特殊位置,并使之与运气区分开来,这都是徒然之举。的确,有什么比名声更带偶然性的呢?命运之神确实主宰着万事万物,它扬此抑彼,全凭自己的一时兴致,而不是根据事物的实在价值。① 做好事为人所知,被人察觉,这纯粹是运气使然。

命运轻率地把荣誉赐给我们。我常常看到,荣誉大于功绩,而且往往超过功绩甚远。那第一个发觉荣誉与阴影极为相似的人②,做得比他自己所想的还要好。荣誉与阴影,二者都极为虚幻。

阴影有时走在身体的前面,有时大大超过身体的长度。

有些人这样叮嘱贵族人士:在英勇行为中只求荣誉。仿佛不为人知的就不是善举。③ 他们由此得到的结果,只能是教人不要在无人见证的情况下冒风险,令人注意目击者能否传扬自己的勇敢行为,而本来是有千百个可以做好事而不为人注意的机会的。除得此结果之外,他们还能得到什么呢?

---

① 萨卢斯特语。萨卢斯特(前86—前35),古罗马历史家、政治家。

② 指西塞罗。

③ 西塞罗语。

有多少个人的英勇行为被埋没于战事的群体之中？在这种混战的时刻,谁有闲暇去观察别人,就肯定没有怎样投身进去,他为自己的战友的功绩作证的同时,也给自己的不良行为提供了证据。

一个真正明智而伟大的心灵将荣誉寄托在行为,而不是寄托在名声上面,而荣誉则是我们天性追求的主要目标。①

（选译自第 16 章）

---

① 西塞罗语。

虚　荣

知道受赞扬,有一种油然而生的甜丝丝的感觉;不过,我们对此太看重了,重视得过了头。

> 我不畏避称赞,我没有铁石心肠;
> 但若做好事的目的只为博得赞扬,
> 就是你连声叫好,我也却辞相让。
>
> ——佩尔西乌斯

我不大关心我在别人心目中怎样,而更关心我在自己心目中怎样。我想靠自己致富,而不想靠借来的东西致富。外人只看到外部事变和事情的表面;每个人外表上都可以装得神色自若,而心里却焦躁不安,充满恐惧。别人看不见我的内心,只看见我的举止。人们指斥战争时期的虚伪行为,那是对的。事实上,一个机灵而内心怯懦的人,要规避危险而又冒充勇士,没有什么比这更容易的了。逃避个人冒险机会的办法有许许多多,我们可以骗过世人一千次,才作一次冒险之举。即便这时候我们陷于困境,我们也可以靠适当的面部表情、口气坚定的言语来遮掩我们的手法,哪怕是我们心里怕得要命。

柏拉图谈及一种指环,戴在手指上,将戒指面转向手掌就能隐身。如果用了这种戒指,许多人就会在最该露面的地方隐藏起来,而且会后悔置身于如此荣耀的地方,不得不表现出镇定自若的神态。

> 只有徒具虚名的人才喜爱虚荣,
>
> 只有撒谎者才因诬告担惊受怕。
>
> ——贺拉斯

因此,一切根据表面现象而作的判断都极不可靠,只能存疑。惟有每个人自己对自己所作的见证才是最切实的见证。

(选译自第 16 章)

谈看待自己

　　还有一种荣誉感，那就是我们对自身的价值评价过高。这是一种不容考虑的自爱的感情；这种感情使我们把自己看得和实际情况不一样。正如热恋的感情，它把秀美和妩媚赋予所爱的对象，使钟情的人们失去明晰、正常的判断力，竟将其热爱的对象看成是另一个人，比实际完美得多。

　　我并非因担心在这方面犯错误，就希望个人不重视自己，把自己想得比实际情况差。在任何情况下，判断都应该绝对公正。对此对彼，都应看到其真实面貌，这才合理。如果他是恺撒，那就让他大胆地认为自己是世界上最伟大的统帅吧。我们只在乎体面，体面把我们弄昏了头，使我们将事物的本质撇在一边。我们紧抓枝叶，却放弃了树干和主体。女士们并不怯于去做的事情，我们却教她们一听到人家提及就脸红害羞。我们不敢直呼某些器官的名称，而却毫无顾忌地运用它去干各种荒淫的勾当。体面不许我们用言词去表达合法而又符合天性的事情，我们倒深信不疑；理性不让我们去做违法的坏事，但却无人相信。我觉得自己就陷于体面规则的束缚中，因为它既不让人讲自己好，也不让人讲自己坏。这里，我们就暂且不谈它吧。

　　有些人凭运气（应称为好运或噩运）过上某种高人一等

的生活,他们可以用自身的行为来表明自己是怎样的人。但是有些人命中注定生活在芸芸大众当中,如果他们不谈自己,是不会有人提及他们的;这样的人斗胆地向那些想了解他们的人谈谈自己,倒是情有可原的,卢奇利乌斯①便是榜样。

> 他像告诉知心朋友那样,
> 把秘密都倾注在写作上。
> 作品是他苦和乐的知己。
> 一生的境况都描绘出来,
> 犹如记在许愿的神牌上。

——贺拉斯

(选译自第 17 章)

①　卢奇利乌斯(前 180—前 103),古罗马讽刺诗人,诗作有《闲谈集》30 卷。

自 我 评 价

谈到我个人的情况,在我看来,很难发现有任何人对自身的评价竟低于我的自我评价,甚至对我的评价也低于我本人对自己的评价。

我认为本人属于平庸无奇之辈,只有一点我觉得是个例外:具有最卑劣、最鄙俗的缺点,但却不加以否认,也不寻求辩解的理由;我欣赏自己仅仅是因为我了解自己的价值。

如果我有点自命不凡,那是性情的一时流露而受到表面感染所致;这种自负并未成形而导致影响我判断的眼光。

我被浇湿,但却没有受浸染。

说实在的,谈到精神产品,不管它以何种方式产生,由我产出、令我完全满意的,一件也没有。别人的赞赏也不能令我高兴起来。我的品味讲究而又挑剔,对待自己尤其如此。我不断自我否定,处处都感到自己犹疑不定,会因软弱而却步。本人没有任何东西能满足自己的鉴别力。

我的眼力相当犀利、准确,但真正去干,就看得模糊不清;在诗歌方面的试验就明显地表露这一点。我极其喜爱诗歌,我对别人的诗作不乏鉴别力,但自己动起手来,说实在的,却像孩提一般,连我自己也无法忍受。在其他任何方面都可以充当傻瓜,在诗歌方面可万万不行。

诸神,众人,张贴诗的海报柱,

都不允许平庸无奇的诗人留驻。

——贺拉斯

但愿有人把这一诗句张贴在所有出版商的店铺门前,以拦阻许许多多蹩脚诗人进入。

没有谁比劣等诗人更充满自信。

——马尔提阿利斯

(选译自第 17 章)

深入自己的内心

　　根据我坦率透露的某些缺点，人们可能设想出另一些不利于我的缺点。但不管我呈现出来的是怎样的面貌，只要人家认得，我本人就是如此，我就达到了目的。我斗胆写下如此卑微、如此浅薄的东西，而没有表示歉疚之意，那是因为我这主题本身就微不足道，只好这样写。

　　如果人们愿意的话，就来指责我的写作计划好了，指责本人的写作方式，可不行。无论如何，没有他人的意见，我也看得清楚我这些东西有多少价值和分量，也看得清自己超越常规的写作意图。我的判断力没有失误（这些"试笔"就是其成品），这就足够了。

> 即便你长有一个长而又长的鼻子，
> 长得竟连阿特拉斯①也不愿意要，
> 即便你说笑能令拉丁努斯②不安，
> 可你对于我这些微不足道的琐事，
> 却不可能说得比我自己说的还糟。
> 空嘴咀嚼又有何用？食物才能充饥。

---

　　①　阿特拉斯，希腊神话中以肩顶天的巨神。
　　②　拉丁努斯，传说的古罗马英雄，拉丁部族的名祖。

别白费劲了,你的恶言留给得意者吧,

至于我,我知道我这里没有什么东西。

——马尔提阿利斯

　　我不能保证本人不说蠢话,只要我自己没有弄错,认识到那是蠢话就行。一边知道,一边出错,在我来说,那是十分常见的事情。我不大可能以其他方式搞错,我的出错从来不是于偶然所致。把愚蠢行为归咎于我的鲁莽性格,这并非什么大不了的事情,因为我通常都把坏行为归咎于这一原因——我自己禁不住这样做。

　　…………

　　世人总是朝前面看,而我却把视线转向自己的内心,我定神观察,整个视线贯注于此。各人都看前面,而我却看自己的里面,我只跟自己打交道,不断考察自己,自我控制,自我体验。其他人虽然想到这个方面,但总是往别的地方走去;他们总是朝前走,

无人试图深入自己的内心。

——佩尔西乌斯

而我却向自己的内部挺进。

(选译自第 17 章)

我不想树立雕像

我不是要树立雕像,将其安置在市中的十字街头,教堂之内,或是广场之中。

> 我不想夸张其辞,空话连篇,
>
> 而只愿促膝相叙,娓娓交谈。

> ——佩尔西乌斯

我这本书只配放在书架的一角,博得邻人与亲友的喜欢。他们会高兴地借此和我相叙,与我细细倾谈。别的作者都着意谈论自己,他们认为这一题材丰富而且有价值,可我却相反,我觉得自己非常贫乏浅薄,人家不可能指责我卖弄自己。

我乐意评价别人的行为,但我自己的行为,由于太微不足道,很少可以供人评价。

我没积多少功德,说起来只会羞惭不已。

因而,倘若我听到有人向我谈及祖先的生活方式、面容、举止、惯常言语以及人生遭遇,我该多么高兴啊!我会非常留神细听。如果我们对友人和前辈的肖像不屑一顾,对其衣服和武器的式样十分鄙视,这肯定是不良的天性使然。至今我还保留着他们的文具、印章、祈祷书和他们使用过的剑。家父平常捏在手中的几根长杖条,我也没有将其移出房间去。

"子女对父亲的感情愈深,则对其衣物和戒指就愈加珍惜。"①

然而,如果我的后人另有所好,我也有回报的办法,事实上,他们对我的重视程度不可能低于那时我看待他们的程度。

我写此书与大众的全部关系,就在于我借用了印刷工具,更为快捷,也更加方便;而作为酬报,也许我的书页会用作市集上牛油块的包装纸。

但愿金枪鱼和橄榄都不缺包装。

——马尔提阿利斯

我会常常为鲭鱼供应舒适的衣装。

——卡图卢斯

即便谁都不读我的书,我用很长的空闲时间去整理一些有益而又有趣的思想,是不是就浪费光阴了呢?我要将自己的面貌呈现出来,常常需要做一番准备并摆正姿态,这样我才好勾勒自身的形象。最后,雏形出来了,多少可以说,它是自然而然成形的。向他人描绘自己的时候,我着笔的色彩比我原有的还要鲜明。与其说我在写书,不如说书造就了我,书与作者成为一体,不可分离,它是我生活中的一员,只与我发生关系。它不像其他书那样,需要涉及第三者,谈论陌生人。

我这么认真仔细不间断地描述自己,是不是浪费时间了呢?那些光凭兴致所至偶尔在口头上作点自我分析的人,不可能从本质上深入考察自己,只有为此进行研究,并以此作为工作,作为手艺的人才会洞察入微,因为他满腔热情,竭尽全

---

① 圣奥古斯丁语。

力长时间坚持详细的记录。

最令人陶醉的乐趣是不露形迹,避开众人的目光,乃至避开第二者的目光;虽然这种乐趣只是个人的内心感受而已。

我多少次凭着这一活儿,驱除烦闷的思绪啊!

（选译自第 18 章）

玩 言 语

撒谎是丑陋的恶习，一位古人曾羞惭地描述过这种恶习，他说：这是蔑视上帝、同时也是畏忌众人的表现。对于撒谎的丑恶、卑劣和腐败，不可能有比这表达得更充分的了。请设想一下，还有比害怕众人和藐视上帝更丑陋的吗？沟通人与人之间关系的惟一渠道既然是话语，因此说假话的人就是背叛公众社会。话语是我们交流意愿和思想的惟一工具，是我们心灵的写照：没有了它，我们彼此就无所维系，我们就会互不了解。如果它欺骗了我们，那就破坏了我们之间的一切关系，打破了我们社会的一切联系。

新印度的某些民族（我们不必知道其名字了，它们已不复存在，因为这场堪称坏榜样的闻所未闻的征服之战造成极大的蹂躏，竟至连其名字和原地的情况都泯灭了），他们用人血祭祀神祇，但只从舌头和耳朵取血，以此来补赎听谎言和说谎话的罪过。

希腊一位快乐无忧的人士说，小孩子玩骨头，大人玩言语。

至于揭穿谎言的做法、这方面牵涉我们名誉的规则以及这些规矩所经历的变化，我下一次再交代。如果可能的话，在这段时间我会了解，这种反复掂量、字斟句酌并视此为与我们名誉攸关的习惯,是从何时开始的。不难断言,古代罗马人和希腊人并不存在这种习惯。看到他们彼此揭露,互相使用侮辱言词,却不因而大争大吵,我常常感到新鲜、奇怪。他们履行职责的规矩采取的是与我们的规矩不同的另一种方式。当着恺撒的面,他们有时可以称其为"小偷",有时可以称其为"醉汉"。瞧,他们(我指的是这两个民族最伟大的将领)互相叱骂,不受拘束;而言语只用言语来回报而并不导致其他后果。

(选译自第 18 章)

我们领略不到任何纯粹的东西

我们的快乐和幸福,无不掺进痛苦和烦恼。

从欢乐的源泉冒出的无名伤感,
令你在快乐时刻觉得焦灼不安。

——卢克莱修

极度快感多少近似叹息和呻吟。你不是会说,快乐得要死吗?甚至当我们描绘其逼真形象的时候,也给它加上一些与病态和痛苦有关的修饰词语:慵困、疲惫、虚弱、力不能支,死去活来。这都说明它们的密切关系,实质上的一致。

深沉的愉快,庄重多于兴高采烈;极度的、充分的满足,平静多于欢欣雀跃。乐极而致生悲。[①] 快乐也会伤害我们。

一句希腊古诗要表达的正是这个意思:"诸神给我们的一切幸福都不是无偿赏赐。"也就是说,诸神并不赐予我们任何纯粹的、完美的幸福,我们要为此而付出某种痛苦的代价。

痛苦和快乐,本质上迥然不同,我不知道在哪个关节上竟自然联结起来。

苏格拉底说:有位神灵曾试图把痛苦和快乐混合起来,捏

---

① 塞内加语。

成一块;他没有达到目的,但起码做到令其末端连接在一起。

梅特罗道吕斯①说:忧愁中夹杂着某种快乐。我不知道他这话是不是有别的意思。但我想象得出,乐于在忧郁中沉浸,总是带有一定的意图、赞许和得意的,且不说可能还掺杂着争取同情的欲望了。即便在忧愁的怀抱里,也有多少吸引我们、令我们快慰的甜蜜而微妙的滋味。一些有着某种性情的人,不就是以忧愁为精神养料的?

哭泣时带有某种快意。

——奥维德

(选译自第 20 章)

---

① 梅特罗道吕斯(前 330—前 277),古希腊伊壁鸠鲁派哲学家。

谈 大 拇 指

　　塔西佗①说，有些蛮族的国王，为了表示坚决承担义务，采取彼此伸出右手，互相交叠，大拇指紧紧地缠在一起；由于用劲挤压，血涌上了指尖。他们用尖锐的利器把指头刺破，然后彼此吮吸对方的大拇指。

　　医生说，大拇指是首要的手指头。pouce②源于拉丁语的pollere，希腊人称为ἀντίχειρ，就像说是"另一只手"。似乎拉丁人有时也把大拇指作整只手讲。

> 她不用情词爱语的撩拨，
> 也无须温柔拇指的触摸。

> ——马尔提阿利斯

　　在罗马，将两只大拇指并紧并弯下，是表示喜爱之意。

> 你的崇拜者弯下拇指，对你的表演表示赞赏。

> ——贺拉斯

　　若将大拇指竖起并转向外边，表示不喜欢。

> 民众一旦把拇指转向外边，

---

①　塔西佗(55—约120)，古罗马元老院议员，历史学家。
②　法语，意即"大拇指"。

就得随便杀个人让其取乐。

——尤维纳利斯

罗马人规定,大拇指受伤的人免于上战场,似乎是因为无法紧握武器。奥古斯都没收了一名罗马骑士的财产。这骑士,为了不让其两个儿子从军,竟耍诡计剁掉了他们的大拇指。奥古斯都之前,在古意大利战争期间,元老院也曾判卡尤斯·瓦蒂努斯①终身监禁,还没收了他的全部财产,就因为他故意砍掉自己的左拇指,以逃避那次远征。

记得有个人,我想不起是谁了,他打赢了一场海战之后,便把战败敌兵的拇指都砍掉,使其失去战斗力,无法再划桨。

雅典人砍掉埃伊纳岛②人的大拇指,使其丧失航海技术的优势。

在斯巴达,教师惩罚学童,就采用咬他们大拇指的方式。

(第 26 章全译)

---

① 卡尤斯·瓦蒂努斯,此人的生平不详。
② 埃伊纳岛,此岛今属希腊,历史上曾成为海上强国,同雅典进行过多次战争。

万物各有其时

哲人们说：年轻时应作准备，年老时享受其成果。他们注意到我们天性的最大弱点，就是我们的欲望层出不穷。我们总是不断开始新的生活。我们的企求和欲望该会有一天感受到年迈的状况。

我们一只脚已踏进了坟墓，而我们的欲念和追求却不断地萌生。

> 死前你请人凿石造墓，
> 竟然把建坟之事忘却，
> 却为自己营造了华屋。
>
> ——贺拉斯

我自己最长远的计划都不超过一年时间；自此之后，我想到的只是自己的辞世。我抛开一切新的追求和事业，向我行将离去的地方——作最后的告别。每天我都在放弃自己所拥有的东西。

"很久以来，我无失亦无得；我行囊的储备已足够我人生旅途的需要。"[1]

---

[1] 塞内加语。

我已生活过,我走完了命运给我指定的旅程。

——维吉尔

我在老境到来的时候,终于感到如释重负;年事已高,生活中深受其扰的许多欲望和牵挂都减弱下来。世界的进程,财富、地位、学识、健康乃至自我,都不必为之操心了。

有人在应该学会永远沉默的时候,却在学习说话。

任何时候都可以继续学习,但不是课堂上的学习。老态龙钟的长者还在学 ABC,太滑稽了!

不同的人,具有不同的爱好,

不同的事物适合不同的年龄。

——韦加卢斯①

如果一定要学,咱们就进行一些适合目前情况的学习,以便像古人那样回答问题。有人问那位古人,衰老之年学来何用? 他答道:"为的是更好地更舒坦地离开人间。"

(选译自第 28 章)

① 韦加卢斯,公元六世纪下半叶的古罗马诗人。

谈 婚 姻

　　人人皆知,在婚姻方面尽责的人,找不出十二个;因为这是荆棘满布的场地,妇女的意欲难于长时间地维持。男人的处境虽然有利一些,但困难问题也不少。

　　美满婚姻的试金石及其真正的考验,是看两人结合维持的时间,看看这结合是否甜蜜、忠诚、称心。我们这个年代,丈夫去世后,妻子往往都表示对其恪守妇道,而且表达出强烈的情爱。这可真是迟来的、不合时宜的表白! 恰恰证明,她们爱的只是亡故的丈夫。

　　人生中充满摇摆不定;死亡饱含着爱,也讲究礼节规矩。犹如父亲深藏着对子女的慈爱,妻子也故意不对丈夫表露自己的深情,以保持符合礼仪的敬重举止。这种深藏不露并不合乎我的口味。她们徒然地扯发,抓伤自己,而我却会走到女仆或秘书跟前,凑到耳边悄声问道:“他们两人过去怎么样? 共同生活得怎么样?”我总是记住这句有意思的话:悲痛最轻的女人哭得最厉害。① 她们痛苦的颜容令活人厌恶,对死者毫无用处。我们倒认为,只要生时令我们快活,死后就是笑也无妨。

① 塔西伦语。

如果我生时当面朝我吐唾沫,我离开人世时却来替我擦双脚,难道这令人生气的举动就能使人复活?如果说哀悼丈夫包含某种荣誉的成分,那么这荣誉只属于给丈夫带来过欢乐的妇人。那些在丈夫生前流着泪水的女人,让她们在丈夫的死后内心、外表都笑个痛快吧。因此,可不必注意那双含泪的眼睛,那一声声叫人怜悯的叫唤;请留意黑纱下的举止、气色以及丰腴的双颊吧。通过这些就看得一清二楚了。寡妇的健康没有改善的不多,身体状况却是装不了假的。这种拘泥虚礼的举动与其说是做给逝者看,倒不如说是做给来者看,这样做,得益多于付出。

我童年时候,有位诚实而又美丽的夫人(她还健在),是亲王的遗孀。她在自己的衣饰中多穿了些什么守寡习俗不容许的东西,有些人责备她,她就对他们这样说:"因为我不想交新朋友,也没有再婚的意愿。"

(选译自第 35 章)

重病在身

我在和疾病作斗争,患的是最糟糕、最突如其来、最痛苦、最致命、最无可救药的病症①。发病已经有五六回了,时间都很长,而且痛苦难熬。不过,只要精神上摆脱死亡的恐惧,不因医学展示的威胁、诊断、后遗症而惴惴不安,那么,就是在这种状况下,我还是能够坚持下去的。或许是我抱着不切实际的想法吧。事实上,痛苦并未真正达到非常剧烈、尖刻的程度,一个有自制力的人还不至于发狂,也不至于完全绝望的。

我患肾绞痛起码体会到这样一个好处:那就是它教我认识死亡,而过去我是不可能下决心去了解死亡,去和死亡打交道的。我愈是感到重病在身,剧痛难忍,我愈觉得死亡并不那么可怕。我过去形成了一个想法:既然我活着,仅仅是出于生存的本能也得活下去。肾绞痛一来,坚持要活的念头被打破了。虽然疾病带来的剧痛耗尽我的体力,但却没有把我引向另一个有害的极端,即爱着生命,却宁愿死去!

不要怕死,也不要求死。

——马尔提阿利斯

---

① 蒙田四十五岁时患上肾绞痛。

怕死和求死,是两种值得担心的情绪,但求死比之怕死更易获得解脱的手段。

再者,有这么一句箴言,它郑重地告诫我们,在忍受痛苦的时候,要保持得体的举止和不以为意的平静态度,我总觉得这是不切实际的装腔作势。哲学是只注重本质和现实的,为什么竟对外表重视起来了呢? 演员和修辞大师十分看重我们的形象举止,就让他们去为外表操心吧! 我们的哲学应该大胆允许受病痛折磨的人发出呻吟之声,只要是这种怯懦并非出自心里,也非源于肺腑。此种有意识的呻吟与不由自主的叹息、哭泣、心跳或脸色突变,哲学上都应归于同一类。既然内心不恐惧,言语也不露出绝望情绪,我们的哲学就不必苛求了! 只要思想上处之泰然,即便痛得手臂扭曲难看,那又有什么要紧呢! 我们要养成这样的天性:着眼于自己,而不管他人,讲求实在,而不重虚架子。

哲学的任务是培养我们的智慧,就让它只作为智慧的指引者吧。我的心灵受哲理的引导,在肾绞痛的袭击下,依然能认识自己,照样保持原来的习惯。心灵与痛苦作斗争,强忍着痛苦,而没有在痛苦的折磨下可耻地屈服。它因斗争而深受震撼和激发,但没有被压倒,也没有垮下来。它能够进行交流并能在一定程度上自我照料。

在如此严重的病痛中,竟要求我们故作若无其事的姿态,那是十分残酷的。要是我们的内心活动正常,脸色难看,那又有什么要紧呢? 只要发出呻吟之声身体会轻松一点,那就呻吟好了。如果身体要活动才觉得舒适,那么就让它随意扭曲、摆动吧。如果高声呼喊多少可使痛苦烟消云散(有些医生就说,这样做有助于孕妇顺利分娩),或者可分散对疼痛的注意力,那就让他喊个痛快吧! 我们不是要非喊不可,而是要允许声音发出来。

伊壁鸠鲁不仅容许他的圣贤在痛苦时高喊,而且还劝他这样做。角斗士亦如此,他们挥起戴硬皮手套的拳头攻击敌手的时候,就发出哼哈之声,因为叫喊时全身肌肉绷紧,出拳更加有力。① 痛苦的折磨,我们已经够受,别为这些多余的规矩操心了。我说这番话是想为一些人辩解,他们在病痛的煎熬和袭击下常常大发雷霆。而至于我自己,到目前为止,我生病后还能保持较为沉着的神态。这倒不是我竭力维持体面的外表,因为我并不看重这种好处。病痛让我怎样表现,我就怎样表现。或许我的疼痛并未到十分激烈的程度,或许是我比常人表现得坚强一些,当剧痛难熬的时候,我也呻吟,我也怒气冲冲,但不至于像诗中那个人物那样失态:

> 他叫痛,抱怨,呻吟,呼天喊地,
> 还连连发出尖声刺耳的凄厉言词。
>
> ——阿克司乌斯②

我在最剧痛的时候对自己作过考察。我发现自己仍然能够说话、思索、还能够像其他时候一样正确回答问题,不过连贯性稍差而已,那是因为受疼痛的干扰、妨碍之故。我被认为最沮丧而家人也都迁就我的时候,我常常试试自己的力气,我主动来谈些与我当时的状况无关的事。我凭着短暂的努力竟然什么都能做到,不过维持的时间不太长就是了。

可我就是没有睡梦中的西塞罗那样的本事,他在梦中搂

---

① 西塞罗语。
② 阿克司乌斯(前170—前86/前74),古希腊悲剧作家。

住一个少女,醒来却发现自己的结石排到了床单上！我的结石却令我对女人失去兴趣。

（选译自第 37 章）

第 三 卷

平 和 执 中

可不要把源于私利和个人欲念的内心怨恨和刻毒称为"责任感"(而我们每天都这样做),也不要把背叛行为和邪恶举止称作"勇敢表现"。他们把自己的恶毒意向和暴力倾向唤作是"热心",其实他们热心的并不是事业,而是一己的私利;他们鼓吹战争并不是因为它正义,而是单纯为了战争。

在彼此敌对的人们中间,并没有什么可妨碍我们举止正直而又得体。在这种情况下,你处理事情即便未能一视同仁(感情难免有程度上的差异),但起码也要讲究分寸,这样就不至于受一方约束,对你凡事都可以提出要求。你接受他们的好意适度即可,要满足于身处混水之中而又不去趁机摸鱼。

另一种处事方式,就是全力为这一方又为那一方效力;这样做,既不审慎,而且更重要的是,有违良心。你为这一方的利益而背叛另一方,而却受到另一方同等的礼遇,难道这一方就不知道,你同样也会背叛他的吗?他会把你当做恶人,然而他却听你的话,利用你,利用你的不忠诚行为。的确,两面派的用处在于他们能带来点什么,不过可得小心,要尽可能别让他们多带走什么。

我对一个人讲的任何话,在适当的时候都可以对另一个人讲,只是语气稍有变化而已。我只转述无关紧要的或是已为人知的,再或是对双方都有好处的事情。没有什么功利目的令我对他们说假话。要我保持缄默的事情,我会严格地藏在心底。但我尽可能少保守这样的秘密,因为,保留王公贵族的秘密,对于不想借此干什么的人来说,是挺麻烦的。我通常提出这样的交易:请他们少给我托付什么,但放胆相信我给他们说的话。我知道的,总是比我想知道的多。

坦率的言谈能引出对方的话来,正如酒和爱情能引出话来一样。

利斯马科斯国王问菲力彼代斯①:"我的财产当中,你想我给你什么?"菲力彼代斯回答得很乖巧:"你愿意给什么都行,只要给的不是你的秘密。"

我看,如果用一个人干什么事而又对他遮掩事情的真相,或是隐瞒私下里的盘算,每个人遇此情况都会十分恼火。至于我,人家不愿我处理的事情便不多告诉我,我倒觉得高兴;我也不希望我所知的事情超越自己的谈话范围,妨碍自己的言谈。如果我不得不充当欺骗的工具,那么起码良心上要过得去。我不愿意被人看做是热心的、忠诚的奴仆,可以出卖他人。对自己不守信用的人,对主人不忠实就有了辩解的托辞。

(选译自第1章)

<hr />

① 菲力彼代斯,亚历山大帝国时代的喜剧演员。

描　绘　人

　　别人在塑造人，我只是加以描述而已，而且我是描绘一个塑造得很不成功的人①。倘若我来重新塑造他，我肯定会将他造成另一个样的，但他已经定型，只能如此了。

　　然而，尽管我画中的线条游移多变，但笔触并没有越出正轨。世界不过是一副永恒摆动着的秋千。其中的一切事物也都在不停地摇动：大地、高加索的山岩、埃及的金字塔，莫不如是，因为它们都从属于宇宙的总运动，而自身又处于运动之中。所谓固定，无非是运动得稍慢一些而已。

　　我无法完全把握我的对象：他飘忽不定，摇摇晃晃，像醉汉那样。我此刻捕捉到的是我正与他打交道时的状况。我描绘的不是他的本质，而是他一时的形象。这所谓"一时"不是一个时期，也不是大家所说的以七年为期②，而是以每天、每分钟计算的。我不得不随时调整自己的描述内容。

　　过一会儿，不但我的情况可能改变，而且我的意图也会发生变化。记录下来的不过是繁复多变的事态，游移不定甚至前后矛盾的思想。也许是我换了另外一个人，也许是我根据

①　指蒙田自己。
②　古人以七年为一周期：七岁为知事之年，十四岁为青年，二十一岁为成年。

不同的情况或从另一角度看待事物。总而言之,我很可能会自相矛盾,但正如狄马德斯所说的那样:我是不会违背真实情况的。

如果我的思想能够固定,我就不会先作试验,而是要下决心了。但我的思想却一直处于探求阶段、尝试阶段之中。

我陈述的是卑微的、没有奇光异彩的生活,但那又有什么关系呢?一个平常人、一个老百姓的生活也和出身高贵的人生活一样包含着道德哲学的意味。每个人都具备作为人的条件的一切品质。

别的作家以其特有的异于他人的标志呈现于读者之前。而我却第一个以自己常人的性格,以蒙田本人,而不是作为文法家、诗人或法学家和公众见面。如果有人抱怨我谈自己谈得太多,我是会对那些连他们自己也想不到的人表示不满的……

我不教训任何人,我只是陈述事实而已。

(选译自第 2 章)

谈三种交往

个人的品位性情,不必固守不变。我们主要的本领,在于懂得适应不同的活动。囿于一种生活方式而无法摆脱,仅够称得上为生存,而非生活。越是出众的人士,越是多姿多彩,灵活善变。

大加图①的例子堪为明证:他思维灵活,善于从事各种活动,而且所事之事,均显露出好似具备与生俱来的天赋。②

倘若如何培养自己由本人来决定,那么无论那种方法多么出色,我都不会执着不放,而不再旁顾其他。生命的进程高高低低,崎岖不平而又异彩纷呈。对于个人的喜好一味盲从,深受束缚而无法脱身,乃至到了无法扭转的地步,则不仅于己无助,甚而无法自主,而成为自身的奴隶。我此时作这番表述,是因为自己难于摆脱精神的羁绊。我的脑子一旦专注于某个主题,则全神贯注,紧张投入。无论给它多小的题目,它也会自行将其扩展、延伸,以便全力以赴。因此,如果精神无所事事,我就感到难过无比,甚至有损身体健康。大多数人靠外部事物使脑子活动起来,得到锻炼;我则借以使精神平静下

① 大加图(前234—前149),古罗马政治家、作家,曾任执政官、监察官等职。
② 提图斯·李维语。

来、获得休息。应以工作来摆脱无所事事的恶习①，因为我的头脑从事的是一项最费事的主要工作，那就是研究自己。对于我的脑子来说，读书不过是使其暂时离开研究自身的活动。脑子刚出现一些初步想法，便兴奋起来，跃跃欲试，欲在多方面施展身手；它运用自己的本领，时而着眼于力度，时而着眼于秩序和美感；有时它又趋于归整，节制，坚定固守。它可以自行激发自身的机能。大自然一视同仁，赋予它充足的素材为其所用，也给予它足够的课题让其可以发明创新，进行判断。

对善于探察自我、努力认识自我的人来说，思索是一种极有成效、内涵丰富的研究手段。我宁愿塑造自己的头脑，而不愿意将其填满。与自身的思想进行交流乃是最佳的活动，没有任何活动能与之相比，虽然因人有异，或浅或深。伟大人物都以此为职责，对于他们，生活就是思考。② 况且大自然也赋予思考以特殊的地位和优势：人类的行为举止中，最普通易行、超越时间限制的，莫过于思索。亚里士多德说："思考乃是神灵的活动，神人、凡人都从中获得至福。"我借助阅读，寻找题材，引发思考，锻炼的是判断力，而非记忆力。

我无法对缺乏活力和激情的谈话保持兴趣。的确，优美雅致和严肃深沉都一样叫我感到满足和惬意，而前者甚至胜于后者。正是因为我对其他平板的交谈心不在焉，才会漫不经心地出于礼貌，说出或答上空洞可笑的傻话，不及孩童的水

---

① 塞内加语。
② 西塞罗语。

平。我又或执意地缄默不语，更显得愚笨而且失礼。我常常胡思乱想，趋于内向；而另一方面又对许多常理之事一窍不通，非常幼稚。正是出于这两点，人们可以三番四次地把我作为真实的趣谈资料，把我说得比谁都幼稚可笑。

且接着说下去吧，我这种挑剔的性格，令我不善于处理人际关系（我必须精心挑选交往的对象），连在普通场合里也显得笨拙不堪。我们生活于民众之中，跟他们打交道，如果我们与之交往感到厌烦，不屑于去适应卑微的平民——况且他们往往并不比高雅之士愚蠢低贱（聪慧睿智，倘若不能适应大众的蒙昧，也就平淡无奇）——那么我们只好对自己个人之事与他人之事均不过问；无论公私事务的处理，都与这些人相关。我们的心灵，在最舒展最自然之时，呈现出其最美的状态；同样，我们最乐意而为的事情，也就是最好的活动。天哪，人若明智，按自己的能力来决定欲望，则受益匪浅。最让人受用的道理，莫过于此了。苏格拉底最喜欢的口头禅便是“据能力之所及”，堪为至理箴言。应当将自己的愿望引向最易为易达之事，并专注于此。

我的命运与成千的人联系在一起，不可分开，我却没有刻意与他们相处，而去攀附一两个非自己交往能力所及的人，或可说是固执飘渺虚无的欲望，这不正是自己的愚蠢癖好吗？我生性温和，任何粗鲁、乖戾都与我格格不入，这本来可使我轻易地免受敌视和憎恨：我指的是不受憎恨，而非得到爱戴；在这方面本人的条件是最好不过的了。尽管如此，由于我在社交场合态度冷淡，许多人理所当然地对我失去好感，他们另有看法，而且往坏处去想，那也无可厚非。

我很善于结交精心选择、世间难得的友人，并且能够保持情谊，皆因我对于志趣相投的知己非常渴求，执着不舍。我主动追求，如饥似渴地投入这种交往之中，所以很容易就依恋此种友情，同时也留下自己的影响痕迹。我曾常常有此幸运的体验。而对于泛泛之交，我却相当冷淡拘谨，因为倘若我不能放纵性情，我的举止就会不自然。再说，我年轻的时候，命运已令我品味到一份绝无仅有、完美无瑕的友谊，这就使我先入为主，而对于别样的交情的确心存疑虑。况且我脑中还牢牢铭记着一位先人的话：友谊乃毕生相伴，而非乌合之聚。还应说明的是，我很难做到交心时还留有城府，转弯抹角。再者，人们也常因当今交友多而滥，谨小慎微，心存顾忌。尤其是现在，谈论他人时若说真话便得冒风险，类似的告诫，多有所闻。

　　然而如果像我一样，追求的是自己生活的方便（我指的是实实在在的方便），那就应当如避瘟疫一般，躲开这些困难，避免此种顾虑重重的做法。我特别赞赏具有多层面性格的人，能伸能屈，随遇而安，与住处的邻里都能交谈，谈房子，谈行猎，谈官司，还能与木匠、园丁愉快地聊天；我羡慕那些对仆役态度随和、与侍从关系密切的人。

　　还可一提的是，柏拉图说过，对仆人无论男女，发话时应以命令口吻为宜，不开玩笑，不显露亲密随便。我对他的意见却不敢苟同。除却上文提及的理由之外，对于命运所造就的地位悬殊给予这般重视，既不人道，也不公正。我以为尽量缩小主仆间差别的社会，才是最公道的社会。

　　有人竭力将自己的思想拔高，使之升华；我却让其降下来，使之浅近平实：正是将其夸大才令其缺陷暴露出来。

你大谈埃阿科斯①的传人，

还谈特洛伊城下的战事，

但一坛希奥②酒价值几何，

哪个奴隶为我烧水备浴，

何时何地我才能够栖身，

以御佩里涅人所受的寒冷，

你对这些反而只字不提。

——贺拉斯

斯巴达人骁勇无比，需要平和情绪，以免暴躁而鲁莽行事，战场上吹响的是柔和优美的笛声。而其他民族为尽量刺激和鼓动士气，通常采用的则是尖厉响亮的音响。同样，与平常的做法相反，我认为，我们之中的大多数好比斯巴达人，更需要的是沉实，而不是放纵，更需要的是冷静、平和，而不是激情和冲动。在不懂的人的中间显示博学，卖弄词藻③，故作深沉高雅，在我看来，正是愚人之举。应当抛掉架子，接近对方的水平，有时还须佯作不知。姑且把实力和精明都暂搁一边。普通的场合运用一般的功夫也就绰绰有余。你就无妨将水平降至低处，以迁就对方吧。

饱学之士常常碰上这块绊脚石跌跤。他们总是炫耀自己造诣高深，到处传播从书本中学来的知识。而今，就连闺中女子对他们的东西也听闻不少。她们即便汲取不到内容，起码已掌握其形式；对于各种问题和题材，无论它如何浅近、通俗，

---

① 埃阿科斯，神话人物，宙斯之子，希腊英雄。

② 希奥，按希腊原文，今通译为希俄斯岛，希腊爱琴海东部的岛屿，盛产葡萄酒。

③ 原文为意大利语，直译则是"在叉尖上讲话"，意谓装腔作势。

她们都能采用新颖的、学究式的口吻或笔调。

> 她们表达惊恐、愤怒、欢乐、忧愁
>
> 乃至心灵隐秘，都有一套措辞口吻，
>
> 就连床笫间的谈吐也显得高深过人。
>
> ——尤维纳利斯

她们对那些任何人都能证明的事情，却动辄引述柏拉图和圣托马斯。学问没能进入她们的头脑之内，却留在了言谈之间。

天资聪慧的女子，如果愿意听我一席话，她们只需着意开发自身的天赐财富就足够了。她们正以外加的美色来掩盖天生丽质。借外来的光彩去盖住自己的光辉，这是多么愚蠢的行为。她们完全被人为的装饰所遮盖而至湮没。她们从头到脚都像是从化妆盒中出来的。① 这是因为她们尚无自知之明。其实她们才是世上的瑰宝，是她们给艺术增了光，使美的事物倍添其美。她们除了生活在别人的爱怜和敬重之中，难道还有别的什么需要吗？她们在这方面具备足够条件，所知也绰绰有余。只需略微唤起和激发她们自身固有的才能就可以了。当我看到她们潜心学习修辞、法律、逻辑以及诸如此类对她们无益无用的杂七杂八的东西之时，我不由担心，那些建议她们这样做的男子，不过是借此控制她们而已。难道还可能有别的原因吗？她们其实无须我们的帮助，凭自身的魅力便已足矣；她们美丽的眼睛可以透出欢愉、严肃或是温柔，拒绝否定之时可以掺进严厉、疑问或爱意。只要她们不刻意深

---

① 塞内加语。

究别人逢迎她们的言辞，就算可以了。凭此本事，她们尽可以随意指点支配学人乃至学派。不过，倘若她们不愿意在任何方面比我们逊色，出于好奇心也想接触书本，那么最切合她们需要的莫过于从事诗歌活动了：这门艺术正好比她们，轻盈、纤巧，带有装饰意味，言词绚丽，富于乐趣，以展现自己为能事。她们也可以从学习历史当中获得多种消遣，还可以从哲学的有关生活的阐述中，学习判断我们男人的性格和行为方式，对我们的背叛加以设防，减少自身轻浮虚妄的欲望，爱惜自己的自由，延长生命中的欢乐，以宽阔的胸怀承受恋人的变心、丈夫的蛮横、年岁和皱纹的折磨，如此等等。我给她们指出的学术范围，最多也就到此为止了。

　　有的人注重个人，生性内向，不易合群。我的举止则宜于交流而且易于外露：一切表现在外，毫无遮拦，自然合群、喜爱交友。我之所以钟爱和提倡独处，不过是意味着收拢自己的感情和心思，并非固步不前，而只是遏制自己的欲念和惦挂，决意不过问外部的事情，彻底抛开各种义务和差事，躲避的与其说是人群，倒不如说是成堆的事务。说实在的，闭门独处，倒使我心胸开阔，放眼外界：我于独处之时更愿意考虑政府公务和外界事务，而置身于卢浮宫内和人群当中，我倒变得紧张内向，精神萎缩于自己的躯壳皮囊：人群予我压抑之感，我往往在隆重、拘谨的场合陷入与内心自身的交流，恣意放纵、无所顾忌。我觉得可笑的不是我们的荒唐无稽，而是我们的聪明智慧。我本性并不厌恶宫廷的喧闹，我在其中还度过了一段光阴。我也习惯于与达官贵人轻松愉快地相聚，只要这种聚会间或为之，而且在我合适的时间举行。然而，我刚才所提的精心择友的做法不免令我偏好独处，即便在妻小仆从成群、客人往来频繁的家中也不例外。我结识的人为数不少，真正乐于与之推心置腹交谈的不多。为此，我在家中为己、为人都保留了别处不多见的自由。无须繁文缛节，不必相伴、相随、相送，凡此种种的礼仪规矩尽可不顾（卑躬屈膝的礼节多么令人生厌！）。各人按自己的方式行事，愿意交流想法的悉听尊便。而我则置身于个人世界之中冥思遐想，客人们也不觉得失礼而感到不快。

我追求与人家所称的"仁者""智者"相处、深交：心目中既有了他们，对别人也就不感兴趣了。要知道，仁者、智者的处世方式最为难得，这种举止主要是本性使然。与他们交往，目的在于相处、倾谈、耳濡目染，借以锻炼心智，而无其他。交谈时，什么谈资话题对我都无所谓；我也不在意他们的话语缺乏力度和深度：因为话中总不乏韵味和精确性，透露出成熟而坚实的判断，渗透着善意、坦诚、喜悦和友情。展现思维之美、思维之力，并非一定要靠替代继承的法律论战或朝廷的重大事务，私下交谈当中也可以展露无遗。我从人们的沉默或微笑中便可辨出他们是否与我投契。与会议厅相比，或许我在餐桌上的闲谈中更能了解他们。伊波玛格斯①曾说，从街头各人的行姿便可认出谁是骁勇的斗士，甚是精辟。倘若交谈中兴之所至涉及学术，当然也不予回避。言谈间的学术并非如平常一样居高临下、盛气凌人、惹人生厌，而是变得顺从、服帖起来。因为我们交谈不过在于消度时光，有心接受教诲和

---

① 伊波玛格斯，角斗师和剑术师。

训诫时,自会到学术殿堂上去。这回就请学术屈尊迁就我们吧。因为,尽管学术的功用极大,值得追求,可在我看来,必要之时,我们完全无须借它之力也能达到目的。天然生就的美好心灵,还富于与众人的交往的经验,本身就足以令人感到愉快惬意。所谓艺术,不过就是对这种心灵表现的考察和记录。

与年轻貌美的体面女子交往于我也是赏心乐事:因为我们也慧眼识人。① 尽管同前一种来往相比,心灵得不到同样的乐趣,然而在这种情况下参与更多的身体感官却能获得类似的愉悦,虽然我以为,还是不可同日而语。不过此类交往必须审慎对待,尤其是那些好比我一样,特别注重身体感受的人。年少时,我曾遇挫折,饱受情火的煎熬,正像诗人们所说的那样,此类冲动更偏爱毫无节制判断、放纵情感的人们。的确,那时的折磨有如鞭笞,成为我日后的教训。

> 躲过卡法雷②礁石的阿哥斯船队,
> 总是扬帆远离埃维厄岛③的水域。
>
> ——奥维德

倘若全副身心投入恋情之中,激情奔涌而不知辨别,实为疯狂之举。但是,另一方面,如果缺乏情爱,没有感情联系,如同演员入戏一般,饰演一个当今常见的普通角色,仅仅停留在言辞上面,虽然安全稳妥,也是懦夫所为。这好比一个男子汉

---

① 西塞罗语。
② 卡法雷,埃维厄岛的岬角,从特洛伊战争中归航的希腊船队,曾在那里触礁。阿哥斯,古希腊城邦名。
③ 埃维厄岛,爱琴海岛屿。

因害怕危险而放弃自己荣誉、赢利或享受。这样与女子交往，肯定不可能为高尚的心灵带来收获和满足。我以为，要着实品味享受一份欢愉，必得先经历真正渴求的阶段：虽然我知道命运常常不公，偏爱我曾提到的在爱情当中玩弄游戏的那些人。因为任何一名女子，无论天生如何丑陋，都会认为有权去得到爱，并努力以年龄、微笑或行为举止作为资本。其实，真正的丑妇，亦如全无瑕疵的美女一样，世上并不多见。就连没有其他诱人之处的婆罗门女子，也来到公共广场上，面对事先召集的人群，袒露女性的特征部位，以了解是否起码可凭此寻得夫婿。

因此，一听到男子倾诉衷肠，表达忠心时，没有哪个女子不轻易相信。而如今的男人背信弃义，习以为常，自然导致我们历见的景况：女子们退缩自闭，躲避于同性之间远离我们；或者她们仿效我们的做法，在恋爱中也来扮演角色，缺乏激情，淡然而处，没有爱意。她们不为任何激情所动，无论是自身的还是他人的激情。[①] 她们听从了柏拉图作品中莉齐娅的意见，认为我们男人的感情愈浅淡，她们委身于我们时则更可以从功利出发而不必顾忌。

感情的戏剧性游戏也是如此：观众享受的乐趣跟演员一样，甚至更多。

至于我，我认为维纳斯与丘比特，好比母亲与孩子一般不可分开，二者互为依存，相承相辅。于是欺骗他人的情感，也会自尝苦果。既没有付出多大代价，自然也不会得到多少有

① 塔西佗语。

价值的回报。尊奉维纳斯为女神的人,认为她的美丽主要在于精神而非肉体;然而我所提到的有些人,他们追求的美既不属于人类、甚至也不配兽类;连兽类也不愿意这么粗鄙、低贱!我们看见,兽类在身体投入之前,往往已被想象和欲望撩拨得兴奋起来。它们无论雌雄,在群体中表现感情时都有选择、有分别,彼此之间真挚和谐。甚至年老力衰的动物仍为情爱而嘶叫、颤抖和战栗。我们见到,事前它们充满激情和希望;身体动作之后,还满怀柔情地回顾,相互爱抚。有的离去之时甚至充满骄傲,唱出胜利和得意的歌声:慵倦而又心满意足。只想满足自己生理需要的人,则根本不在乎别人事前细腻缠绵的准备:此类温柔体贴无法满足充满饥渴的欲望。

　　我并不期望别人高估自己的品行,既然如此,我就来谈谈我年少时的失误吧。考虑到对身体健康可能带来危害(我欠缺机灵,曾两度染疾,尽管病情轻而时间短),更出于鄙视心理,我极少与卖笑女子交往;我更期望通过克服困难、热切期待和争得荣耀来增加情爱的愉快享受。我喜欢提比略[①]皇帝的做法:不仅以俯就和君临,还以其他的行为方式为情爱增添乐趣。我也喜爱名妓弗萝拉的任性乖张,她要求亲近红颜的男子起码必须是独裁官、执政官或监察官,以其情人的显赫地位为乐。毫无疑问,珍珠、锦缎、头衔、侍从,都使情郎显得与众不同。我虽然特别看重精神的作用,但前提毕竟是肉体的参与。因为说句老实话,倘若二者之中只能择一,那我宁愿舍弃精神之美,因它另有重大的事情可派用场;而情爱这门主要

①　提比略(前42—37),古罗马皇帝。

归结于视觉和触觉的科目，缺少精神上的优雅尚可，缺了肉体的风韵则一事无成。美色乃女子之真正优势，非她们莫属。男性之美，虽然有所不同，也只有在孩童和少年时才达到巅峰堪与女性之美相匹敌。传说以貌美而侍奉土耳其国王的仆从不计其数，他们至迟到二十二岁也被辞退。

理性、睿智和友谊责任更多属于男性：因而由他们掌管世界大事。

上述两种关系和交往都出自偶然，取决于他人。其中一种罕见难觅，另一种则随岁月而褪色：因此不足以满足我一生之需。第三种交往，即与书本打交道，更为可靠，也更由自己掌握。它虽无前两种的优越之处，但却简捷便利、经久长存。这种交往贯穿我的一生，处处给我以帮助。年老孤独时它予我以慰藉，无聊沉闷时让我感到轻松，而且随时助我摆脱令自己厌烦的相陪做伴。它可以减缓疼痛，除非是剧痛到了极点，我完全掌握不了自己。为了排遣某一恼人的念头，我只需求助书籍即可。书本很容易把我吸引过去，令我获得解脱。况且，即便我往往是在缺乏其他更实际、更生动、更自然的消遣方式时才找书籍为伴，它们也毫不生气，而始终以和善的面容待我。

俗话说，牵着马缰绳，步行不觉难。雅克是那不勒斯和西西里岛的国王，他年轻、英俊，身体健康，旅行时却让人用担架抬着，躺在粗糙的羽毛枕头上，穿着灰色粗布袍，戴着灰色粗布帽。同时随行的王室仆从人数众多，包括各等贵族、各种侍从，带着各式驮轿，手牵各色马匹，更使前面艰苦朴素的形象显得幼稚脆弱。痊愈已成定局时,病人也就无须怜悯了。这句格言包含的经验教训非常在理,我从书中获得的教益亦在于此。实际上,对比不谙书本知识的人来说,我利用书本并不见得多了多少。我就好比吝啬鬼对待自己的财宝一样,由于知道随时随地可以享用而心满意足,这本身就是从书中获得的享受:因拥有而感到精神快慰和满足。无论是战时还是和平年代,我旅行时不得无书。不过我有时也几天、甚至几个月都不触动书本。我心里想:"许是明天,许是不久之后,想看时,就会打开书的。"光阴似箭,岁月流逝,而我并不感到烦恼。因为,只要想到书籍就在我身旁,可以随时带给我乐趣,我就感到说不清的心安理得;只要想到书本给我的生活带来巨大帮助,我就感到难以言表的安宁平和。书籍的确是人生旅程中我所觅到的最好食粮,聪明人缺了它,我为之深感惋惜。我能很快地接受其他消时度日的方式,无论它们多么轻浮无聊,因为我心知以书为伴是经久常在的。

与旅途相比,我居家时读书更多,常常躲进书房里;我就在书房主持家中的事务。书房位于进门的前厅之上,可以俯瞰家中花园、后院、马厩以及其他大部分地方。在那里,我翻翻这本书,看看那本书,无一定的规律和章法,浏览书中一些互不相关的段落;时而沉思默想,时而在漫步中口述或录下笔记,由此而形成我这里奉上的随感录。

我的书房设在塔楼的第三层。第一层是个小礼拜堂,二层为一寝室和附属的居室,为求独处,我常常在那里过夜。塔楼的顶层为一大储衣室。从前这一片是家里常常闲置的地方。如今我一生中的大部分日子,一天中的大部分时光都在书房里消度。晚上我从不在那儿逗留。紧挨着书房的是个小房间,相当考究,冬日可以生火,窗户光线充足,非常舒适。如果不是害怕麻烦(怕施工大兴土木)、担心破费的话,我完全可以在每一边接一道长百步、宽十二步与书房相平的回廊,因为全部墙壁已砌好,本来是作其他用途的,高度正合我的要求。退隐的地方都得配有漫步的场所。如果我坐下来,思路就不畅通;我的双腿走动,脑子才活跃起来。凡是不靠书本研究问题的人都是这样。

我的书房呈圆形,惟有放置桌椅的地方才呈平直面。环顾这弧状的空间,我放成五层的所有书籍可以一览无余。书房三面设窗,视野开阔,景致丰富,内部空间直径达十六步。冬日我在书房逗留的时间较短,因为顾名思义①,我的房子高踞山丘之上,而这间书房最是招风。我倒喜欢它位置偏远,来往不便,无论就做事效果和远离人群喧闹来说都有好处。

书房就是我偏爱的天地。我试图实行全面的支配,使这小小的一隅不受夫妻、父子、亲友之间来往的影响。在别处,我的权威只停留在口头上,实际并不可靠。有一种人,就在自己家里,也身不由己,没有可安排自己之处,甚至无处躲藏。在我看来,这种人实在可怜!野心勃勃的人通常也得到报应,终日出头露面,好比市场上的雕像。厚禄高官则身不由己。②他们连个僻静的去处也没有。修士们所过的严格生活中,有一点我认为最为难熬,即规定永远群居,而且做什么事情都得有众人在场。我认为,终身离群索居也要比无法孤独自处

---

① "蒙田"的原义就是山丘。
② 塞内加语。

好受。

如果有谁对我说，单纯为了游乐、消遣而去利用诗神，那是对诗神的大大不敬，那么，说这话的人准不像我那样了解娱乐、游戏和消遣具有多大价值。我禁不住要说，别的一切目的都是可笑的。我过一天是一天，而且恕我冒昧，我不过是为自己而活着，我的目的只限于此。少年时候，我学习是为了自我炫耀；后来年岁渐长，便为了增长学识；如今则是为了自娱，而从来不曾抱过谋利的目的。从前我还有过无谓而又破费的嗜好，以书籍作摆设，不限于用来满足自己的需要，而更多的是用作修饰装潢。这种嗜好，我早已放弃了。

如果善于选择，书籍有许多令人喜悦的优点，但也并非毫无代价。读书与别的事物无异，带来的不单纯是乐趣，它本身也有缺陷，而且缺陷不小；读书虽使精神得到操练，但阅读时身体却不得舒展，趋于衰弱、委顿；可我并没有忘记照顾身体。在这暮年的光景，无论对自己对他人，最严重的危害莫过于读书不加节制，应力予避免。

以上便是我个人所喜好的三种交往活动。因出于礼节需要而要为他人进行的活动，我这里就不谈了。

(第3章全译)

308

谈 情 爱

生殖行为再自然不过,十分必要,也极为合理,可它究竟对人类干下了什么,竟致我们不敢毫无愧色地谈它,还把它排除出严肃、正经的话题之外?我们可以放肆地大谈"杀人""偷盗""背叛",而对于生殖行为却只敢在牙缝里闪烁其词?是不是说,我们越少谈它,就越有权利令其在脑海里膨胀起来呢?

有趣的是:那些用得最少、写得最少、说得最少的词儿倒是最为人知、大家了解得最广泛的词儿。无论什么年龄、哪种性格的人,没有谁不知道这一行为的,正如没有人不知道面包一样。这些词儿印在每个人的脑海里,没有表达出来,无声,无形。同样有趣的是:我们对生殖行为讳莫如深,因而从沉默的笼罩中将其直说出来,哪怕是为了谴责和审判,也都成了罪过。我们只敢拐弯抹角以比喻的方式对其进行鞭挞。一个罪犯如此可恶,连司法人员也认为不该碰他,不应见他,这对他倒是极大的优惠:严厉惩治的好处令他得到自由,获救了。书籍不是也有类似的情况?因为被禁,倒更加畅销,在读者中传播得更广。至于我,我要一字不差地领会亚里士多德的话:矜持腼腆是青年人的装饰,放在老年人身上却应予责备。

下面的诗句在古代的学派中传诵开来,我对此学派的信奉远胜于对现代学派(在我看来,前者的美德多而缺点少)。

> 极力逃避维纳斯爱神的人
> 与过分追随她的人都错了。

——普卢塔克

> 维纳斯女神哪,是你一人掌管大自然,
> 没有你,光辉的神圣天地便荒芜一片,
> 没有你,便没有任何欢愉和情爱可言。

——卢克莱修

我不知道是谁挑起了帕拉斯①、众缪斯与维纳斯之间的纷争,使她们对爱神冷落起来。而我却见不到,有什么其他神灵比她们更应该合得来,彼此更应该依存对方。谁逐走缪斯的情思也就抽掉其最美妙的话题,就使其作品失去最高贵的材料。爱神若不与诗歌保持亲密关系并为其效力,就会失掉最佳的武器而软弱无力。这样一来,人们就会把忘恩负义的罪孽归于司爱情、友谊兼行善的神灵身上,归于保护人类、保护正义的女神身上。

我不做爱神的供奉者和追随者为时并不太长,因而并未忘记这位神灵的威力和作用。

> 我认出昔日情爱之火的余烬。

——维吉尔

在我身上还留有狂热过后的一些激动和余温。

---

① 帕拉斯,即雅典娜,智慧女神。

但愿我在暮年的时光依旧保持这股热情。

——让·塞贡①

无论我如何枯槁、迟钝,我依然感受到往昔激情的一些余热。

如同刮朔风或南风的爱琴海,
当翻江倒海的风暴歇息下来,
可大海却无法马上完全平静,
它依旧恶浪咆哮,怒潮澎湃。

——塔索

不过,就我所知,诗歌所描绘的爱神的威力和作用要比其实际情形更强烈,更有活力。

诗有撩拨的手指。

——尤维纳利斯

诗歌所表现的爱比爱情本身还更有情爱的味儿。

(选译自第 5 章)

---

① 让·塞贡(1511—1536),用拉丁语写作的佛来米诗人,生于海牙。

运　气

　　请看看城里人谁最有权势,谁干事最出色? 你通常会发现:他们是知识程度最低的人。有这样的情况:一些妇女、儿童、疯疯癫癫的人治理起大国来足可以与最能干的王侯媲美。修斯底德①说过:在这方面,粗鲁的人通常比精细的人更易取得成功。我们把他们凭好运气带来的成果归因于他们的明智。

　　　　某人凭运气扶摇直上,
　　　　大家却夸赞他的才干。

　　　　　　　　　　　　　　　——普劳图斯②

　　因此,无论如何我要强调:事情的结果对我们的价值和能力的作用证明并不大。

　　我指出这么一点:只需考察一名青云直上的人就清楚不过。三天前我们认识他时,他还是个微不足道的人,不知不觉间,他却在我们的脑海里悄然地形成了高贵、能干的形象。我们竟相信,随着其排场和威望的增长,他的功绩也增长了起来。我们对他的判断,不是根据他本人的价值,而是按算盘珠

---

①　修斯底德(前470/前460—前400/前395),古希腊历史学家。
②　普劳图斯(前254—前184),古罗马喜剧作家。

子的定位方式,即根据他所处的优越地位。

　　运气也有转变之时,他一旦从高处落下来,再度厕身于大众当中,这时候大家都惊讶地打听,过去是什么原因把他抬得那么高。人们说:"这就是他吗?""他在台上时,就这么一点本事?王公贵族竟满足于此?我们真的就操纵在这样的人手里?"

　　当今时代,这样的事情我常常见到。就连戏台上所展示的高贵脸谱也能打动我们,给我们一定程度的蒙蔽。我最欣赏君主们的地方,就在于他们都拥有一大群膜拜者!世上所有俯首贴耳的恭顺都归他们,可他们就是得不到智慧的顺从。我的理性并未学会卑躬屈节,只有双膝才习惯于弯曲。

(选译自第 8 章)

是非混淆

　　旅行时我只需考虑自己,还有考虑经费的开支:这方面只需依照一条规则即可。而要积攒钱财则要求有多方面的能力,我对此是一窍不通的。如何花钱我倒是稍懂一点,也懂得如何使花费有其所值。我以为实际上金钱的最主要功用就在于花得其所。这方面我做起来奢望太高,力不从心,致使开支欠规律,上下浮动而且幅度很大。如果用途显而易见,合乎实际,我花起钱来可以毫无节制。而如果用处不明显,我认为不妥,也有可能节俭得近乎吝啬。

　　无论是源于后天教育,或是天性使然,我们在生活中如果要考虑别人的看法的话,那是弊大于利的。这样一来,为了表面上适应公众舆论,就不得不牺牲自身的利益;而且我们关心的不再是是否合乎自己的本性,而是在公众舆论中的形象如何;即便享用了精神和智慧的财富,只要没有显示出来、广为人知,得不到他人的认可,我们就觉得似乎没有收获。有人家中聚敛大笔财富,地下室遍地黄金而不为人知;有人却将黄金研展成金箔金叶,于是人们便根据表面所见来衡量不同人家的花费和财富,对一些人将低价的里埃当高价的埃居来计算,对另一些人则正好相反。刻意守护财产总含有吝啬的意味——就连讲究排场的慈善活动也不例外：金钱并不值得我们这样费尽心机来呵护看守。若要开支合理，便只需节俭、不大手大脚。储蓄或花销本质上并无善恶之别，最终还是取决于我们的用意。

我远游的另一个原因，是对国内现行风俗习惯感到不满。面对这种腐败，仅考虑公众利益的话，还是比较容易宽慰自己的。

> 这年代连铁器时代也不如，
> 坏到大自然自身无以名之，
> 不知称作什么器时代才是。
>
> ——尤维纳利斯

但关乎自身的利益，就做不到了，我个人觉得尤其难以忍受。我和周围的人都受频仍的内战摧残，陷于这混乱不堪的国度而不能自拔，

> 国中是非不分。
>
> ——维吉尔

说实话，国家还能维持下去堪称奇迹。

> 耕耘时全副武装，一心要去抢掠，
> 赃物不断，以此为生，以此为乐。
>
> ——维吉尔

从我国的例子可见，人类社会能自行拼凑成形，无论其中代价多大。不管一开始是怎么堆叠起来的，堆砌中自然会填补错位，放置停当，好比囫囵塞进大口袋中的物品抖动后会自行放好，拼排紧凑，比原来任何人为的堆放都更为妥帖。马其

顿的国王菲力普就曾特意建造一座城市,集中安置所有的穷凶极恶之徒,并以此类人为城市命名。我设想,这些人从罪恶出发,曾建立了他们之间的政治体系和适宜于他们的正常社会。

(选译自第9章)

恶去不一定意味着善来

我曾目睹许多习惯成自然并得到认可的可怕行径,不止一次或数次、百次,而是不计其数。这类行径非常不正直、不人道——我以为是恶中之最——只要一想起就感到厌恶;我为之感到惊诧的程度几乎与憎恶的程度相同。这种出奇的恶毒,如同谬误和放纵一样,都体现了一种活力和精神力量。众人出于共同的需要走到一起,会聚在一处;偶然的结合进而演变成法则;有的法则反映了人类思想中最野蛮的一面,却历久不衰,不亚于柏拉图和亚里士多德所定的法则。各种从理论上凭空设想出来的政府模式,荒唐可笑,难以付诸实施。那种关于理想社会形式和最合理的人类组织规范的长期大争论,不过是纸上谈兵,只宜于练练我们的脑子而已;好比"自由艺术"中的某些主题只适宜论战,除此之外并没有任何生命力。对政府构造进行这样的新构思,只能是在崭新的社会中。然而当今人类已经适应了(某种社会形式),习惯了某些习俗;我们不可能再像皮拉①或卡德摩斯②那样孕育出新的人来。我们也许有可能对人作修正,以新模式来塑造他们,但不管用

---

① 皮拉,神话人物,大洪水淹没人类时,只有皮拉和她的丈夫乘坐一条小船幸免于难,后来两人重新创造了人类。
② 卡德摩斯,神话人物,底比斯城的建造者。

什么办法,恐怕在矫正他们自然习惯的过程中,难保不破坏一切。有人曾问梭伦:他是否已尽其能力为雅典人制定了最佳的法律,他答道:"是的,起码是他们所能接受的最佳法律。"

瓦罗①也以类似的理由为自己辩解:如果是在宗教起源时著书评论,他就会写出自己的想法;但现在宗教既然得到了承认而且已经定型,那他只好就更多地依照习俗而不是按自己本心来作评说了。

一个政体若曾维系、延续民族的生存,便是最佳、最出色的政体,这不是一种看法,而是真理。政府的形式和主要功能取决于习惯的运用方式。我们一般都不满于现状。但我以为,在民主国度中追求少数人统治,或在君主制中要实行另一种政体,都是严重的谬误而且荒唐之极。

> 爱国爱国,爱其现状;
> 国为王国,则爱王权;
> 寡头统治,民主管理,
> 爱无分别,既生于斯。
>
> ——德·皮布拉克②

我们不久前才痛失尊敬的德·皮布拉克先生:他品格高尚,思想睿智,性情和蔼! 失去他的同时,德富瓦③大人也离我们而去,两人的故世对于王室是极大的损失。这两位加斯科尼人诚实高明,为王室出谋献策,我不知道在法国是否还有

---

① 瓦罗(前116—前27),古罗马学者,讽刺作家,留存有《论农事》、《论拉丁语》等著作。

② 德·皮布拉克(1528—1584),法国法官和诗人,著有《德·皮布拉克大人四行诗集》,集子中载有不少有益于人生的箴言和训谕。

③ 德富瓦(1528—1584),法国国王的私人顾问,以思想宽容而著称。

别人可以替代他们？两个都是杰出人士，表现形式不同，就本世纪而言，均为罕见的精英，各具特点。可是谁让他们投到我们这个时代来的呢？他们和我们的腐败、我们的动乱是何等格格不入！

国家最承受不起的莫过于革新：变革本身就带来了不公和暴虐。建筑物某一部分松动时，可以进行支撑加固，各种事物都会自然而然产生变异和腐化，可予以纠正，使原有的基础和基本原则不致走样太大。但若要推倒这么一座庞然大物，改换其地基，就好比有人为画除尘，结果将原作抹去，或是为了修补瑕疵而全盘打乱，治疗疾病而令病人一命呜呼，与其说改换政权形式，倒不如说是干脆将它摧毁①。当今世界已无力自行康复：它自觉负担沉重，想千方百计去掉包袱，甚至不考虑代价。我们从千百个事例中见到：康复的过程往往要付出代价，仅仅除去当前疾患，整体状况没有改观，是称不上恢复健康的。

外科医生除去病痛的肌肤不过是治疗过程中的一种步骤，而非根本目的。他的目标更为长远：期望患处能长出新的健康的肌肉，病痛的肌体能恢复正常。仅仅主张切除病灶并不等于大功告成，因为恶去不一定意味着善来，也许还会引发另一种更严重的疾病。杀害了恺撒大帝的凶手将罗马帝国弄得一团糟，连他们自己都对插手政事感到懊悔。此后，许多人都经历同样的事情，时至今日，依然如此。当今的法国人这方面也可谓经历丰富。重大变革无一例外动摇国家制度，令其陷入一片混乱。

---

① 西塞罗语。

谁若想直接动手整治国家,只要于行动前略加考虑,热情便会很快降下来的。对于革命式的做法,帕库维尤斯·卡拉维尤斯曾通过一个出色的事例纠正其错误。他的同胞曾起而造反,要推翻他们的立法官员。帕库维尤斯是卡普城中的权势显赫的大人物。有一天他设法将元老院的议员们全都囚禁在宫里,接着将民众召集到公共广场上,向他们宣布,长期压迫人民的专制者都掌握在他的手中,手无寸铁,旁无他人,任由摆布,人们可以完全随意申冤报仇。结果决定抽签,按顺序逐个提审,单独判决,裁决当场付诸实施,但同时必须指定一位贤明之士取而代之,以免出现空缺。刚一读出一位议员的名字,人们立即异口同声地声讨他。帕库维尤斯于是说道:"好哇,此为恶人,理应撤职;咱们就另请高明来替代他。"场上顿时鸦雀无声,所有人都感到为难,不知该推举谁好。有人比较大胆,首先报上一个提名,人群中反对的声音更是响亮,历数此人种种缺点并举各种理由反对他当选,众说纷纭,愈演愈烈。提到第二个议员时,更是糟糕;轮到第三个议员,亦复如是;反对推新的与赞成撤旧的旗鼓相当。一阵骚动之后,毫无结果,人们开始一个个慢慢退去,脑中带着如下的结论:旧有的、熟悉的恶人恶事总比崭新的、未体验过的更容易忍受。

(选译自第 9 章)

我 的 书

我写此书只为少数人，而且不图留传久远。如果此书的题材足以耐久，那就应当使用一种较为稳定的语言①。按照如今我们语言的不断变化的趋势，谁能指望，今天的语言形式五十年之后还会使用呢？它每天都从我们手中流逝。我活在世上的这些年，它已经变化了一半。我们都说，它目前已经尽善尽美。每个时代都是这样谈论自己的语言的。只要它像目前那样，还在演变，还在改换形式，我就不会认为它十全十美。有意义的优秀作品起到稳定语言的作用；而语言的信誉会随着国运的盛衰而变化。

正因为如此，我倒不怕用我们的语言写一些只限于今人有用的个人问题，这些问题触及到某些目光较远大的人会加以吸收的特殊知识，他们的理解力在一般的读者之上。说到底，我不愿意自己死后引起争论。我常常见到，人们谈起死者时就争论起来，说什么："他是这样判断问题，这样生活的；他的意愿就是这个；如果他临终时能说话，他会这样说，会这样施赠的；我比任何人都更了解他。"

---

① 指拉丁语。当时作为法兰西民族语的法语尚在形成时期，不少重要著作仍用拉丁语写作。

现在,我就在礼节许可的范围内,把自己的意向和感情写在作品里;不过,对于想了解我的情况的人,我更乐意无拘无束地与之私下交谈。尽管如此,如果人们阅读仔细,就会发现,在我这些回忆文字里,一切都已和盘托出,或作了标示。我表达不了的东西,我都指点出来:

> 像你这样的精明头脑明察秋毫,
> 就凭少许的迹象一切都能洞晓。

——卢克莱修

我没有什么可令人追逐、费人猜想的东西。如果有人要这样做,我希望能做得公正、准确。我会乐意从阴间返回,揭露歪曲我本来面目的人,哪怕这种歪曲是为我增添光彩。我发现,就是对活在世上的人,有人谈论起来也总是跟其本人不一样。如果我不是竭尽全力去维护我所失去的一名朋友,有人就会将其面貌弄得支离破碎,使其呈现出千百个相互抵触的形象。

(选译自第9章)

"演 戏"

　　我们大部分的职业活动都含有演戏的意味。全世界都在演戏。① 应当把我们的角色演得恰如其分，但要按照剧中人物的角色来演。可不要把面具和外表当成实在之物，也不要把身外的作为自己固有的。我们不懂得将衣服和皮肤区分开来。脸部涂抹装扮已经足够，别对内心也进行装扮。我见到一些人，担任多少种职务，就变了多少种新面貌，换了多少种新的行为方式；他们的官气，深入到五脏六腑，连公职上的事情也带到厕所去。我无法令他们学会区别：别人对他们的敬意哪些是关乎他们个人，哪些是冲着他们的职务、他们的随从或他们的骡子而来的。"他们沉迷于高官厚禄而忘其所以。"②他们按本人官位的高度，将自己的思想拔高，使平平常常的言谈变为高谈阔论。

　　市长的蒙田和蒙田本人总是两回事，二者有泾渭之别。既然是律师或财政官员，就不该看不到此类职业所存在的欺诈。一个诚实人不应为其职业中的坏事和蠢事负责，但也不

① 佩特罗尼乌斯语。佩特罗尼乌斯（？—66），古罗马作家，欧洲喜剧式传奇小说的创始者。
② 坎图斯·库尔提乌斯语。坎图斯·库尔提乌斯（公元一世纪），古罗马历史学家，著有 10 卷本的《亚历山大史》。

必因此就拒绝从职：国家的习俗如此，而且也能获利。生活必须适应所处的社会，而且要利用它。但帝王的判断力理应在其帝国的众人之上，他应把这帝国看做是临时的身外之物；至于他自己，他应该善于自处，享受人生，而且如常人那样，起码对自己心口如一。

（选译自第 10 章）

别为死而操心

正视将要来临的死亡需要长期保持坚定的态度,因而这不容易。你不晓得死亡,就别为此而操心。大自然会立刻给你提供充分而丰富的信息。它也会对你准确地完成此任务,你不必为此大伤脑筋。

> 死亡时刻不定,死神也不知选哪一条路径,
> 世人哪,你们千方百计查问也是徒费精神。
>
> ——普洛佩提乌斯

> 长期担惊受怕的折磨,
> 比横遭不幸更令人难过。
>
> ——韦加卢斯

我们因顾虑死而扰乱生,又因操心生而扰乱死。生令我们烦恼,死叫我们恐惧。我们不必为针对死亡而作准备,死是极其短暂的事情。只需一刻钟平平常常的痛苦,既无后果,也不造成损害,不值得作特别的告诫。说实在的,我们作准备,是针对预备要死的害怕心理。哲学家叮嘱我们,眼里时刻要有死亡,要预见它并在它来临之前予以认真考虑。随后,哲学家还把规则和预防措施告诉我们,由此,对死亡的预见和考虑

就不至于给我们带来伤害。

医生的做法也一样,他们把我们置于疾病的境地,从而他们就有了施药和运用医术的对象。如果我们已经懂得生活,那么教我们如何死亡,如何以不同于生活本身的方式去结束一切,那就有失公正。如果我们已经懂得以坚定而平和的态度生活,那么我们也会懂得以这样的态度辞世的。哲学家毕生都在探究死亡。①

不过,在我看来,死是生的尽头而不是目标,死是生的结束,终点,而不是目的。生活应有自身的目标和构想。生活上的正当探求在于自我调节,自我引导,自我容忍。这一关于生活之道的总章和主章中,包含了其他许多课题;在众多的课题中,也有死亡之道这一节。如果不是我们的恐惧令其增加沉重的分量,这该属于最轻松的课题了。

从其实用性和天然的真实性来衡量,这种单纯的课程并不逊色于什么学科向我们宣讲的东西,而是恰恰相反。人们的志趣和能力各不相同。应当按照各人的情况通过不同的途径引导他们自身受益。无论风暴把我抛到哪个岸边,我都以主人的身份登岸。② 我从未见过邻家的农人为自己以怎样的举止,怎样的镇定态度去经历最后时刻而思索。大自然教他学会到了临终时候才想到死亡。他在这件事情上态度比亚里士多德还来得优雅;亚里士多德还受到双重的重压,一则由于死亡本身,二则由于对死亡的长期预想。正因为如此,恺撒有此见解:意想不到的死亡是最幸福最轻松的死亡。需要痛苦

～～～～～～～～～
① 西塞罗语。
② 贺拉斯语。

之前便感痛苦的人,到需要痛苦之时则痛苦愈深。① 想及死亡时的苦痛来自于对死亡的操心。我们总想超越并支配自然规则而令自己陷于为难的境地,身强体壮之时想到死亡就不思进食,就愁眉苦脸,这种表现只有那些学者才相宜。普通大众无需救治也用不着安慰,除非是到了灾难降临的时候。在这方面,他们感觉到什么才考虑什么。俗人的愚笨和无知无识令其对当前的痛苦具有极强的承受力,而对未来的灾难事故却满不在乎,我们不是这样说的吗?我们不也说:普通人愚昧、迟钝,因而对事情不敏感,也不大为此而忐忑不安?如果真的是这样,那么看在上帝分上,我们今后就拜愚者为师吧。多门学科许诺带给我们的最大成果,这愚钝却以极其和缓的方式引导其门生达到了。

(选译自第 12 章)

---

① 塞内加语。

多少回我成非我

生命逐渐消逝的人是得到上帝的恩典的。这是暮年的惟一善报。这样,辞世时就不会感到死之重大与凶虐了。死亡夺去的不过是半个人或四分之一个人而已。喏,我刚才掉了一只牙,不费力气,毫无痛苦。这便是它的自然死亡期限已至。我本人的某一部分以至好几部分已经死去,虽然我年轻力壮的时候,那些部分都非常活跃,而且也都十分重要。就这样,我慢慢消逝,我不复是我本人了。这种衰败,积累已久,却让我的智慧去感受猛然的崩溃,仿佛是整个儿到来似的,那是多么的愚蠢!我才不希望这样的事情发生呢。

说实在的,当我想到死的时候,我感到最大的安慰便是:我的死会属于正常的、自然的死亡;今后在这方面我对命运再不必祈求格外的恩惠①。世人喜欢称说从前如何如何:身材比现在高啦,寿命也长得多啦。梭伦就是那个时代的人,他却认定当时人的寿命最高不超过七十岁。我嘛,我非常欣赏古人在各方面的"居中"态度,他们认为合乎中庸才称得上完美。既然如此,我哪敢奢望长命百岁,超乎常人呢?一切违反自然进程的事物都可能带来不利,而举凡顺乎自然的事物总

---

① 蒙田当时五十四岁,古代人寿短,因此作者认为不可能有更高的企求。

会给人带来愉快。凡顺应自然而成之事者便应算是好事。①
柏拉图因此说道:"由于死伤或疾病致死才能叫暴毙,因年事
高而带来的死亡最轻松不过,也许还是令人愉快的哩。"

> 少年殒命,兰摧玉折,
>
> 老者故世,果熟离枝。

——西塞罗

死亡和生命始终掺和在一起,不可分离。死亡未至,我们
已暂趋衰老,而我们还在蓬勃生长的阶段,衰老即已开始。我
存有一些本人的肖像,那是在我二十五岁和三十五岁的时候
画的。我拿来和今天的肖像对比:多少回我不再是原来的我
啊!我现在的面容和当时的面容相比差别极大,那恐怕要比
我将来死时的颜容的差别还要大哩!

(选译自第 13 章)

---

① 西塞罗语。

要生活得写意

跳舞的时候我便跳舞,睡觉的时候我就睡觉。即便我一人在幽美的花园中散步,倘若我的思绪一时转到与散步无关的事物上去,我也会很快将思绪收回,令其想想花园,寻味独处的愉悦,思量一下我自己。仁慈的大自然遵循这样的原则:它促使我们为保证自身需要而进行的活动同时也给我们带来乐趣①。它推动我们这样做不仅是满足理性的需要而且是满足欲望的需要。破坏它的规矩就违背情理了。

我知道恺撒与亚历山大就在活动最繁忙的时候,仍然充分享受自然的,也就是必需的、正当的生活乐趣。我想指出,这不是要使精神松懈,而是使之增强,因为要让激烈的活动、艰苦的思索服从于一般生活常规,那是需要有极大的勇气的。他们认为,享受生活乐趣是自己正常的活动,而其他则是非常的活动。他们持这种看法是明智的。

我们倒是些大傻瓜。我们说:"他一辈子一事无成。"或者说:"我今天什么事也没有做……"怎么!你不是生活过来了吗?这不仅是你各种活动中最基本的活动,而且也是最有

① 例如,饮食、睡眠、性爱,既满足人类自身的生存和繁殖的需要,同时也给人带来乐趣。——原注

光彩的活动。"如果我能够处理重大的事情,我本可以表现出我的才能。"你懂得考虑自己的生活,懂得去安排它吧? 那你就做了最重要的事情了。天性的表露与发挥作用,无须异常的际遇。它在各个方面乃至在暗中也都表现出来,前台后台都一个样。我们的责任是调整我们的生活习惯,而不是去编书;是使我们的举止井然有致,而不是去打仗,去扩张地盘。我们最豪迈、最光荣的事业乃是生活得写意。其余一切事情,执政、致富、建造产业,充其量也不过是这一事业的点缀和从属品。

我很高兴地得知有这么一位将军,他在自己即将进攻的城墙口下一心一意、非常洒脱地与友人一起进餐,聊家常。布鲁图斯也一样,他在天地都不利于他本人而且罗马的自由正受威胁之际,却利用巡夜的时间,偷偷花上几个小时,安心地阅读波吕比乌斯①的著作并为之作批注。心灵不豁达的人,当其陷于沉重的事务堆里的时候,就不知道彻底摆脱出来,他们不知道要拿得起,放得下。

> 噢,患难与共的勇敢的友人,
> 今天且请尽饮,好消愁解闷,
> 明天咱们就进茫茫海域航行。

——贺拉斯

(选译自第 13 章)

---

① 波吕比乌斯(前 202—前 120),古希腊历史学家,留下名著《通史》40 卷。

人之常规

　　伊索,这位伟人,看见自己的老师一边散步一边撒尿,说道:"这么着,我们就该一边跑步一边拉屎了?"安排好时间吧,我们还有许多空闲的、使用不当的时间的。我们的身体必须有少许的空隙时间以满足自身的需要。如果我们的精神不摆脱躯体的羁绊,就很有可能得不到足够的时间来处理自己的事情。

　　有些人要超脱自己,想以超人的面目出现,这是愚蠢之举。他们不会成为天使,只会变成畜牲;他们非但不可能拔高自己,而只会降到极低点。正如不可登临的高峰令人生畏那样,我也害怕这种自我拔高的思想情绪。在苏格拉底的生活中,我觉得一切都很好接受,而最难于接受的是他那入定的做法以及他通鬼神的举止。而在柏拉图的身上,人家称之为圣者的方面,那是最富于人情味的。在我们的诸多学问中,我认为那些令我们升华得最高的学问是最平凡、也是最世俗化的。亚历山大的一生中,他关于自己长生不死的妄想,我觉得完全是凡夫俗子的所为。菲洛塔斯在回函中用开玩笑的口吻讽刺亚历山大(阿蒙①下达的神谕将亚历山大列为神明,菲洛塔斯

―――――――――
　　①　阿蒙,古埃及神祇。

332

致函表示替他高兴）："就您这方面来说，我是十分高兴的，不过，普通人就可怜了。他们要和一个超越常人、不满足于人之常规的人生活在一起而且还要服从他。"您受命于神，才能统治世人。① 雅典人为了庆贺庞培进入雅典城，刻下这么一道富有意义的题铭，它正好表达了我的思想：

> 你自认是人，
>
> 你才成为神。

懂得堂堂正正地享受人生，这是至高甚而是至圣的完美品德。我们不懂得利用自身的生存条件却去追求别的什么条件，我们不知道自身的内部是怎么一回事，却要自我超脱。

我们踩在高跷上，那又有什么用呢？即使在高跷上，也还得运用双腿才能走啊！即便登上世界最高的宝座，那还得靠臀部去坐的。

我以为，最美满的生活，就是符合一般常人范例的生活，井然有序，但不带奇迹，也不超越常规。

（选译自第 13 章）

---

① 贺拉斯语。

"外国文学名著丛书"书目

第 一 辑

书 名	作 者	译 者	
伊索寓言	〔古希腊〕伊索	周作人	
源氏物语	〔日〕紫式部	丰子恺	
堂吉诃德	〔西班牙〕塞万提斯	杨 绛	
泰戈尔诗选	〔印度〕泰戈尔	冰 心	石 真
坎特伯雷故事	〔英〕杰弗雷·乔叟	方 重	
失乐园	〔英〕约翰·弥尔顿	朱维之	
格列佛游记	〔英〕斯威夫特	张 健	
傲慢与偏见	〔英〕简·奥斯丁	王科一	
雪莱抒情诗选	〔英〕雪莱	查良铮	
瓦尔登湖	〔美〕亨利·戴维·梭罗	徐 迟	
欧·亨利短篇小说选	〔美〕欧·亨利	王永年	
特利斯当与伊瑟	〔法〕贝迪耶	罗新璋	
巨人传	〔法〕拉伯雷	鲍文蔚	
忏悔录	〔法〕卢梭	范希衡 等	
欧也妮·葛朗台 高老头	〔法〕巴尔扎克	傅 雷	
雨果诗选	〔法〕雨果	程曾厚	
巴黎圣母院	〔法〕雨果	陈敬容	
包法利夫人	〔法〕福楼拜	李健吾	
叶甫盖尼·奥涅金	〔俄〕普希金	智 量	
死魂灵	〔俄〕果戈理	满 涛	许庆道

第 二 辑

书　名	作　者	译　者
波斯人信札	〔法〕孟德斯鸠	罗大冈
伏尔泰小说选	〔法〕伏尔泰	傅　雷
红与黑	〔法〕司汤达	张冠尧
幻灭	〔法〕巴尔扎克	傅　雷
莫泊桑中短篇小说选	〔法〕莫泊桑	张英伦
文字生涯	〔法〕让-保尔·萨特	沈志明
局外人　鼠疫	〔法〕加缪	徐和瑾
契诃夫小说选	〔俄〕契诃夫	汝　龙
布宁中短篇小说选	〔俄〕布宁	陈　馥
一个人的遭遇	〔苏联〕肖洛霍夫	草　婴
少年维特的烦恼	〔德〕歌德	杨武能
德国，一个冬天的童话	〔德〕海涅	冯　至
绿衣亨利	〔瑞士〕戈特弗里德·凯勒	田德望
斯特林堡小说戏剧选	〔瑞典〕斯特林堡	李之义
城堡	〔奥地利〕卡夫卡	高年生

第 三 辑

埃斯库罗斯悲剧二种	〔古希腊〕埃斯库罗斯	罗念生
索福克勒斯悲剧二种	〔古希腊〕索福克勒斯	罗念生
欧里庇得斯悲剧二种	〔古希腊〕欧里庇得斯	罗念生
神曲	〔意大利〕但丁	田德望
西班牙流浪汉小说选	〔西班牙〕克维多　等	杨　绛　等
阿拉伯古代诗选	〔阿拉伯〕乌姆鲁勒·盖斯　等	仲跻昆
列王纪选	〔波斯〕菲尔多西	张鸿年
蕾莉与马杰农	〔波斯〕内扎米	卢　永
莎士比亚喜剧五种	〔英〕威廉·莎士比亚	方　平
鲁滨孙飘流记	〔英〕笛福	徐霞村

书 名	作 者	译 者
月亮与六便士	〔英〕威廉·萨默塞特·毛姆	谷启楠
萧伯纳戏剧三种	〔爱尔兰〕萧伯纳	潘家洵 等
红字 七个尖角顶的宅第	〔美〕纳撒尼尔·霍桑	胡允桓
汤姆叔叔的小屋	〔美〕斯陀夫人	王家湘
白鲸	〔美〕赫尔曼·梅尔维尔	成 时
马克·吐温中短篇小说选	〔美〕马克·吐温	叶冬心
老人与海	〔美〕欧内斯特·海明威	陈良廷 等
愤怒的葡萄	〔美〕斯坦贝克	胡仲持
蒙田随笔集	〔法〕蒙田	梁宗岱 黄建华
悲惨世界	〔法〕雨果	李 丹 方 于
九三年	〔法〕雨果	郑永慧
梅里美中短篇小说选	〔法〕梅里美	张冠尧
情感教育	〔法〕福楼拜	王文融
茶花女	〔法〕小仲马	王振孙
都德小说选	〔法〕都德	刘 方 陆秉慧
一生	〔法〕莫泊桑	盛澄华
普希金诗选	〔俄〕普希金	高 莽 等
莱蒙托夫诗选	〔俄〕莱蒙托夫	余 振 顾蕴璞
罗亭 贵族之家	〔俄〕屠格涅夫	陆 蠡 丽 尼
日瓦戈医生	〔苏联〕帕斯捷尔纳克	张秉衡
大师和玛格丽特	〔苏联〕布尔加科夫	钱 诚
茨威格中短篇小说选	〔奥地利〕斯·茨威格	张玉书 等
玩偶	〔波兰〕普鲁斯	张振辉
万叶集精选	〔日〕大伴家持	钱稻孙
人间失格	〔日〕太宰治	魏大海

第 五 辑